Barbara Ludwig

Tatort Kalabrien

Originalausgabe – Erstdruck

Barbara Ludwig

Tatort Kalabrien

Ein mörderischer Urlaub

Kriminalroman

Schardt Verlag Oldenburg

Bibliographische Information der *Deutschen Bibliothek*:

Die Deutsche Bibliothek verzeichnet diese Publikation in *Der Deutschen Nationalbibliografie*; detaillierte bibliographische Daten sind im Internet über *http://dnb.ddb.de* abrufbar.

Personen und Handlung des Romans sind frei erfunden.
Ähnlichkeiten mit lebendeb oder verstorbenen Personen
wäre rein zufällig

1. Auflage 2007

Schardt Verlag
Uhlhornsweg 99a
26129 Oldenburg
Tel.: 0441-21779287
Fax: 0441-21779286
Email: schardtverlag@t-online.de
Herstellung: Fuldaer Verlagsanstalt

ISBN 3-89841-309-8
ISBN 978-3-89841-309-1

Ullas Vokabelheft

Lunedi	Montag
comprare	kaufen
vocabolo	Vokabel
quaderno	Schreibheft
imparare	lernen
un corso d'italiano	ein Kurs für Italienisch
scuola	Schule
inizio	Beginn
la mattina seguente	am nächsten Morgen
buoungiorno	Guten Tag
Sono Ulla	Ich bin Ulla
E tu come ti chiami?	Und wie heißt du?
Mi chiamo Julia	Ich heiße Julia
E Lei?	Und Sie?
Sono Robert Fellner	Ich bin Robert Fellner
valigia	Koffer
uno	eins
due	zwei
tre	drei
Qual è il Suo numero di telefono?	Wie ist Ihre Telephonnummer?
Qual è il tuo indirizzo?	Wie ist deine Adresse?
avere	haben
ho, hai, ha	ich habe, du hast, er, sie, es hat
dove	wo
Dov'è ...?	Wo ist ...?
il lungomare	die Strandpromende

Prolog: Laura

Dieser Montagnachmittag im Mai ließ die ersten Schmetterlinge um die Blumentröge tanzen. In dem kleinen Laden an der Piazza Ercole standen die Frauen im Halbkreis um Laura herum. „Bellissima! Märchenhaft!" riefen sie der jungen Braut zu und applaudierten. Eine oder zwei von ihnen wischten sich verschämt Tränen aus den Augen. Laura lachte verlegen. Sie wagte kaum, in den mannshohen Spiegel zu schauen. Vorsichtig setzte sie einen Fuß vor den anderen, und der schimmernde Seidenstoff des Rockes schwebte um ihre Fesseln. Das enganliegende Mieder des Brautkleides schmiegte sich um Lauras Taille und betonte weiter oben ihre weichen Rundungen. Laura fand sich zum erstenmal in ihrem Leben begehrenswert wie eine Prinzessin. Das unwirkliche, fast traumgleiche Gefühl, das dieses Kleid in ihr hervorrief, erregte und beschämte sie in gleicher Weise. Nervös zupfte sie an dem Miederabschluß herum. Die herausragende Tüllspitze ließ sich keinen Zentimeter höher hinaufziehen.

„Ist der Ausschnitt nicht zu gewagt?" fragte Laura schüchtern und wandte sich hilfesuchend an die ältere Verkäuferin. „Kann man das noch ändern? Bitte, Clarissa." Leiser fügte sie hinzu: „Meine Mutter wird das Kleid sonst nicht mögen."

„Ach was, meine Kleine", meinte die Angesprochene, „ein schöner Busen ist ein Geschenk Gottes!"

Die anderen Frauen nickten, einige kicherten. Als Laura den weißen Traum abstreifte und wieder in ihre Jeans schlüpfte, wirbelten ihr die ständigen Tiraden ihrer Mutter durch den Kopf. Alle gipfelten in der Aussage: Wer sich wie eine Schlampe kleidet, ist eine!

Mit dem Kleid über dem Arm stand Laura unentschlossen in der Umkleidekabine. Andächtig strich sie mit den Fingern über den duftigen Stoff. Seine Zartheit ließ ihre Bedenken schmelzen. Sie trat hinter dem Vorhang hervor und verkündete mit trotziger Stimme: „Egal, ich nehme dieses Kleid. In den nächsten Tagen komme ich vorbei und hole es ab."

„Es wird deiner Mama ganz bestimmt zusagen", wurde sie von Clarissa bestärkt. Laura umarmte die Frau und flüsterte: „Monica wird es sicher gefallen, zeigst du es ihr?"

„Ja Bella, und jetzt geh und genieß den Abend!"

Laura stand einen Moment wie benommen im Abendlicht auf der Piazza Ercole, dann schaute sie auf ihre Armbanduhr. Es war 19 Uhr. Wenn sie zu Fuß nach Parghelia lief, würde sie in gut dreißig Minuten dort sein. Zu früh für ihre Verabredung mit Marcello. Er erwartete sie erst in zwei Stunden am Bahnhof.

Laura überlegte. Ihr blieb genügend Zeit, zur Wallfahrtskirche Santa Maria dell'Isola hinaufzuklettern und eine Kerze anzuzünden. Dazu mußte sie vorher die Treppen zum Strand hinuntergehen. Wie ein Kind begann sie vor Freude zu rennen, hopste auf den geraden Zwischenstücken in die Luft und segelte mit ausgestreckten Armen um die schmalen Kehren. Als aus einem Fenster laute Opernmusik erklang, sang sie laut mit, ohne den Text zu kennen. Sie benutzte einfach Worte, die ihr in den Sinn kamen. Ebenso leichtfüßig wie sie hinabgestürmt war, begann sie – einmal an der Strandstraße angekommen –, mühelos den Kreuzweg zur Wallfahrtskirche hinaufzusteigen.

Der leichte Abendwind kühlte ihre erhitzten Wangen, die eine Welle zärtlicher Gedanken immer aufs Neue nährte. Was wird mein Liebster sagen? Nur noch drei Wochen, und der schimmernde weiße Stoff wird sich um meine Hüften bauschen, und ein wundervolles Leben wird beginnen.

Anderthalb Stunden später erreichte Laura hinter dem Hafen von Tropea die alte Straße nach Parghelia. Erst jetzt stellte sie fest, daß sie getrödelt hatte. Sollte sie zur Überlandstraße gehen? Dort war es sicher einfach, eine Mitfahrgelegenheit bis zu der kleinen Bahnunterführung zu bekommen. Sie blieb unschlüssig stehen. Just in diesem Moment näherte sich ein Auto und hielt. Der Fahrer lehnte sich aus dem Fahrzeugfenster und fragte: „Soll ich dich ein Stück mitnehmen?"

Laura atmete erleichtert auf. Welch ein Glück, sie würde sich nicht verspäten ...

Kapitel 1: Anreise

Es war kurz nach vier Uhr in der Frühe. Im Münchner Flughafen tummelten sich an diesem Montagmorgen bereits Hunderte urlaubssüchtiger Touristen. Vor dem Check-in-Schalter der Billigfluglinie mit dem Zielort Lamezia Terme hatte sich bereits eine lange Schlange gebildet. Als Julia sich zu den Wartenden gesellte, fragte sie sich, warum sie sich immer wieder auf dieses Chaos einließ, noch dazu zu einer dermaßen unchristlichen Zeit. Ulla mühte sich mit ihrem neuen Koffer ab, der nicht in die Kontrollapparate zu passen schien. Julia wollte ihr gerade zu Hilfe eilen, als sie sah, daß es nicht mehr nötig war. Als Ulla ein paar Minuten später neben ihr auftauchte, seufzte sie: „Jetzt weiß ich, warum der Koffer ein Schnäppchenangebot war!“

Julia lachte, denn sie wußte noch nicht, daß ihre Maschine als verspätet ausgewiesen war. Sonst hätte sie in diesem Moment bestimmt aufgeheult. Ulla scharrte sowieso mit den Hufen, sie war auch ohne Verspätung bereits mehr als nervös und tänzelte wie ein Rennpferd in der Startbox unruhig hin und her. Dabei murmelte sie etwas wie „Schlimm genug, daß ich fliegen muß, jetzt auch noch warten!“

Julias Stimmung befand sich ebenfalls im direkten Sinkflug. Denn sie wußte, was es heißt, auf einen Flieger zu warten. Zum Beispiel ihr Flug nach London im vorigen Jahr – ein Sonderangebot. Verspätet? Ha! Das Bodenpersonal vertröstete sie von Stunde zu Stunde, bis sie am Abend völlig erschöpft vom Warten wieder nach Hause geschickt wurde. „Am nächsten Morgen“, hieß es dann: „Niente!“ Der Flug wurde vollständig annulliert. Auf die Rückerstattung des Flugpreises wartete sie noch heute. Der Reiseveranstalter hatte Pleite gemacht.

Diese Gedanken schwirrten durch Julias Hirn und heiterten ihr Gemüt nicht gerade auf. Sie erwähnte gegenüber Ulla nichts davon, weil sie wußte, daß Ulla unter scheußlicher Flugangst litt. Darum schlug sie, als beide die Koffer loswaren und die Zollkontrolle passiert hatten, vor: „Wie wäre es mit einem Kaffee?“

Kurze Zeit später standen Ulla und Julia an einem der hohen, runden Tische und schlürften das heiße, braune Getränk in sich hinein. Julias von Natur aus niedriger Blutdruck normalisierte sich. In Ullas Miene kehrte der schelmische Ausdruck zurück, wenn auch ihre fast in der Farbe des Kaffees leuchtenden Augen verrieten, daß noch ein Quentchen Angst vorhanden war.

„Jetzt geht es mir besser!“ meinte sie und schickte ein Lächeln in die Runde. Ein Ehepaar mittleren Alters am Nebentisch fühlte sich aufgefordert, sich zu ihnen zu gesellen und ein Gespräch zu beginnen. Warten verbindet.

„Fahren Sie ebenfalls nach Tropea?“ fragte die Frau, eine kleine, rothaarige Person und lehnte sich zu ihnen hinüber.

„Wir haben das Hotel Rocca di Parghelia gebucht, hat uns ein guter Freund empfohlen. Wir wollten ihn eigentlich hier treffen“, polterte ihr Mann durch die Halle.

Julia grinste und antwortete: „Ja, wir sind ebenfalls im Rocca di Parghelia.“

„Wir wollen einen Italienischkurs besuchen, mal sehen“, ergänzte Ulla etwas wortkarg, so daß Julia sich verpflichtet fühlte, die Unterhaltung in Gang zu halten und sagte: „Mich hat vor ein paar Monaten der Altersabbau erwischt, ich bin in Altersteilzeit! Lassen Sie Jüngere an das Ruder, hieß es in meiner Firma. Ich habe mir immer schon vorgenommen, Italienisch zu lernen, jetzt habe ich die Zeit dafür.“

„Siehst du, Detlef? Könnten wir auch machen, wenn du dich entschließen würdest!“ meinte die Rothaarige zu ihrem Mann und zu Julia gewandt: „Seine Firma stellt Geräte für Zahnärzte her und bietet auch Altersteilzeit an.“

„Laß gut sein, Liebling, uns reicht doch, was wir können, il conto per favore, un mezzo litre vino rosso, pagare, grazie ... Wir fahren nämlich fast jedes Jahr nach Italien, und bislang sind wir gut durchgekommen. Die meisten Italiener sprechen doch Deutsch!“ mischte sich der Mann der kleinen Person wieder lautstark ein.

„Ich bin mit meinem Mann jedes Jahr nach Italien gefahren. Mit einem VW-Bus sind wir von Nord nach Süd getourt, keine Sehenswürdigkeit haben wir ausgelassen. In Tropea waren wir auch, ist Ewigkeiten her“, ergänzte Julia den Smalltalk. Ulla gähnte und sagte entgegen ihrer sonstigen Gewohnheit nichts.

„Wenn ich in drei Jahren in Rente gehe, werde ich auch Italienisch lernen, malen und ...“, ein schwärmerischer Ausdruck überzog das Gesicht der kleinen Frau. Ihr Mann schaute nicht annähernd so begeistert.

„Das italienische Essen ...“, verkündete er indessen mit Emphase, und Ulla – bei dem Wort ‚Essen‘ taute sie auf – warf ein: „Ich bin gespannt auf die kalabresische Küche.“

„Sind Sie absolute Sprachanfänger?“ fragte die Frau. „Ich habe immer Angst, daß im Kurs nur ganz junge Leute sind und ich blöd dastehe.“

„Ich habe zwei Semester in der Volkshochschule gelernt, die Grammatik finde ich recht mühsam, aber das geht den anderen im Kurs ebenso. Am schlimmsten ist es für mich, überhaupt ein Wort rauszubringen. Ich weiß nicht, warum.“

„Das wird schon, Julia!“ meinte Ulla.

Die kleine Rothaarige beeilte sich zu sagen: „Mein Gott, wir haben uns gar nicht vorgestellt, mein Name ist Gisela Ostner, mein Mann ist der Georg. Wir kommen aus Hof.“

„Eigentlich hätten wir auch von Berlin fliegen können, aber das Bayernticket ist günstiger, und Giselas Schwester wohnt in München! Aber der

Herr Fellner, unser Freund, der ist aus Berlin, spricht übrigens ausgezeichnet Italienisch. Hat mal eine Weile dort unten gelebt. Weiß auch nicht, wo er bleibt", ergänzte Herr Ostner.

„Ich bin Julia und das ist Ulla, angenehm!" erwiderte Julia.

„Wohnen Sie in München? Meine Schwester wohnt in der Nähe von Schloß Nymphenburg, schöne Gegend, aber alles sehr teuer."

„Wir wohnen in Neuhausen", mischte sich Ulla ein, umarmte ihre Freundin und flüsterte ihr leise zu: „Mach Schluß hier!" Laut sagte sie höflich: „Wolltest du dir nicht noch eine Zeitschrift besorgen, Julia?"

„Ja, klar! Dann drücken wir uns die Daumen, daß die Verspätung nicht zu groß wird", erwiderte Julia, nahm ihre Tasche, nickte dem Ehepaar zu und beeilte sich, Ulla zu folgen.

Nach einigen Schritten hörten sie Frau Ostner rufen: „Mich willst du wohl stehen lassen wie einen alten Regenschirm!?"

Die Freundinnen drehten sich auf dem Absatz um und sahen, daß Georg Ostner sich dicht hinter ihnen befand, während seine Frau noch an dem Restauranttisch stand.

„Ja, warum kommst du denn nicht!" donnerte er ihr als einzigen Kommentar zu.

Sie erwiderte mehr humorig als verbittert: „Wenn du zwei Frauen hinterherlaufen kannst, vergißt du anscheinend, daß du schon eine hast, oder?"

Julia und Ulla mußten lachen. Tatsächlich war der Typ ihnen regelrecht hinterhergedackelt. Aber, was heißt uns, dachte Julia, wohl eher Ulla, die von der Natur mit einer überaus üppigen Oberweite bedacht war. Julia schmunzelte, weil sie des öfteren festgestellt hatte, daß dieses „etwas mehr oben herum" die Männer zu erstaunlichen Reaktionen verführte.

Natürlich war Ulla sich dessen bewußt, schließlich verfügte sie über diese Formen, seit sie zwanzig war, und dieser Geburtstag lag wiederum zwanzig Jahre zurück. Als sie sich später, mit einer Zeitschrift bewaffnet, auf einer der Sitzreihen niederließen, sah Julia die rothaarige Gisela Ostner mit ihrem Mann weiter hinten sitzen.

„Anscheinend hat sie ihren Mann wieder eingefangen!" sagte sie belustigt zu Ulla und zeigte auf das Ehepaar, während sie dachte: So geht es einem als Ehefrau, wenn man lange verheiratet ist.

„Die kleine Rothaarige war ganz nett, ihr Mann, nun ja. Aber ich hatte wirklich keinen Bock mehr, um kurz nach vier Uhr in der Früh Artigkeiten auszutauschen!" meinte Ulla.

Sie suchten sich einen Sitzplatz mit Blick auf einen Monitor. Noch immer war hinter ihrer Flugnummer „verspätet" vermerkt. „Was heißt verspätet eigentlich auf Italienisch?" fragte Julia, weil sie sich langweilte.

„In ritardo!" antworte Ulla gequetscht, wegen des Haargummis im Mund, mit dem sie versuchte, ihre halblangen, hellblonden Naturlocken zu bändigen, indem sie alles auf dem Oberkopf zu einem Knoten formte.

„Das Warten schafft mich", meinte sie, ließ von ihren Haaren ab und blätterte in ihrem neuen Journal. Julia erwiderte nichts. Sie fing an, darüber zu philosophieren, warum sie unbedingt bis zum Sporn des Stiefels nach Kalabrien fliegen wollte, um Italienisch zu lernen. Als sie Ulla vor ein paar Wochen ihren heroischen Entschluß mitteilte, meinte diese nur trocken: „Mmhm, jedes Jahr fahre ich mit meinem Männe an die Adria. Für den Hausgebrauch reicht mein Wortschatz, aber ein wenig mehr könnte nicht schaden. Ich bin dabei!"

Seit Bernds plötzlichem Tod vor drei Jahren ist das meine erste Reise nach Italien, ging es Julia durch den Kopf. Eigentlich hingen an diesem Land zu viele Erinnerungen, sie schob die Gedanken schnell beiseite und versuchte, sich in den Reiseführer zu vertiefen.

Nach einer Weile zeigte der Monitor, daß ihr Flieger tatsächlich in dreißig Minuten starten würde. Manchmal geschehen Wunder!

Die Flugzeugmotoren dröhnen unnatürlich, fand Ulla und blinzelte neidisch zu ihrer Freundin Julia hinüber, bevor sie die Augen wieder fest zusammenkniff. Wie konnte Julia so gelassen dasitzen und aus dem Fenster schauen. Schließlich kann das Flugzeug jeden Moment abstürzen, und wir sind hilflos dem Tod ausgeliefert! In Ullas Händen sammelte sich Schweiß, auch an ihrem Rücken schien das Wasser herunterzurinnen, so daß sie sich fühlte, als würde sie unter einer Dusche stehen. Ihre Wangen glühten. Sie war sicher, ihr Kopf leuchtete inzwischen in der Farbe ihres T-Shirts, nämlich korallenrot. Dieses Zittern war der Preis, den sie für eine bequeme Anreise ganz in den Süden Italiens zahlen mußte, das war ihr klar und auch, daß die Angst sich nicht bremsen ließ. Jetzt sehnte sie sich danach, mit ihrem Mann im VW-Bus stundenlang die Autobahn entlangzuzockeln, obwohl sie häufig genug fluchte, wenn sich die Fahrt dehnte wie Kaugummi. Vier rollende Autoreifen fühlten sich einfach sicherer an. Sie versuchte, sich an alle schlauen Ratgeber erinnernd, auf andere Gedanken zu bringen.

Es half nicht. Die Flugangst tobte durch ihren Kopf und förderte Bilder zutage, die sie lieber verdrängt hätte. Zähnefletschende Hunde, dunkle Wege ...

Ulla versuchte sich zu wehren, ihre Hände krallten sich noch ein wenig mehr in die Lehnen des Flugszeugsitzes.

„Sie können die Augen öffnen, den Start haben wir hinter uns. Meine Hand können Sie ruhig weiter drücken, wenn Sie wollen. Flugangst ist etwas Scheußliches“, hörte sie eine lachende Stimme neben sich sagen und schlug die Augen auf. Sie blickte in das Gesicht eines Mannes, der charmant lächelte und dessen braune Augen sie belustigt ansahen. „Wenn das Flugzeug die Flughöhe erreicht hat, besteht kaum noch Gefahr, abzustürzen. Kritisch ist nur der Start und die Landung“, fügte er hinzu.

Ulla seufzte. Der hatte gut reden! Aber dann riskierte sie doch einen Blick auf ihr Gegenüber, fand, er sah ein wenig wie Mick Jagger aus. Das Cover der Plattenhüllen erstand vor ihren Augen. Wie bei dem Popstar waren auch hier die Alterslinien stark in das Gesicht geprägt, obgleich ihr Sitznachbar noch jungenhaft wirkte. Die sportlichen Sachen, die er trug, waren ausgesucht teuer, erkannte Ulla mit Kennerblick. Fellräven, Timberland, Bogner, sie wußte von Erik, ihrem Ex-Mann, was die Sachen kosteten. Seine warme Hand fühlte sich weich und angenehm an. Sie unterdrückte ein Schmunzeln, als sie vorsichtig ihre schweißnasse Hand von der seinen nahm. Der kleine, weißgoldene Reif war ihr nicht entgangen. Er lächelte. Trotzdem sympathisch, registrierte sie und richtete sich in ihrem Sitz auf, worauf sein Blick natürlich über ihre Oberweite streifte. Das Lächeln um seine Mundwinkel vertiefte sich.

„Fahren Sie nach Kalabrien, um zu wandern?“

Wie kam er auf Wandern? Sah sie nach Wandern aus? Wahrscheinlich war er ein Wanderfreak. Seine schlanke Figur sprach dafür. Ulla schaute unauffällig auf die Schuhe des Mannes. Sie stellte voller Genugtuung fest, daß er keine Wanderstiefel an den Füßen trug, sondern sehr edle Budapester aus schwarzem Leder. Ohne ein Stäubchen saßen sie blankgeputzt an den übereinandergeschlagenen Füßen.

„Der Mai ist eine wundervolle Zeit dafür, alles grünt und blüht, und es ist nicht zu heiß.“

„Waren Sie schon öfter in Tropea?“ antwortete sie, das Spiel begann, ihr Spaß zu machen. Ihre Flugangst ließ nach, ihre Körpertemperatur normalisierte sich langsam. Sie wandte den Blick zum Fenster, warf Julia einen kurzen Blick zu. Julia schmunzelte betont unbeteiligt und vertiefte sich wieder in ihre Zeitschrift. Hinter Julia sah Ulla weit unten schneebedeckte Berggipfel im Miniaturformat, und sofort meldete sich wieder die Angst zurück. Sie drehte sich wieder zu ihrem Nachbarn. Das amüsierte Lächeln hatte seine Lippen nicht verlassen, und Ulla kam sich ein wenig wie ein Kind vor.

„Wenn Sie nicht wandern, genießen Sie das kleine Städtchen Tropea. Um diese Zeit können Sie noch das ursprüngliche Kalabrien erkennen, die hauptsächlich italienischen Touristenmassen überschwemmen dieses mittelalterliche Kleinod erst später."

„Sie kennen sich offensichtlich aus, vielleicht können Sie uns ein paar gute Tips geben?"

„Gern, rufen Sie mich einfach an. Warten Sie ..." Er fingerte aus seiner Tasche eine Visitenkarte und reichte sie Ulla.

„Danke, Herr Fellner!" bemerkte Ulla nach einem kurzen Blick, bevor sie die Karte in ihre Handtasche steckte. Robert, also, dachte sie und drapierte das rotweiße Tuch neu um ihren Ausschnitt.

Die Stewardeß erreichte gerade ihre Sitzreihe und fragte: „Möchten Sie einen Snack?"

„Danke, nein, ein Glas Orangensaft bitte." Das Getränk wurde vor sie hingestellt.

„Ich hoffe, Sie hungern nicht, um abzunehmen. Es wäre eine Sünde. Bitte verzeihen Sie mir, aber Sie könnten Niki de Saint Phalle Modell für ihre wundervollen runden, weiblichen Figuren gestanden haben." Ulla konnte damit im Augenblick nichts anfangen. Sie würde Julia später fragen, die kannte sich mit Kunst aus. Sie lächelte nur und nippte an ihrem Saft.

„Robert Fellner! Also sind Sie doch in dieser Maschine, alter Bursche, und neben den beiden Damen Ulla und Julia!" Ulla erkannte den poltrigen Typ vom Flughafen. Wie hieß er noch gleich?

„Hallo, Herr Ostner!" kam wenig begeistert von ihrem Nachbarn. Zum Glück erlöste sie die Stewardeß, die den Abfall einsammelte und Herrn Ostner bat, auf seinen Platz zurückzukehren. „Bis nachher!" rief er noch. Fellner seufzte. Ulla wollte gerade etwas sagen, als alle Passagiere aufgefordert wurden, sich anzuschnallen, weil die Maschine in den Landeanflug überging. Ullas Blutdruck stieg, sie klammerte sich wieder an die Sitzlehnen. Ihr Nachbar war so großzügig, daß er ihr seine ebenfalls überließ. Sie schloß sicherheitshalber die Augen. Beruhige dich, zwang sie sich, du wirst den Flug schon überstehen, gleich ist es vorbei. Am Meer kannst du dich entspannen. Du hast doch in letzter Zeit ganz andere Sachen gemeistert. Die Scheidung von Erik, den Einstieg in die Heilpraktikerpraxis ...

Als das Flugzeug endlich auf dem Flugfeld von Lamezia Terme aufsetzte und Ulla wenig später durch die halbgeöffneten Augen ausmachte, daß das Anschnallzeichen erlosch, atmete sie erleichtert auf.

Später, am Gepäckband, mit festem Boden unter den Füßen, fühlte sie sich wieder lebendig und sicher. In ihren dunklen Augen blitzte es auf, als sie sich von ihrem Sitznachbarn, der ein Stück weiter vorn stand, verabschiedete: „Sie erinnern mich übrigens an Mick Jagger!"

Ulla sah, daß Julia sich wegdrehte, weil sie lachen mußte.

„Sag mal, was hat es mit dieser Niki Saint Phalle auf sich?" fragte sie Julia, als sie in dem Zubringerbus zum Hotel saßen und dieser durch die frühlingshafte Landschaft gondelte.

„Eine französische Künstlerin, sie hat große ungewöhnliche Skulpturen geschaffen. Weibliche Figuren, Nanas genannt, mit ausgeprägten Rundungen, sowohl oben wie auch unten herum, kunterbunt bemalt. In Hannover stehen Exponate von ihr und auch in der südlichen Toskana. Dieser Herr Fellner hat recht mit seinem Vergleich." Julia schmunzelte.

„Ich fand ihn sehr charmant und gut gegen Flugangst." Ulla grinste.

„Ich bin mir nicht sicher, ob er mir sympathisch oder unsympathisch war. Aber ist ja auch nicht wichtig. Schau Ulla, da unten. Endlich – das Meer."

Kapitel 2: Robert

Robert Fellner lenkte seinen Mietwagen, vom Flughafen Lamezia Terme kommend, über die Autostrada Richtung Süden. Die frühe Maisonne blinzelte ihm durch die Frontscheibe ins Gesicht. Rechts weiter unten sah er ein Stück des Mittelmeeres blau aufblinken. Er öffnete das Fenster einen Spalt und ließ den Fahrtwind in das Innere des Fahrzeugs. Seine empfindlichen Augen begannen zu brennen, und er schloß es wieder.

Sein Mund verzog sich zu einem Lächeln, als er daran dachte, wie elegant er die Ostners losgeworden war. Sie würden weiterhin ein Loblied auf ihn singen. Vielleicht würde er sie noch brauchen. Immerhin hatten sie für ihn herausgefunden, daß die beiden Frauen ebenfalls im Hotel Rocca di Parghelia gebucht hatten und einen Sprachkurs besuchen wollten. Sein Freund und Rechtsberater Klaus Weidner hatte dies natürlich bereits für ihn ermittelt. Es wäre allerdings gut gewesen, er hätte ihm ein Photo zu den Informationen beigelegt. Beinahe hätte er sich verraten. Die Ähnlichkeit dieser Ulla mit Sabina, damit hatte er nicht gerechnet. Für einen Moment raubte sie ihm den Atem. Der fast gleiche Schnitt des leicht dreieckigen Gesichts mit der zierlichen Nase war, abgesehen von der üppigen Figur, frappierend. Zum Glück hatte sie mit geschlossenen Augen, zitternd vor Flugangst, an ihren Sitz geklammert gesessen, und ihre Freundin hatte ihn nicht groß wahrgenommen. Als jene Ulla dann ihre Augen aufschlug und diese ein ebenso tiefes Dunkelbraun aufwiesen wie die Sabinas, war er bereits gewappnet gewesen und hatte sich in der Hand.

Ein dumpfes Geräusch, das nicht vom Motor verursacht wurde, schreckte Robert aus seinen Gedanken. Es dauerte eine Weile, bis er die Töne als Melodie eines Handys lokalisierte. Robert verlangsamte die Fahrt und stoppte schließlich auf dem Seitenstreifen. Der Ruf wurde zwingender. Er löste den Gurt, drehte sich nach hinten, hievte seine Reisetasche auf den Beifahrersitz nach vorn und förderte aus ihr eilig zwei Mobilfunkgeräte zutage. Jetzt war die Klingelmelodie eindeutig als „Ave-Maria" von Schubert zu erkennen. Hastig legte er das andere Handy zur Seite und klappte gleichzeitig mit der anderen Hand das lärmende Teil auf. Er wußte, wer am Ende der Leitung war, denn diese Leitung stand nur einem Benutzer zur Verfügung. Robert seufzte, legte die Stirn in Falten und biß sich auf die Lippen.

„Pronto!" meldete er sich, dann sagte er eine Weile nichts, nur die Finger seiner freien Hand trommelten nervös auf das Armaturenbrett vor ihm. „Aber ... ich brauche noch Zeit", setzte er an, unterbrach sich dann, hörte zu. „Si", begann er erneut und: „Ich konnte Monica noch nicht überzeugen". Er wollte mehr sagen, aber es gelang ihm nicht, und er beschränkte sich auf „Ja, ich weiß ..."

Er fluchte innerlich, daß er sich auf die Sache eingelassen hatte. Wieder setzte er an: „Ich habe alles versucht, aber sie besteht darauf, ihrer Enkelin Laura ... außerdem ...", verhaspelte er sich beinahe, um schnell anzufügen: „Wir werden einen Weg finden!"

Sein Gesprächspartner ging nicht auf seine Argumente ein. Robert hielt den Hörer etwas vom Ohr weg, denn der Anrufer sprach zwar mit ruhiger, aber sehr lauter Stimme und sagte nur: „Roberto, wie Sie die Sache regeln, liegt ganz bei Ihnen, ich gebe Ihnen zwei Wochen, dann ..." Damit war das Gespräch beendet, und Robert konnte sich ausmalen, was „dann" bedeutete.

Er stöhnte auf. Sie würden ihn vernichten, ganz langsam. Seine über die Jahre aufgebaute seriöse Existenz, die ihn, seine Frau Sandy und seine

Tochter Angie gut ernährte, wäre schnell verspielt. Er sah den Pressebericht vor sich. Die Boulevardblätter würden hämisch verkünden: „Bekannter Redenschreiber für die Bundestagsabgeordneten verbündet mit der Unterwelt!“

Sandy würde sich angewidert abwenden und zu ihren Eltern zurückgehen. Ihr Vater würde sagen: „Er war sowieso zu alt für dich, mein Liebling, und nicht aus unseren Kreisen!“ Und Angie, sein Augenstern? Ihr Studienort Rom war ein unruhiges Pflaster, eine Drogenkarriere wäre schnell eingefädelt. Robert fröstelte, er fuhr sich mit den Händen durch die kurzgeschnittenen Haare.

Er mußte sich mit Monica einigen. Sie war halsstarrig geworden. Eine Unterschrift, und er wäre am Ziel und könnte sich völlig zurückziehen. Zu dumm, daß diese Ulla mit ihrem Auftauchen alles verkomplizierte. Über welche Informationen verfügte sie? Hatte sie das Gemälde genauer unter die Lupe genommen, als sie in Zürich in jenem Bankhaus gewesen war? Was wußte sie? Immerhin schien die Nennung seines Namens kein Erkennen ausgelöst zu haben. Das ließ ihm einen Vorsprung.

Noch sinnierend, startete er den Nissan Micra und wunderte sich einen Moment über das fremde Motorengeräusch, das so wenig dem Brummen seines gewohnten BMW-Coupé glich. Die Papiere fielen ihm ein, die ihm Weidner mitgegeben hatte. Er würde sie gleich morgen früh mit Rechtsanwalt Umberto in Nicotera durchgehen. Oder ob er noch heute vorbeifahren sollte?

Die Sorgenfalten auf Roberts Stirn vertieften sich. Sein Freund Klaus Weidner wurde leider mehr und mehr zum Problemfall. Dabei kannte er Klaus bereits seit seiner Studentenzeit. Dank des enormen Startkapitals, das sie beide sich unter recht abenteuerlichen Bedingungen an Land gezogen hatten, konnten sie sich bislang komfortabel als seriöse Mitglieder in der Berliner Gesellschaft bewegen. Auch Klaus besaß ein schönes Haus im Nobelbezirk Grunewald, eine Frau aus guter Familie, eine Mitgliedschaft in einem renommierten Golfclub. In den letzten Jahren hatte er außerdem nicht schlecht davon profitiert, daß Robert Gott und die Welt kannte. Schließlich ging er im Bundestag ein und aus. Robert gefiel es gar nicht, daß Klaus begonnen hatte, seine Angstzustände mit Alkohol zu betäuben. Alkoholabhängigkeit ließ einen schnell Fehler machen. Viel sicherer war es, ab und an unauffällig eine Pille zu nehmen. Wofür gab es sonst solche Mittel?

Robert konzentrierte sich auf die Straße und zwang sich, die Fakten sachlich zu ordnen. Gefühlsduselei brachte ihn nicht weiter. Er begann die

Aufgaben durchzugehen, die vor ihm lagen. Da war der Besitzer des Quo Vadis und Verlobte von Monicas Enkelin Laura, Marcello Battistella. Ihn würde er aufsuchen und ihm ein interessantes Angebot unterbreiten. Roberts Gesicht entspannte sich, er war sich sicher, der junge Mann würde zugreifen.

Außerdem würde er ein ernstes Wort mit Mancini reden müssen. Schließlich war dieser Mailänder für den Neubau des Hotels Marina verantwortlich. Die Russen auf der Baustelle machten mehr und mehr Ärger – und Ärger war das letzte, was sie gebrauchen konnten. Jetzt grinste Robert. Es traf sich gut, daß Mancini auch das Hotel Rocca di Parghelia ganz in der Nähe der Baustelle managte. Wenn Mancini die Sache nicht in den Griff bekam, mußte er eben gehen. Diese Überlegung erheiterte Robert, er drückte aufs Gas. Der kleine Nissan heulte auf. Mehr als 130 Stundenkilometer konnte Robert ihm nicht entlocken. Er fluchte.

Kapitel 3: Monica

Monica dachte an Lauras bevorstehende Hochzeit. In drei Wochen würde ihre Enkelin den jungen Inhaber des einzigen Restaurants, Quo Vadis, in Parghelia, Marcello Battistella, heiraten. Wenn ihr Plan aufging, würde ihre Enkelin eine gute Partie sein.

Monica summte vor sich hin. Mit einem betagten Bügeleisen strich sie über den hellen Baumwollstoff des Rockes. Das Material wollte sich nicht glätten lassen. Sie holte eine kleine Schale mit Wasser, um es anzufeuchten. An einer Stelle hatten sich hellgrüne Stockflecken festgesetzt. Kein Wunder, denn der Rock hatte jahrelang ungetragen in einer Kiste gelegen, die anscheinend die Feuchtigkeit des einfachen Bodens der Behausung aufsaugte. Sie achtete nicht auf diese Kleinigkeit. Sorgfältig legte sie die Falten zurecht und fuhr am Knick entlang. Die Stille in dem Raum wurde nur durch das leicht kratzende Geräusch des Eisens auf dem störrischen Stoff unterbrochen. Der große Holztisch in der Mitte des Raumes, auf dem jetzt eine Decke lag und das Bügeleisen stand, knarzte ebenfalls ein wenig. Auf dem Bett, das neben dem Tisch und den Stühlen die einfache Ausstattung des Raumes bildete, lag säuberlich eine Bluse in eben dieser bläßlich undefinierbaren Farbe, die vielleicht einmal khakifarben oder ein helles Jeansblau gewesen war.

Monica lächelte still vor sich hin, als sie die Arbeit beendete. Sie hängte den langen Rock über einen der sechs Stühle, die seltsam verloren den Tisch umrundeten. Durch eine niedrige Tür ging sie in den angrenzenden Küchenraum, der keine überflüssigen Möbel enthielt, sondern nur einen Butangaskocher und eine Spüle. In einem einfachen Bretterregal an der Wand stand Geschirr, und am unteren Ende baumelten blitzblanke Küchenutensilien und warteten auf ihren Einsatz. Von der niedrigen Decke des kleinen Raumes hingen zu Sträußen gebündelte Kräuter zum Trocknen, deren süßlich-herber Duft sich mit dem modrigen des alten Holzhauses vermischte.

Monica stellte das Eisen hochkant auf ein Brett, damit es auskühlte, und verstaute ohne Eile die Bügelutensilien. Zurück im Wohnraum, begann sie, den Kittel, der ihren schmächtigen Körper umhüllte, abzulegen. Vorsichtig nahm sie die Bluse und streifte sie über, dann den Rock. Mit einer Plastikbürste, die sie vom Nachttisch nahm, fuhr sie sich durch die Haare, die an einigen Stellen noch ein dunkles Blond vermuten ließen, doch jetzt ebenso farblos wie die Kleidungsstücke wirkten. Als Monica ihren Aufzug noch mit einer altmodischen Hornbrille ergänzte, sah sie aus wie eine englische Lehrerin aus einem anderen Jahrhundert. Sie scherte sich nicht darum, als sie ihren bereits gepackten Rucksack schulterte.

Monica trat vor die Tür. Ihr Blick ruhte einen Moment auf dem wahrhaft grandiosen Ausblick, der unten eine Ansammlung von Häusern sehen ließ: das winzige Städtchen Parghelia mit einer Kirche an jedem Ende. Eine Bahnlinie und parallel dazu eine große Überlandstraße führten an ihm vorbei. Die beiden Verkehrsstränge riegelten den Ort ab, ließen ihn nicht an das in der Ferne schimmernde Meer angrenzen. Vor dem einfachen Haus, dessen Tür Monica jetzt sorgfältig abschloß, erstreckte sich ein wundervoll üppiger Garten, der sich ein wenig den Berg hinunterzog. In ihm wucherten Rosen, blühten Bergamottesträucher und streckte ein Kirschbaum seine Zweige erwartungsvoll dem Himmel entgegen. In einer Ecke, die durch einen Zaun getrennt war, gackerten Hühner. Ein großer, schwarzer Hirtenhund lief schwanzwedelnd zu ihr. Monica strich über seinen Kopf, murmelte irgend etwas, er setzte sich, und sie verließ das Grundstück.

Ein schmaler Pfad führte ein Stück abwärts. Monica schritt zügig aus, bis sie die Asphaltstraße hinunter in den Ort erreichte und nach weiteren zehn Minuten Fußmarsch die alte Ortsstraße. Das grelle Licht dieses Montagnachmittags im Mai blendete sie. Monica versuchte, auf die andere Seite der Straße zu wechseln, um den Sonnenstrahlen auszuweichen.

Früher konnte ich nicht genug von der Sonne bekommen, dachte sie, ich war stolz auf den bronzenen Schimmer, den mein Teint annahm. Heute ist das Licht mein Feind. Emotionslos dachte sie an ihre weißfleckigen Beine, die der lange Rock zum Glück bedeckte. Im Schatten war es noch kühl. Sie fröstelte. Sie wußte, die Sonnenwärme wäre besser für ihre rheumatischen Knochen als der Schatten. Es war eine Krux.

Monica kam an dem einzigen Café des Ortes vorbei. Ein paar Jugendliche standen mit ihren Mopeds davor. Endlich erreichte sie die Bahnhofsstraße, bog in die dem Bahnhof entgegengesetzte Richtung ein, um zur Straßenunterführung zu gelangen.

Später am Abend würde sie zum Bahnhof gehen, um Laura zu treffen. Ein Lächeln huschte über ihre Lippen, als sie an ihre Enkelin dachte. Nach kurzer Wegstrecke führte die schmale Straße hinunter in eine breitgefächerte Unterführung, die so gar nicht zu dem verschlafenen Ortsbild paßte. Monica schritt sicher aus, ließ die Auffahrt zur Überlandstraße hinter sich, ignorierte auch die links und rechts abzweigenden Straßen und nahm die geradeaus führende, als sie die Untertunnelung verließ.

Bald konnte sie auf das Meer schauen und weiter unten teilweise abgeerntete Zwiebelfelder sehen, deren Geruch die Luft schwängerte. Sie wußte, daß in der braunen Erde immer einige vergessene rote Exemplare lagen, und sie nahm sich vor, diese auf dem Rückweg aufzulesen.

Auf der rechten Seite kündigte ein riesiges Schild ein Vier-Sterne-Hotel mit dem Namen Marina an. Von der Straße aus wirkte die prächtige Hotel-Bungalow-Anlage bewohnt. Eine mit hohen Palmen gesäumte Grünfläche schmückte den Vorgarten. Auf seinem Rasen ankerte wie in einer Marina ein nach mittelalterlichem Vorbild nachgebautes Segelschiff. Dessen Masten überragten noch die überdimensionale Leuchtreklame. Die bereits fertige Auffahrt täuschte den Betrachter. Nur die erste Appartementreihe des Hotels war bislang fertiggestellt. Der nächste Block befand sich noch im Rohbau. Hinter ihm erstreckte sich eine riesige, abfallende Wiese, auf der die überdimensionalen Wohnmobile der Bauarbeiter standen – im Kreis angeordnet wie eine Wagenburg und eine kleine Stadt für sich.

Von weitem sah Monica einen hochgewachsenen Mann aus einem der Wohnmobile treten. Sein Oberkörper war unbekleidet. Die muskulösen Arme verrieten, daß er mit körperlicher Arbeit sein Geld verdiente. Der junge Mann war schön. Monica kannte ihn. Er hieß Tarif, kam aus Marokko, war zweiunddreißig Jahre alt, und sie wußte, er litt unter Heimweh. Als er sie zum erstenmal bei den Hunden erwischte, wollte er sie wegjagen. Bis sie ihn auf Französisch ansprach und an sein Mitgefühl appellierte. Mit der Zeit erfuhr sie einiges von ihm. Er paßte sie manchmal ab, wenn die anderen beschäftigt waren. Jedesmal warnte er Monica: „Mit meinem Boß ist nicht gut Kirschen essen! Er will, daß die Wachhunde scharf sind, wenn sie nachts freigelassen werden!“

Jetzt sah sie, daß Tarif sich eine Zigarette anzündete und zu einer vor einem Wagen sitzenden Gruppe Männer schlenderte, die Karten spielten. Sie achtete darauf, daß sie von den Männern nicht gesehen wurde, als sie weiterging. Kurze Zeit später erreichte sie das ein Stück abseits gelegene, mit Maschendraht eingegrenzte Hundegatter. Das recht große Areal war in verschiedene kleinere Einzelabteile unterteilt. Ein Teil des Zaunes befand sich direkt an der Straße. Der Hotelkomplex würde später einmal ein riesiges Gelände einnehmen, das Eckgrundstück wurde von zwei Straßen eingerahmt.

Als Monica sich dem Hundezwinger näherte, erhoben sich die Hunde, sie schlugen jetzt tags nicht an. Ein großer Schäferhund kam angelaufen, als sie etwas rief. Die kleinen Mischlinge sprangen unruhig am Zaun auf und ab. Aus den Kehlen der in einem extra abgeteilten Drahtkäfig untergebrachten riesigen Doggen kam sich ein heiseres Bellen.

Monica nestelte umständlich ihren Rucksack vom Rücken und entnahm ihm eine große Plastikdose, verschloß den Rucksack wieder, stellte ihn ab und öffnete erst dann die Dose. Sie zauberte aus ihr runde, kugelförmige Fleischbrocken hervor – eine Zubereitung aus Hackfleisch und Gemüse aus ihrem Garten. Ihre Hand mit den Bällchen näherte sich dem Maschendrahtzaun, der Schäferhund winselte, und als Monica das Fleisch durch den Zaun warf, rannte er aufgeregt hin, um es mit einem Ruck aufzuschnappen und zu verschlingen. Sofort kam er wieder zum Zaun gelaufen, sein Schwanz wedelte vor Freude, und aus seinem Maul tropfte Speichel. Monica warf ihm noch zwei Brocken hin und lobte den Hund, während er fraß: „Braver Hund, Freßchen! Ich weiß schon, ihr seid hungrig, euer Herrchen gibt euch zu wenig, weil ihr wild sein sollt, aber ich bin ja da, komm, ja, komm ...“ Der Hund kam nach vorn und ließ sich von ihr, so gut dies durch die Maschen des Drahtzauns ging, am Kopf streicheln. Natürlich erhoffte er sich weitere Brocken.

In den übrigen Zwingern liefen die Hunde unruhig hin und her. Monica wechselte ihre Position und warf auch den anderen Tieren Fressen aus ihrer Plastikdose zu. Die Doggen balgten sich um die Brocken, und als nichts mehr nachkam, wanderten sie unruhig in ihrem Käfig auf und ab und knurrten, ihre scharfen Zähne zeigend. Die Alte redete auf sie ein, während sie die Dose in ihrem Rucksack zurückverfrachtete und ihn danach wieder auf ihrem Rücken befestigte.

„Euch dahinten kann ich nichts geben, ich komme nicht an euren Zwinger, tut mir leid.“ Sie zuckte bedauernd ihre Schultern, als würden die Dobermänner, die in einem Gatter hinter den Doggen lauerten, diese Geste sehen und verstehen können. Dann pfiff sie leise, der Schäferhund spitzte die Ohren, kam zu ihr, und nochmals streichelte sie seinen Kopf, bevor sie sich zum Gehen wandte.

Als Monica an dem großen Gelände entlangging, war sie zufrieden. Ihre Schritte wurden erst zögerlicher, als sie sich den normalen Häusern näherte. Sie haderte mit sich. Ihr kamen Zweifel, ob es wirklich ratsam war, Marcello vor Lauras Eintreffen einen Besuch abzustatten. Am Ende der Straße sah sie zwei Frauen die Straße hinaufkommen. Ihre Gesichter waren nicht zu erkennen, sie waren noch zu weit entfernt.

Kapitel 4: Hotel Rocca di Parghelia

Ulla und Julia standen am Empfang des Hotels Rocca di Parghelia. Ein überheblich wirkender Jungmanager teilte ihnen mit, daß ihr Reisebüro für sie kein Zimmer mit Meerblick gebucht hatte. Sie waren enttäuscht.

„Wir zahlen gern einen Aufpreis, es muß ein Versehen sein!“ insistierte Julia. „Ich werde es nachträglich mit meinem Reisebüro klären.“

„No, alles ausgebucht!“ hörten sie nur. Sie bekamen keine Chance, zwei Reihen weiter nach vorn zur Meeresseite zu ziehen.

In diesem Appartement-Hotel, für das sich Julia und Ulla entschieden hatten, schien vieles schwierig zu sein. Dabei hatten sie es nur gewählt, weil es in dieser Zeit das einzige war, das sie nicht auf ein gemeinsames Doppelzimmer festlegte. Sie hatten sich auf eine komfortable Wohnung mit getrennten Räumen gefreut, in denen die eine auch mal länger schlafen konnte als die andere. Eine Wohnung hatten sie. Aber behaglich war sie nicht, sondern eher spartanisch. Sie wunderten sich, als sie nicht einmal ein zusätzliches Zahnputzglas erhielten. Natürlich könnten sie für einen immensen Aufpreis eine Küchenausstattung erhalten, hieß es. Selbst Julias Nachfrage nach einer Wolldecke – schließlich war es Anfang Mai nachts noch sehr kühl – frustrierte, es hieß allenthalben nur: „No!“

No, keine Snacks, no, keine Getränke, no, der Laden ist geschlossen, no, kein Transfer nach Tropea, no ...

„Habt ihr genug Toilettenpapier?“ fragten sie andere Gäste. Julia mußte lachen, als sie im Küchenschrank diverse Rollen davon entdeckte. Immerhin waren sie damit bestens versorgt. Sie nahm es mit Galgenhumor. „Bevor noch mehr Neins auf uns zumarschieren, laß uns einen Spaziergang machen!“ schlug sie Ulla vor. Sie wanderten vom Hotel aus eine kleine Straße entlang.

„Hier scheint nirgends ein Weg zum Meer hinunterzugehen. Laß uns umkehren“, nörgelte Ulla.

„Warte“, meinte Julia. In einiger Entfernung kam ihnen eine Frau entgegen. „Die können wir fragen!“ Sie gingen der Frau entgegen. Als sie nah genug waren, trat Ulla lächelnd auf die Frau zu: „Entschuldigung, dov'è il lungomare?“

Julia beobachtete, wie die Frau stehenblieb. Sie blickte Ulla an. „Gleich beim Friedhof geht ein Pfad ab, der hinunter ans Meer führt. Eine Strandpromenade gibt es allerdings nicht.“ Die Stimme der Frau war dunkel und angenehm. Sie lächelte, doch statt noch etwas zu sagen, stand sie nur vor ihnen und starrte Ulla an. Die hellen, blaugrauen Augen hinter den Brillengläsern musterten Ulla fast quälend insistierend. So standen sie eine Weile, die auch Julia endlos vorkam. Bis sie Ullas hilflosen Blick auffing und merkte, daß die Freundin sie am Arm zupfte. „Wohnen Sie hier?“ unterbrach sie daher das unangenehme Schweigen.

Die Frau ging nicht darauf ein, sie schüttelte, weiter Ulla ansehend, ungläubig den Kopf und stammelte: „Was machen Sie hier?“

Julia erwiderte für die Freundin: „Wir wollen Italienisch lernen.“ Neugierig geworden, wiederholte sie ihre Frage: „Sind Sie hier zu Hause?“ Die Frau antwortete nicht. Sie drehte sich weg und schlurfte den Weg, den sie gekommen war, zurück. Ein leerer Rucksack schlenkerte auf ihrem Rücken. Ihr grauer Rock schlotterte um die dünnen Beine.

„Uff!“ atmete Julia durch. „Komische alte Schachtel!“

„Verstehst du das? Wie die mich gemustert hat! Bin ich ein Gespenst? Bin ich aussätzig? Mir ist ganz angst und bange geworden!“ Ullas Gesicht verzog sich zu einer Grimasse. „Wo sind wir nur gelandet.“ Sie schüttelte ungläubig den Kopf.

Julia versuchte, die Freundin zu besänftigen: „Eher sah diese Alte wie ein Gespenst aus. Schrullige Type. Eine Deutsche. Ist dir die skurrile Nasenabdeckung aufgefallen? Interessieren würde es mich schon, ob sie hier lebt. Ist alles sehr sonderlich."

„Na gut, vergessen wir's. Laß uns schauen, ob wir den Weg hinunter zum Meer entdecken." Tatsächlich fanden sie kurz vor dem Friedhof den angegebenen Weg. Er führte steil hinunter zu einem steinigen Strand. Bizarre Felsformationen ragten majestätisch aus klarem Wasser. Das Meer schimmerte wie ein Türkis in der Sonne. Sie waren endlich am Meer. Julias Stimmung hellte sich auf. Wie jedesmal, wenn sie das erste Mal im Urlaub wieder vor dieser endlosen Fläche Wasser stand, befiel sie Ehrfurcht. Eine kindliche Freude breitete sich in ihr aus, die sie zwang, spontan jemanden zu umarmen. Dieser Jemand war heute Ulla. „Schön, nicht?" stammelte sie, während sie Ulla drückte. Und wäre der Felsenuntergrund nicht so uneben, hätte sie getanzt.

„Schau, dort liegt Tropea!" Julias Finger zeigte auf den Ort in der Ferne.

Die Wirklichkeit holte sie einige Zeit später wieder ein, als Julia – zurück im Appartement – ihre Sachen auspackte. „Nicht mal Haken haben sie angebracht, und nur ein kleiner Schrank ist vorhanden!" maulte sie.

„Camping, stell dir vor, du bist beim Camping!" munterte Ulla Julia auf und wuchtete einen kleinen Nachttisch in den Küchenraum, in dem das Bett stand, das Julia sich ausgesucht hatte. „Hier, der paßt an dein Bett. Warte, ich stelle dir noch einen Stuhl dazu!"

„Na gut, gib mir ein paar Bügel, ich hänge meine Sachen in die Griffe der Küche. Die benutzen wir ja eh nicht!"

„Alte Camper – und das sind wir ja beide – wissen immer einen Rat!" lachte Ulla.

„Die Frau sah aus wie eine Erscheinung aus einer anderen Welt. Vermutlich ist sie nicht viel älter als ich!" sinnierte Julia.

Ulla lag ausgestreckt auf Julias Bett und betrachtete das Ergebnis ihrer Räumerei. „Sie geht mir auch nicht aus dem Kopf. Aber mein leerer Magen sagt mir, vergiß alles andere. Komm, schauen wir, wo wir etwas zu essen bekommen. Wie spät ist es eigentlich?"

Julia blickte auf ihre Swatch. „Sieben, es wird wirklich Zeit. Laß uns gehen."

In der Rezeption versorgte man sie mit dem Hinweis, daß sie nur die Fernstraße überqueren müßten, dann würde nach etwa zweihundert Metern ein schmaler Kiesweg zu einer kleinen Tunnelröhre hinunterführen, welche die Bahngleise unterquerte. Es wäre kein offizieller Weg, aber von allen im Ort benutzt und die schnellste Verbindung zum Bahnhof und zum Städtchen

Parghelia. Der Pfad würde auf der anderen Seite direkt hinauf zum Bahnsteig führen. Falls sie einmal nach Reggio wollten oder nach Pizzo, könnten sie von dort losfahren. In Pizzo sollten sie das Tartufo-Eis essen. Es sei eine weltberühmte Spezialität! Morgens, mittags und abends würde ein Zug am Bahnhof halten.

Julia würgte eine patzige Antwort hinunter, denn ihr Magen hing einfach sonstwo und wünschte sich vor dem Tartufo-Eis aus Pizzo erst etwas Handfestes. Er signalisierte ihr Unbehagen in großem Ausmaß. Leer, wie er war, kaute er noch an dem Ärger mit der unkomfortablen Unterkunft ohne Meerblick, als sie sich durch das hohe Gestrüpp und durch die niedrige Röhre kämpften, sich auf einem leeren, trostlosen Bahnhof wiederfanden und ihre Schritte zu der Straße richteten, in der sich ein Kirchturm reckte. Und richtig, neben der Kirche begann die Hauptstraße des Ortes. Sie entdeckten einige bereits geschlossene Geschäfte, ein kleines Café, dessen Läden ebenfalls verrammelt waren, eine Pizzeria, die erst in der Hauptsaison öffnete und schließlich ein Lokal mit dem sinnigen Namen Quo vadis, in dem sie bald die einzigen Gäste waren.

Ulla schaute sich zweifelnd um. Ihr Blick fiel auf die langen Tischreihen, alle sorgfältig mit kunstvoll gefalteten, hellblauen Stoffservietten und vielen Gläsern eingedeckt. Das dunkle Holz der Möbel, die tiefblauen, dichten Vorhänge und das sparsame Licht einiger altmodischer Deckenleuchter vermittelten ihr den Eindruck, in eine Höhle einzutauchen, ohne sich behaglich zu fühlen. Eine schwere Anrichte thronte in der Mitte des Raumes.

Der alte Schrank erinnerte Ulla an das Zimmer ihrer Großmutter und zwang sie, stehenzubleiben. Vielleicht war sie vier oder fünf Jahre alt, als sie mit ihrem Vater bei ihr gewesen war. Ihr fiel ein, wie liebevoll sie weiche und warme Arme umfangen hielten, und wie ungern sie sich aus ihnen löste. Bis eines Tages ihr Vater an ihren Ärmchen zerrte, um sie aus dem Zimmer zu ziehen, und zischte: „Komm endlich! Wir gehören nicht hierher." Noch heute konnte sie ihre grenzenlose Trauer spüren. Noch später war sie wütend darüber, daß er ihr nie verraten hatte, wohin sie nicht gehörte. Aber irgendwann ließ sie es, ihn weiter zu löchern.

„Gefällt es dir nicht, sollen wir wieder gehen?" fragte Julia.

Ulla schluckte und verscheuchte die lange vergessenen Emotionen. „Nein, nein! Ich bewundere nur die Anrichte. Sie ist aus dem gleichen dunklen Nußbaumholz gefertigt wie ein Stück, das ich einmal gesehen habe. Auch die kleinen gedrechselten Säulen und die geschnitzten Blütenranken stimmen überein. Das hat mich so verblüfft. Ich habe für einen Moment vergessen, warum wir hier sind."

„Sicher sind Hunderte solcher massiven Eßzimmerschränke mit Schnitzwerk um die Jahrhundertwende gedrechselt worden, und in jedem Wohnzimmer stand damals einer. Meine Tante besaß auch so ein Monstrum. Sie sagte immer, so ein Vertiko gehöre zur Aussteuer einer Braut."

Neben Ulla und Julia tauchte ein Kellner auf. Er wies ihnen einen kleineren Tisch zu. Ein Fernseher mit großem Bildschirm war ziemlich weit oben über ihnen an der Wand angebracht. Eine Sportsendung lief. Die Stimme des Reporters überschlug sich und schien unbewußt gegen die antiquierte Stimmung im Raum anzukämpfen. „Jahrhundertwende mit Fernsehuntermalung!" kommentierte Ulla.

Kurz darauf, als der Kellner kam, um ihnen die Speisekarte zu bringen, drehte Ulla mit einer Handbewegung an einem imaginären Knopf und wies mit dem Kopf zur Wand hoch. Er stellte das Gerät sofort leiser.

„Was heißt eigentlich empfehlen auf Italienisch?" fragte Julia.

„Non lo so, ich weiß nicht!"

„Okay, ich nehme die Spaghetti alle vongole!" entschied Julia.

„Meinst du, die Muscheln sind gut hier? Ich gehe lieber auf Nummer sicher und nehme Kalbfleisch."

Bald stand eine Karaffe Weißwein und eine Flasche Mineralwasser vor ihnen, und Ulla schaute sich in Ruhe um. Ein paar Gäste trudelten ein. Der Kellner nahm an einem riesigen Tisch vor dem Küchenausgang Platz. Ulla schätzte sein Alter auf Ende zwanzig. Seine Kellnerbekleidung war äußerst sorgfältig zusammengestellt. Sie bestand aus einer schwarzen Hose, einem weißen Hemd und wurde begleitet von einer dunklen Weste aus glänzendem Satinstoff mit feinen weißen Streifen. Der schimmernde Stoff betonte die überschlanke Figur des jungen Mannes und verlieh seinem hochgewachsenen Körper etwas Morbides. Ebenso wie das streichholzkurze, ebenholzfarbene Haar, das, sorgfältig von Gel unterstützt, wie naß in alle Richtungen vom Oberkopf abstand. Seine schmalen, grazilen Hände falteten wie nebenbei Servietten. Auf dem Tisch vor ihm befand sich ein Korb mit einigen, bereits kunstvoll geformten Tüchern, daneben türmte sich ein noch unbearbeiteter Stoffberg. Ab und zu schaute er unruhig auf seine Armbanduhr.

Als eine im gleichen Outfit gekleidete junge Frau aus der Küche in das Restaurant zu ihm trat, stand er auf. Nach einer unwirschen Handbewegung und ein paar Worten, die Ulla weder phonetisch noch sprachlich verstand, die aber Ärger auszudrücken schienen, verschwand er durch die Küchentür.

Seine Ablösung schätzte Ulla auf Anfang dreißig. Auch sie war überschlank – Ulla seufzte ein wenig – mit heller, fast durchscheinender Haut. Vielleicht war es die Schwester des Kellners, rätselte Ulla, als diese dampfende Teller vor ihnen abstellte. „Spaghetti alle vongole? Saltimbocca con insalata mista?“ fragte sie, um dann in fehlerfreiem Deutsch hinzuzufügen: „Wünschen Sie noch etwas?“

„Nein danke!“ antwortete Ulla. Von Nahem erkannte sie, daß die Kellnerin einige Jahre älter war und ihre halblangen, dunklen Haare im Nacken naß schimmerten.

„Siehst du, ich frage mich, warum ich eigentlich Italienisch lerne!“ meinte Julia zu Ulla und lenkte deren Aufmerksamkeit auf das Essen. Die Freundin wickelte bereits gut gelaunt Spaghetti um ihre Gabel. Ulla roch ein wenig Salbei heraus, als sie sich ein Stück Fleisch abschnitt und es zum Mund führte. Es schmeckte gut. Sie widmete sich voll dem Vergnügen des Essens.

Nach dem letzten Bissen ließ sie ihre Blicke erneut wandern. Der Kellner betrat das Lokal durch die Eingangstür, über seiner Kellneruniform trug er eine Lederjacke. Ulla schien er verstört. Die Kellnerin, die gerade an ihrem Tisch die Teller abräumte, warf ihm einen besorgten Blick zu. Ulla mußte zweimal wiederholen: „Wir bekommen noch zwei Espressi und einen Grappa, bitte!“ ehe sie die Worte wahrnahm und zerstreut nickte. „Irgendwas stimmt nicht!“ bemerkte Ulla nach einer Weile, als sie auf ihre Espressi warteten.

„Was meinst du?“ fragte Julia.

„Ich habe den Kellner beobachtet. Er kam sehr aufgeregt herein und verschwand. Die Kellnerin ließ sich ebenfalls geraume Zeit nicht mehr blicken. Hast du gesehen, wie sie mit der rechten Hand – ohne es zu merken – nervös deine gebrauchte Serviette knautschte? Vielleicht ist ein Problem aufgetaucht.“

„Komm“, lachte Julia und scherzte: „Für mich taucht erst ein Problem auf, wenn ich keinen Espresso bekomme!“

Ulla schmunzelte: „Und ich keinen Grappa!“

Kapitel 5: Robert in Nicotera

Robert atmete erleichtert auf, als er im vom Flughafen aus etwa hundertzwanzig Kilometer entfernten Städtchen Nicotera eintraf. Nach der Fahrt in dem für ihn unkomfortablen Nissan fühlte er sich klebrig vor Schweiß. Die Klimaanlage traute er sich wegen seiner Allergien nicht einzuschalten. Obwohl es erst Anfang Mai war, staute sich die Hitze im Auto. Seine tränenden Augen verboten ihm, während der Fahrt frische Luft hereinzulassen. Er parkte gleich am Eingang des Ortes, in der Straße, die zum Dom führte. Er wußte, es war ein hoffnungsloses Unterfangen, innerhalb des Städtchens das Auto abzustellen.

Robert verstaute seine Reisetasche im Kofferraum und griff sich die schmale Aktenmappe, in der sich die Papiere für Rechtsanwalt Umberto befanden. Seit diesem speziellen Anruf kurz nach seiner Ankunft in Lamezia Terme unterhöhlte Angst seine sonstige Selbstsicherheit. Man zwang ihn, jede Stunde zu nutzen, um sein Vorhaben voranzubringen. Robert war nicht sicher, ob er mit dem Rechtsanwalt auch über die Anträge für weitere EU-Fördermittel sprechen sollte. Als Klaus Weidner sie ihm gestern abend in die Hand drückte, hatte sein Freund gegrinst und gemeint: „Sicher wird Signor Umberto dies gern für dich erledigen. Er würde daran gut verdienen und ..."

Wer weiß, ob Umberto für die Aufgabe der richtige Mann war? Robert entschied, den Gesprächsverlauf abzuwarten. Er ging zu Fuß in die Altstadt und suchte, in der richtigen Straße angelangt, nach der Hausnummer. Sein prüfender Blick blieb auf einem Messingschild haften. Blankgeputzt glänzte es an der mittelalterlichen Fassade des Hauses und gab bekannt, daß Rechtsanwalt Umberto seine Kanzlei in diesem Haus betrieb. Robert bückte sich zur Klingelleiste und drückte auf den entsprechenden Knopf. „Robert Fellner, ich bin angemeldet!" rief er in die Sprechanlage. Der Summer ertönte. Eine kleine Tür, die in die schwere Holztür eingelassen war, öffnete sich. Robert stieg die hohen Stufen hinauf bis in den dritten Stock. Dort stand eine Tür bereits offen, und kurze Zeit später empfing ihn die Sekretärin des Rechtsanwalts, nahm ihm die schwarze Lederjacke ab und bat ihn herein: „Bitte, Signor Fellner, Rechtsanwalt Umberto erwartet Sie bereits."

Der hohe, übergroße Raum war spärlich möbliert. Ein stilvolles Regal mit Gesetzessammlungen, ein im gleichen Stil – spätes Biedermeier, schätzte Robert – gehaltener Schreibtisch, hinter dem ein moderner Bürosessel aus schwarzem Leder thronte, und ein Besucherstuhl davor war alles, was im Büro stand. Ein orientalischer Teppich dämpfte Roberts Schritte. Signor Umberto kam hinter dem Schreibtisch hervor und begrüßte ihn mit einer Umarmung: „Roberto, schön, Sie mal wiederzusehen! Sie waren noch nie in meiner Kanzlei, oder? Ich hoffe, Ihrer hübschen Frau und Ihrer Tochter Angie geht es gut?“

„Danke, Angie hat gerade ihr Zwischenexamen bestanden, sie studiert Archäologie in Rom.“

„Wundervoll, ja, die Bambini, sie werden erwachsen, mein Sergio will Professore für Englisch werden! Aber lassen wir das!“ Das gutgeschnittene Gesicht des Italieners mit dem welligen, schwarzen Haar, in das sich dekorative Silberfäden mischten, wurde ernst. Er bat Robert, sich zu setzen.

„Monica war noch nicht hier, sie hat mir telephonisch signalisiert, daß sie ihren Anteil an dem Grundstück ihrer Enkelin überschreiben möchte, aber das wissen Sie bereits. Über den Preis für den Verkauf ließ sie bislang nicht mit sich reden, sie hat ihre eigenen Vorstellungen. Außerdem besteht sie darauf, daß nachgeforscht wird, was mit der Tochter von Ermanos Cousine ist. Sie wissen, der Anteil ist zwar nicht eingetragen, aber Monica ...“

„Ich weiß, ich weiß“, sagte Robert unwirsch. Er unterließ es, den Rechtsanwalt darüber zu informieren, daß er mehr über die Tochter von Ermanos Cousine wußte. Zum Beispiel, daß sie Ulla hieß und sich derzeit in Kalabrien aufhielt und er mit ihr seine eigenen Pläne verfolgte. Es war besser, daß Umberto davon nichts wußte. „Ich hoffte, Sie wären schon ein wenig weiter, Sie wissen, welche Verpflichtungen auf dem Spiel stehen.“ Robert drückte sich absichtlich vage aus.

Umberto nickte, er wußte Bescheid.

„Ich habe hier Papiere von meinem Rechtsanwalt Klaus Weidner, Sie kennen ihn ja, ich lasse sie Ihnen hier. Herr Weidner meinte, es sei sehr wichtig, daß Monica wenigstens diese unterzeichne, sonst gehe nichts weiter in dem Sinne, wie es weitergehen sollte.“ Robert kramte die Unterlagen aus seiner Aktenmappe und legte den Stapel Papiere vor Signor Umberto auf den Schreibtisch.

„Ich werde die Sachen prüfen und mich darum kümmern, aber so, wie es aussieht ...“, wiegelte der Rechtsanwalt ab. „Tut mir leid, mehr kann ich im Augenblick nicht für Sie tun! Vielleicht sprechen Sie mit Laura, Sie wissen ja, sie wohnt nur ein paar Straßen von hier entfernt, oder besser mit ihrer Mutter Regina! Wobei“, Signor Umberto wiegte voller Zweifel sein schönes Haupt, „ich weiß nicht, ob Sie sehr willkommen sein werden. Am besten, Sie sprechen erst mit Hochwürden Castellani. Die kleine Kirche ist nur ein paar Schritte entfernt, neben dem Municipio. Fragen Sie nach der Chiesa del Rosario. Wenn Sie Glück haben, legt er ein gutes Wort für Sie bei Laura ein. Aber vielleicht treffen Sie Laura selbst dort und sprechen gleich mit ihr.“

Robert verabschiedete sich. Er fluchte, als er wieder auf der Straße stand. Wie es schien, war Monica stur geblieben. Sie war ein altes, grantiges, störrisches Weib geworden!

Als er kurze Zeit später die Kirche betrat, sah er eine junge Frau, die, mit Hochwürden im Gespräch vertieft, vor dem Hauptaltar stand. Robert hatte Laura bislang nicht gegenübergestanden. Doch er erkannte sofort, daß dieses Mädchen Monicas Enkelin sein mußte. Es amüsierte ihn, daß sie wie Monica mit weichen Handbewegungen argumentierte und ab und an eine Strähne ihres honigblonden Haares anmutig aus dem Gesicht strich. Sie war auf eine sehr natürliche Art und Weise schön. Er beobachtete die junge Frau eine Weile. Alles an ihr erinnerte ihn an Monica, als er sie damals in Berlin kennenlernte und sie so alt wie ihre Enkelin jetzt war. Robert erwischte sich dabei, daß er völlig sentimental überlegte, was gewesen wäre, wenn er mit Monica dieses einfache Leben ... Er scheuchte die Gedanken fort. Nur jetzt keine Schwäche! Er schritt auf die im Gespräch vertieften Personen zu. „Sie sind sicher Laura? Ich bin Robert Fellner, der Ex-Mann von Monica, Ihrer Großmutter. Es ist schön, daß ich Sie hier treffe.“

„Piacere, Roberto! Monica ist nicht sehr gut auf Sie zu sprechen. Sie hat mir erzählt, daß Sie mit Ihnen Ärger hat. Es geht wohl um das Grundstück in Parghelia, auf dem das Hotel erbaut wird. Stellen Sie sich vor, Sie möchte alles mir und meinem zukünftigen Mann, Marcello Battistella, zur Hochzeit schenken.“ Laura lächelte und schob ein wenig verlegen eine Hand in die enge Tasche ihrer Jeans.

„Wie schön und großzügig, ich freue mich für Sie, Laura. Und die Hochzeit ist in drei Wochen? Meinen Glückwunsch!“ Laura errötete. Robert fluchte innerlich, weil er sich wie ein Bittsteller vorkam. „Ich brauche von Monica eine Unterschrift, deshalb war ich bei Rechtsanwalt Umberto.“

„Ich fahre heute noch nach Parghelia und kann mit meinem Verlobten darüber sprechen, wenn Sie wollen, und dann mit Monica.“

Robert erwiderte das Lächeln so charmant er konnte: „Mein Gott, daß wäre wunderbar, wir können den Bau nicht voranbringen, wenn ...“ Nach einer schnellen Überlegung fügte er hinzu: „Ich fahre nach Tropea, wenn Sie wollen, kann ich Sie mitnehmen.“

Laura schaute Hochwürden fragend an, und als dieser nickte, lachte sie und sagte: „Gut, ich hole nur noch meine Sachen, in zehn Minuten treffe ich

Sie vor der kleinen Bar, kurz vor der Kirche, okay?“ Strahlend setzte sie hinzu: „Ich werde heute mein Brautkleid aussuchen!“

Kapitel 6: Der Tunnel

Julia schaute auf die Uhr. Es war inzwischen kurz vor neun. Ihrem Gefühl nach wartete sie jetzt bereits zwanzig Minuten auf den Espresso und Ulla auf ihren Grappa. Weder die Kellnerin noch der Kellner des Quo Vadis ließen sich blicken. „Ich verzichte auf den Kaffee, komm, laß uns nach vorn gehen und Bescheid sagen, daß wir zahlen wollen.“ Julia griff sich ihre kleine Handtasche, Ulla entwand der Stuhllehne ihr rosa Tuch und legte es sich um die Schultern. An dem Tisch vor der Küche warteten sie. Julia rief: „Wir würden gern zahlen!“

Die weibliche und die männliche Stimme, die sich mit lauten Worten ein Gefecht lieferten, verstummten. Die Kellnerin trat heraus, nickte Julia zu, ging zum Büfett, auf dem eine Kasse stand, und kam kurze Zeit später wieder. „Bitte“, sagte sie, ohne zu lächeln, und reichte Julia die Rechnung. Julia zahlte.

„Auf Wiedersehen!“ Die Frau verschwand ohne eine Erwiderung. Julia trat zu Ulla, die in dem kleinen Vorraum stand und wartete. „Schau mal hier“, sagte sie und zeigte Julia einen kleinen Reklameflyer, den sie von einem Tischchen genommen hatte, auf dem mehrere, sorgfältig aufgefächert neben einer Schale mit Streichhölzern, einer Vase mit künstlichen Blumen und einer wie Noten aufgestellten Speisekarte lagen. Julia blickte auf das Photo, es zeigte ein Liebespaar von hinten, das auf das Meer schaute, in dem gerade orangerot die Sonne unterging. „Wie romantisch!“ Sie las laut vor: „Quo vadis. L’incontro tra piacere e gusto. Na, gut.“ Julia kicherte albern und ein wenig beschwipst, als sie auf die Straße trat.

„Jetzt einen Absacker in einer schönen Bar!“ meinte Ulla gut gelaunt und ebenfalls in Weinlaune.

„So was gibt es hier nicht!“

„War dahinten nicht noch so ein kleines Café, gleich neben der anderen Kirche?“ fragte Ulla.

„Ja, mal sehen, ob es inzwischen geöffnet ist.“ Sie gingen die Hauptstraße entlang. „Liegt in unserer Richtung! Ich denke, wir nehmen zurück lieber die offizielle Straßenunterführung am anderen Ende des Ortes. Was meinst du?“

„Ein kleiner Spaziergang wird uns guttun. Schnuppere mal die Luft, ganz anders als bei uns. Riecht nach Jasmin.“

Sie schlenderten die menschenleere Hauptstraße entlang bis zur Kirche. In einer Nebenstraße, die links abging, sahen sie ein Leuchtschild. „Dort ist es! Laß uns erst von der anderen Seite einen Blick hineinwerfen“, meinte Ulla plötzlich und zog Julia am Ärmel. „Sieht nicht einladend aus“, war ihr Kommentar eine Minute später. Auch Julia gefiel nicht, was sie sah: Einen taghell beleuchteten Raum, dessen Mitte von einem Billardtisch eingenommen wurde, um den sich drei junge Burschen mit Bierflaschen in der Hand scharten. An einer Wand flackerte ein überdimensionaler Spielautomat abwechselnd grellrot und leuchtend-orange vor sich hin. Lärmfetzen drangen zu ihnen hinüber. „Nein, nichts für uns!“ entschied sie ebenfalls. Vor dem Café bestieg ein Jugendlicher sein Moped, er nestelte am Verschluß seines Helmes herum. Bei ihrem Anblick hielt er inne, sein behelmter Kopf wandte sich ihnen zu. Als sie vorbeigingen, stieß er einen Pfiff aus.

Julia fühlte sich unbehaglich. Ihr kamen die Handtaschenräuber auf den Mopeds in den Sinn – vor Jahren war sie mit Bernd einmal einem Überfall nur knapp entgangen. Sie ging schneller. Ohne sich umzudrehen, marschierten sie weiter bis zur Bahnhofsstraße. Hier müssen wir uns entscheiden, überlegte Julia angespannt. Links ging es zur offiziellen Straßen- und Bahnunterführung, welche auch die Autos benutzten, rechts zum Bahnhof und damit zu der kleinen Röhre, dem inoffiziellen Weg unter der Bahnlinie hindurch. Julia lauschte, unruhig wartete sie auf das Geräusch des anspringenden Mopedmotors. Es blieb ruhig.

Warum startet er nicht und fährt endlich an uns vorbei? dachte sie voller Angst. Bei der Straßenunterführung sind wir ihm hilflos ausgeliefert. Sie zögerte, verlangsamte ihren Schritt. Ulla paßte sich an. Das Moped kam nicht.

Die Straßenbeleuchtung warf nur spärliches Licht auf das Pflaster, es wirkte dunkler als auf der Hauptstraße. Als sie die Straßenunterführung erreichten, gähnte diese wie ein schwarzes Loch vor ihnen. Auch nach ein paar Schritten in das Dunkel hinein war das Ende des riesigen Schlundes nicht erkennbar. Julia hörte auf der anderen Seite Hunde bellen. Ihre Nerven waren angespannt. Als sie endlich das Moped kommen hörte, faßte sie Ullas Hand und rief: „Komm, laß uns umkehren!“ und rannte los. Gerade, als sie die Bahnhofstraße wieder erreichten, fuhr das Moped an ihnen vorbei. Julia atmete auf. Sie ließ Ullas Hand los und schaute die Freundin an.

„Mein Gott, ich dachte, der Kerl würde uns ausrauben. Es wäre ein Leichtes in dem dunklen Schlauch da unten!“ Sie war stehengeblieben, schaute Ulla an und sah, daß die Freundin zitterte.

„Wir nehmen lieber den anderen Weg, den, den wir hergekommen sind, einverstanden?“ fragte Julia, noch immer beklommen und mit einer unbewußten Restangst im Hirn.

„Hast du die Hunde gehört? Ich werde keinen Schritt weiter in diese Richtung gehen!“ verkündete Ulla.

Also kehrten sie um. Ohne ein weiteres Wort zu verlieren, schritten sie zügig aus, bis sie den Bahnhof erreichten, der wie ausgestorben war. Das Bahnhofshäuschen ragte ohne jedes Licht neben den Schienen auf.

„Jetzt kommt das Hundegebell von überall! Hörst du es?“ Ullas angstvolle Stimme klang verzerrt, sie krallte sich an Julia fest. Auch Julia hörte jetzt deutlich Hundegeheul, ohne jedoch genau ausmachen zu können, woher es kam. Die Luft schien erfüllt von aufgeregtem und unruhigem Gejaule. „Ja, unheimlich! Macht einen richtig nervös!“

„Nervös? Ich sterbe vor Angst!“

Sie hasteten den Bahnsteig entlang, um schnell zu der kleinen Bahnunterführungsröhre zu gelangen und bangten gemeinsam, weil alles im Dunklen so unheimlich wirkte. Endlich kam die Ecke mit den Blauregenblüten in Sichtweite, wo Julia auf dem Hinweg ein Photo geknipst und Ulla „Wistera sinensis“ gemurmelt hatte. Julia war erleichtert. Sie mußten nur noch durch die verrostete hellblaue Tür, die jetzt grau wirkte, dann begann der Weg hinunter. Plötzlich schienen die Hunde ganz in der Nähe zu kläffen. Sie blieben einen Augenblick unschlüssig stehen und sahen sich unsicher um.

Fast hysterisch rief Ulla plötzlich: „Schau, dort ist so ein Biest!“ und tatsächlich bewegte sich ein Schatten rasch durch das Gebüsch. Als Julia einen kleinen Hund wegrennen sah, atmete sie auf und lachte. „Ein kleiner Streuner, kein Grund zur Panik! Komm, wir schaffen das schon, ist ja nur ein kurzes Stück durch die Röhre! Warte, ich leuchte den Weg aus. Mein neues Handy hat eine Taschenlampe!“ Verzweifelt suchte sie nach dem Schalter, um sie anzuknipsen. Als endlich der kleine Lichtstrahl den schmalen Pfad beleuchtete, kletterte Julia als erste über die niedrige Mauer. Ulla hielt sich dicht hinter ihr. Das Hundekonzert schien noch näherzukommen. Julia beschlich Angst. Waren noch andere Hunde hier? Liefen noch mehr Viecher frei herum? Größere Tiere?

Ulla konnte nicht mehr klar denken. Die Angst vor den Hunden lähmte sie. Wie automatisch gesteuert, stolperte sie den schmalen, von hohem Gestrüpp umwucherten Pfad hinunter. Julia ging kurz vor ihr, der schmale Lichtkegel des Handys beleuchtete kaum den Weg, und doch saugten sich Ullas Augen an dem Licht fest. Sie versuchte, ihre Gedanken einzugrenzen, um bei dem Hundegebell nicht in völlige Panik zu verfallen. Sie tastete sich vorwärts, Schritt um Schritt, immer das aufdringliche Kläffen der Köter im Ohr. Sie hatte kurz das Gefühl, auf etwas Weiches, Feuchtes, Krabbelndes zu treten und zuckte zurück. Als Julia vor ihr stehenblieb, erkannte sie die gemauerte Röhre. Irgendwo raschelte etwas, sie zögerte, weiterzugehen, Julia bemerkte es und nahm ihre Hand, sagte mit einem Zittern in der Stimme, aber doch bestimmt: „Wir schaffen es!“

Als sie sich langsam durch den niedrigen Röhrenraum bewegten, beruhigte sich Ulla etwas, weil hier die Hunde weniger deutlich zu hören waren. Sie versuchte, durchzuatmen. Mehr als einmal stießen ihre nackten Füße in den Sandalen an einen Stein, es fiel ihr schwer, diesen Umstand zu ignorieren. Der kleine Lichtkegel des Handys beleuchtete die Mauersteine, sie schimmerten rötlich.

„Gleich sind wir durch!“ hörte sie Julia ausrufen, und tatsächlich erschien kurze Zeit später ein wenig Sternenhimmel draußen und beleuchtete das Oval des Ausgangs. Sofort schien das Hundegebell wieder von überall zu kommen. Ulla hastete Julia hinterher. Der Pfad auf der anderen Seite der Röhre wandt sich ebenso schmal nach oben wie der andere vorher nach unten. Das Gestrüpp schrammte an ihren Beinen entlang, sie rutschte aus, verlor Julias Hand, rappelte sich wieder auf und kraxelte auf allen Vieren die restlichen Meter bis zur Straße hinauf. Julia streckte ihr die Hand entgegen, sie befand sich bereits hinter der Straßenabgrenzung. Erleichtert stieg Ulla über die etwa fünfzig Zentimeter hohe Steinmauer und war glücklich, daß sie auf der großen Überlandstraße stand. Ihr Herz klopfte bis zum Hals.

Als ein Scheinwerfer sie erfaßte, sprang sie automatisch zur Seite. Julia reagierte auf die gleiche Weise, sie drückten sich zusammen an den Rand, froh darüber, daß das Auto vorbeiraste. Dann überquerten sie die Straße und rannten beide gleichzeitig los. Erst im Bereich des beleuchteten Eingangs des Hotels Rocca di Parghelia blieben sie stehen, schnauften kurz durch und hasteten dann weiter. Endlich erreichten sie das Appartement.

Julia verrammelte die Tür, so gut es ging, von innen. Noch immer hörten sie die Hunde draußen anschlagen. Sie ging ins Bad, wusch sich die Hände und griff sich die Zahnputzbecher. In der Küche spülte sie die Gläser und stellte sie auf den Tisch. Aus ihrer Reisetasche holte sie eine Taschenflasche mit Kräuterlikör und füllte zwei gute Schlucke in die Glasbecher.

Als Ulla nach einer Weile – Julia hatte mehrfach die Toilettenspülung gehört und danach das Rauschen der Dusche – ziemlich blaß aus dem Bad auftauchte, gab sie ihr eines in die Hand. „Trink, es beruhigt!“ Sie schauten sich beide an. „Sag nichts, morgen ist auch noch ein Tag.“

Ulla nickte und verschwand in ihrem Zimmer. Julia seufzte, überlegte, ob sie sich noch unter die Dusche stellen sollte, entschied sich dann aber dagegen. Sie war plötzlich todmüde. Als sie im Bett lag, hörte sie erneut das Hundegejaule. Nimmt das denn überhaupt kein Ende, fragte sie sich. Sie erhob sich nochmals und stopfte sich Watte in die Ohren. Die Stunden ohne Schlaf schlichen nur so dahin, gegen drei Uhr hielt sie es nicht mehr aus und stand auf. Auch Ulla geisterte nebenan umher. Julia steckte den Kopf kurz in das Nebenzimmer. „Du kannst auch nicht schlafen?“

„Ich versuche es. Nicht, daß du denkst, ich bin hysterisch. Meine übersteigerte Angst vor Hunden hat einen Grund. Ich erzähle es dir ein anderes Mal.“

„Ja, okay. Ich dachte mir schon so etwas. Obwohl die Hunde heute nacht wirklich unnatürlich aufgeregt sind. So was habe ich noch nicht erlebt.“ Julia hielt einen Moment inne und horchte: „Jetzt haben sie sich anscheinend beruhigt.“

„Ja, zum Glück!“

„Versuchen wir, noch etwas Schlaf zu bekommen.“

Ullas Vokabelheft

Martedi	**Dienstag**
in ritardo	verspätet
bello	schön
Oggi fa bello	Heute ist schönes Wetter
bellissima	sehr schön, wunderschön (feminin)
molto bello	sehr schön
tranquillo	ruhig
molto tranquillo	sehr ruhig
tranquillissimo	sehr ruhig (maskulin)
La camera non è tranqilla	Das Zimmer ist nicht ruhig
Il televisore non funziona	Der Fernseher funktioniert nicht
Una giornata molto bella?	Ein schöner Tag?
Non lo so	Ich weiß nicht
ieri	heute
domani	morgen
il giorno dopo ...	nächsten Tag ...
il cane	der Hund
i cani	die Hunde
presto	früh
Qui vicino ci sono ...?	Sind hier in der Nähe ...?
Posso avere un altro cuscino?	Kann ich ein anderes Kopfkissen haben?
una coperta	eine Bettdecke
Il conto, per favore	Die Rechnung, bitte

Kapitel 7: Commissario di Flavio ermittelt

„No, prendo solo uno! Nein, bitte nur eines!“ empörte sich Commissario di Flavio an diesem Dienstagmorgen.

Sein Schwager im Café Roma lachte: „Va bene, nun gut, und dann willst du in fünf Minuten noch ein Croissant mit Erdbeermarmelade!“

„Nun ja, wer kann da widerstehen, deine Cornetti con marmelata zergehen auf der Zunge und schmecken einfach nach mehr.“

„Wenn du Meer willst, brauchst du nur ein paar Schritte zu gehen, wir haben es vor der Haustür!“

„Si, si, lo so, ich weiß! Zieh mich nur auf, du hast keine Figurprobleme, ich schon, mein Bäuchlein wächst und wächst! Bald lachen alle über mich, Commissario Dickwanst werden meine Untergebenen sagen, und mit dem Respekt ist es aus!“

„Was war denn in Parghelia gestern nacht an der Baustelle dieses Hotels Marina los? Man munkelt ja abenteuerliche Sachen! Eine Schlägerei zwischen den Nordafrikanern und den Russen? Und, war der schöne Tarif auch darin verwickelt? Alle Weiber sind ja verrückt nach diesem Marokkaner. Selbst deine Schwester verzieht schwärmerisch die Augen, wenn von ihm die Rede ist.“

„Meine Schwester, deine Frau, sieh an! Jetzt weiß ich auch, warum du lieber mich einspannst, wenn es eng wird“, frozzelte di Flavio, ohne auf die anderen Fragen einzugehen. Er lachte: „Bring mir lieber einen Cappuccino nach draußen.“ Er verließ den recht engen Innenraum des Cafés, trat vor die Tür und setzte sich auf einen der Korbstühle direkt an der Hauswand. Er schaute auf die ehrwürdigen Häuser von Tropea rund um die Piazza Ercole, sah die Schüler – lärmend wie überall – auch an diesem Morgen über das ausgetretene Pflaster rennen oder mit ihren Mädchen an der Hand vorbeischlendern. Alle – Kinder und Jugendliche – trugen Jeans, und fast bei allen hing ein Handy am Gürtel.

Sie hören noch nicht das Flüstern der jahrhundertealten Steine, für sie ist nur das Heute wichtig, dachte der Commissario wehmütig. Di Flavio beobachtete, wie die Stühle der Cafés rund um die Piazza zurechtgerückt wurden und sein Schwager und der Besitzer des anderen Cafés die Sitzkissen verteilten. Kurze Zeit später erschien gegenüber der Inhaber des eleganten Modegeschäftes.

Einen rosa Pulli würde ich nie tragen, ging Commissario di Flavio durch den Kopf, sieht albern aus. Massimo ist ebenfalls fülliger geworden, wie ich wird er bald fünfundfünfzig! Ob seine neue Verkäuferin auch seine Geliebte ist? Jedenfalls paßt sie mit ihrem sehr ausladenden Untergestell in keine seiner angepriesenen Moden. Di Flavio schaute zu der nur ein paar Schritte von ihm entfernt sitzenden Verkäuferin hinüber, die eilig ihre Kaffeetasse leerte, bevor sie zum Geschäft eilte. Er wußte, daß sie aus Pizzo kam und gerade das siebenundzwanzigste Lebensjahr vollendet hatte.

Di Flavio schmunzelte vor sich hin, als Massimo mit seiner Angestellten zusammen zwei Kleiderständer vor die Tür wuchtete. Danach fuhr der Geschäftsmann die Markise aus. Locker bearbeitete sein Handgelenk die Kurbel, nicht ohne seiner kurvigen Verkäuferin ab und zu einen schmachtenden Blick zuzuwerfen. Der Commissario amüsierte sich prächtig. Als Massimo zu ihm rüberschaute, hob di Flavio grüßend die Hand und rief: „Ciao!“

Den Alten des Ortes, Rezzo, Murillo, Lorenzo und Mario, die sich jeden Morgen im Café Roma trafen, um einen Espresso zu trinken und zu reden, schickte er ebenfalls ein „Ciao, wie geht es?“ hinüber.

Er genoß es, am Rande des Geschehens zu sitzen und den Morgen zu genießen. Dieser Maimorgen ist frisch und neu wie ein junges Mädchen, das gespannt und neugierig auf das Leben wartet, dachte er, als er auf der gegenüberliegenden Seite zwei Touristinnen auf der Piazza Ercole auftauchen sah. Di Flavio war aufgefallen, daß sich die meisten Fremden in das andere Café setzten. Wahrscheinlich, weil dort die Sonne schon morgens die Stühle voll beschien, und die Fremden nach der ihnen fehlenden Wärme des Südens hungerten. Mal sehen, wo diese beiden hinsteuern. Wenn sie zum Café Roma kamen, waren sie sicher Schülerinnen der Sprachschule. Di Flavio strich über sein kleines Oberlippenbärtchen und rückte die randlose Brille zurecht. Er unterdrückte den Impuls zu pfeifen. Diese weichgeformte Schöne mit ihrem wahrhaft üppigen Busen kam frisch daher wie ein Pfefferminzbonbon. Ihr rosa Rock mit dem knappen Oberteil enthüllte mehr, als es verbarg. Dieser Busen! Eine Herausforderung für jeden Mann!

Ein blaßblaues Tuch flatterte locker um ihre Schultern. Ihre Begleiterin war größer als der Durchschnitt. Er schätzte, daß sie etwa so alt war wie er. Ihre braunen, langen Haare lugten unter einer roten Schirmmütze hervor, und wenn sie jetzt einen Golfschläger schwingen würde, wäre das Bild vollständig. Als die beiden näherkamen, fiel ihm das warme Lachen der Älteren auf. Sie legte den Arm kurz um die Schulter der Jüngeren. Jetzt lachte diese ebenfalls und hob ihr Gesicht zu der anderen hoch.

Di Flavio glaubte zu träumen. Beim Anblick des Gesichtes ging ein Zittern durch seinen Körper, das sich in seinem Magen fing und ein flaues

Gefühl zurückließ. Abgesehen von den blonden Haaren, glaubte er einen Moment lang Sabina die Straße entlangkommen zu sehen. Jene Frau, die vor vielen, vielen Jahren der Grund dafür war, daß er zur Polizei ging. Das Vibrieren seines Handys in der Hosentasche riß ihn aus dem gespenstischen Traum und zwang ihn in die Realität zurück. „Di Flavio!" meldete er sich. Seine Magengrube bekam einen weiteren Schlag versetzt. Auch die vielen Berufsjahre änderten nichts daran, daß die Worte „Wir haben eine Tote gefunden!" ihm die Luft abschnürten.

„Ich komme sofort!" preßte er nach einer Weile angestrengten Lauschens hervor, in der er, ohne sich dessen selbst bewußt zu sein, auf und ab getigert war. Er klappte das Handy zu und versenkte es in seiner Hosentasche. In der Bar bedeutete er seinem Schwager, daß er später zahlen würde und beeilte sich, zu seinem Auto zu kommen. Der Wagen stand weiter oben an der Tankstelle beim neuen Markt an der Porta Nova.

Gestern eine Schlägerei an der Baustelle des Hotels Marina, bei dem ein Tunesier verletzt ins Krankenhaus eingeliefert werden mußte, jetzt eine Frauenleiche in der gleichen Gegend. Was war nur los in dem kleinen, verschlafenen Parghelia?

Auf der Fahrt ging ihm die Touristin, die aussah wie Sabina, nicht aus dem Kopf. Vielleicht nur eine zufällige Ähnlichkeit, ich werde nachforschen, nahm er sich vor. Er bog von der großen Überlandstraße nach Parghelia ab und lenkte seinen Fiat Grande Punto in Richtung Bahnhof. Um das schäbige Bahnhofshäuschen herum standen bereits mehrere Polizeiwagen. Er parkte neben ihnen und stieg aus.

Schon von weitem sah er das gestreifte Band, mit dem man den Fundort abgesperrt hatte. Gegenüber einer Hausecke mit einem Blauregenbäumchen, das mit seinen blaßblauen Blüten verschwenderisch die Mauer verschönerte, hob er das Band hoch und ging den schmalen Weg entlang durch eine verrottete Tür. Kurz dahinter, am äußeren Ende des Bahnsteigs, stieg er über eine kleine Begrenzungsmauer und betrat den kiesigen Weg. In der Senke sah er die Leute vom Erkennungsdienst in weißen Overalls werkeln. Die Männer der Spurensicherung bewegten sich lautlos, steckten Schilder und Nummern in die Erde, nahmen Abdrücke, stülpten Plastiktüten über die Hände der Leiche, die unter einer Plane lag.

„Ciao Bruno!" sagte er und bemühte sich, das Gestrüpp nicht niederzutrampeln, um vielleicht vorhandene Spuren zu verwischen. Sein Kollege von der Spurensicherung hob die weiße Abdeckung zur Seite. Di Flavio betrachtete die Tote. Er mußte seinen aufsteigenden Ekel unterdrücken. Der Anblick war nicht erbaulich.

„Die Frau mag etwa dreiundzwanzig Jahre alt sein, blond, 57 kg, 1,63 Meter groß, vermutlich war sie sehr hübsch!“ kommentierte Bruno, „genaue Todesursache bekommst du noch geliefert. Ich weiß nicht, ob sie erst vor oder nach ihrem Tod so zugerichtet wurde.“

„Woher rühren diese Verletzungen?“ zwang sich di Flavio zu fragen.

„Sieht nach Tieren aus. Vermutlich Hunde!“

„Wann bekomme ich deinen Bericht?“

„Morgen oder übermorgen, je nachdem, ob die Kollegen in Cosenza zuständig sind oder die von Reggio.“

„Va bene! Sieht schlimm aus, man kann kaum noch das Gesicht erkennen, hoffentlich war sie schon tot, sonst ...“ Di Flavio schüttelte nachdenklich den Kopf. „Habt ihr etwas gefunden, das auf die Identität hinweist?“

„Noch nicht.“

Er ging ein Stückchen weiter zu einem uniformierten Polizisten: „Was wurde bisher in Erfahrung gebracht?“

„Wir haben im Ort Erkundigungen eingezogen. Diesen zufolge erwartete der Inhaber des Lokals Quo vadis, Marcello Battistella, gestern abend seine Verlobte. Sie ist nicht gekommen. Ich denke, der Beschreibung nach könnte die Tote diese Person sein. Sie wollte mit der Bahn anreisen, meinte er. Sie stammt aus Nicotera.“

„Na, das ist ja schon etwas! Aber wenn sie mit der Bahn kam, warum ist sie durch die Unterführung gegangen, sie hätte doch direkt zu ihm gehen können.“

„Wir haben weiter oben an der Straße ein rosa Tuch gefunden, vielleicht ist unsere Tote doch von der Straße gekommen? Und sie ist naturblond, könnte vielleicht auch eine Touristin aus dem Hotel Rocca di Parghelia sein“, hörte di Flavio Bruno rufen.

„Das bitte nicht! Aber ich werde zum Hotel Rocca di Parghelia fahren und mich umhören. Kommen Sie, Largo!“ sagte er zu dem Polizisten, mit dem er vorher gesprochen hatte. „Ich warte auf deinen Bericht, Bruno. Grüß Clara von mir!“

Di Flavio war im Begriff, wieder über die kleine Mauer zu klettern, als er dicht neben dem Weg im Unkraut etwas aufblitzen sah. Er förderte ein Paar weiße Baumwollhandschuhe aus der Innentasche seiner Jacke zutage und zog sie über. Dann suchte er an seinem Schlüsselbund nach dem langen, altmodischen Schlüssel und nahm damit vorsichtig den Gegenstand auf. Der Polizist, der ihm gefolgt war, hielt ihm wortlos eine Plastiktüte hin, in die er die Sache verstaute.

„Bitte noch zur Spurensicherung!“ sagte di Flavio.

Er ging zum Auto zurück. Sein Hemd klebte am Körper. Er gab der Mittagssonne die Schuld und wußte, daß die Leiche da unten den Schweißausbruch verursacht hatte. Er zwang sich, den Anblick des zerstörten Frauenkörpers für einen Moment zu verdrängen. Ihm fiel ein, daß er seiner Frau Erica versprochen hatte, mit ihr zu ihren Eltern nach Mailand zu fahren, bevor es zu heiß werden würde. Daraus wird wohl nichts werden, überlegte er und fürchtete schon jetzt Ericas Tiraden.

Kapitel 8: Neuer Start in den Urlaub

Verdammt schlechte Nacht, dachte Julia, als der Wecker an ihrem Handy klingelte. Sie blinzelte in den Dienstagmorgen und schlurfte ins Bad. Aus dem Spiegel schaute ihr ein ziemlich verknittertes Gesicht entgegen. Sie drehte den Wasserhahn auf und beugte sich über das Waschbecken, versuchte, mit kaltem Wasser Abhilfe zu schaffen, bis sie meinte, es würde ihr jetzt gelingen, die Augen vollends zu öffnen. Noch immer klebten die Lider zusammen und fühlten sich schwer wie zwei Zementsäcke an. Julia setzte die Prozedur unter der Dusche fort. Der kalte Wasserstrahl prallte auf ihr Gesicht und rann ihren Körper hinunter, wieder und wieder. Irgendwann fröstelte sie, und ihre Haut wurde vor Kälte taub. Julia drehte das Wasser ab und rubbelte sich trocken. Ihr Blut zirkulierte wieder. Sie fühlte sich einigermaßen frisch.

Heute morgen begann der Italienischkurs. Dafür war sie schließlich hierher gereist. Noch mit dem Badehandtuch um den Leib öffnete Julia die Läden vor dem Fenster. Der Himmel spannte sich lichtblau und wolkenlos von Ost nach West, unbeeindruckt von allen Sorgen und Nöten des vergangenen Tages und der Nacht. Julia seufzte. „Ulla? Bist du schon wach?“ Sie klopfte an die Tür zum Nebenraum.

Eine bereits angezogene Ulla öffnete die Tür und steckte den Kopf heraus: „Ausnahmsweise ja, ich wollte dich nicht wecken, du hast so selig geschlafen, als ich in die Dusche geschlichen bin. Ich habe bereits meinen Koffer gepackt.“

„Du hast was?“

„Meinen Koffer gepackt. Nach dem Erlebnis gestern abend würde ich am liebsten gleich wieder nach Hause fahren."

Die letzten Schlafreste in Julias Hirn lösten sich schlagartig auf. Sie nickte. „Ja, vielleicht ist es das beste", quetschte sie gedehnt hervor. Mühsam unterdrückte sie den Impuls, loszuheulen. Sie setzte sich auf ihr Bett. Dann sah sie Ulla verschmitzt grinsen. „Aber ..."

„Aber?" fragte Julia, noch immer mit weichen Knien. Der kleine Hoffnungsschimmer tröstete.

„Aber ich habe folgendes überlegt: Erstens, ich habe keine Lust gleich wieder in ein Flugzeug zu steigen. Zweitens, ich bin noch immer urlaubsreif. Drittens, das Meer. Ich würde es so schnell nicht mehr zu Gesicht bekommen."

Julia fühlte sich von Ulla aus ihrem Sitz hochgezogen und an das offene Fenster bugsiert. „Außerdem ... riech mal ... dieser betörende Duft der Bergamotte. Meine Kräuterseele jubelt. Am liebsten würde ich sofort losziehen, um all die fremden Kräuter zu besichtigen, die da draußen auf mich warten. Viele Gründe zu bleiben." Ullas Grinsen verstärkte sich. „Nummer vier, na rate mal! Ich werde dich hier doch nicht allein lassen. Nummer fünf, unser Sprachkurs fängt heute an."

„Bin ich froh! Zu zweit macht es einfach mehr Spaß. Ich habe mich so lange auf den Italienischkurs gefreut." Julia umarmte die Freundin. „Paß auf, wir suchen uns ein anderes Hotel, direkt in Tropea."

„Richtig, aber ein komfortables, von dem aus wir alles zu Fuß erobern können."

„Gebongt! Aber jetzt muß ich mich anziehen, der Wagen von der Sprachschule erwartet uns in zwanzig Minuten. Du siehst gut aus, wie eine Frühlingsblüte."

„Mir war zwar heute beim Anziehen alles andere als frühlingshaft zumute. Wenn es nach meiner Stimmung gegangen wäre, hätte ich mich in Grau gehüllt. Aber ich dachte, ich muntere mich selber auf und ziehe Rosa an. Die imaginäre rosarote Brille habe ich mir dazugedacht."

„Okay, ich werde es mit Rot probieren. Die Farbe, die ich nach Bernds Tod immer getragen habe, wenn mir das Schwarz zuviel wurde. Ich bin gleich fertig."

„Hast du zufällig mein rosa Tuch gesehen?"

„Nein, tut mir leid."

„Vielleicht habe ich es in dem Lokal gestern vergessen. Nun, egal!" meinte Ulla, schon fast an der Tür zum Nebenzimmer.

Julia trat an die Kücheneinbauten und griff nach ihren dort hängenden Sachen, entschied sich für eine weiße Hose, langte nach dem roten Top und stülpte, als sie fertig war, noch eine rote Sportkappe über die Haare. Als sie sich ihre Tasche griff, verkündete sie: „Ich bin startklar, wir können.“ Sie verließen das Appartement und eilten zum Parkplatz vor dem Eingangstor. Tatsächlich wurden sie bereits erwartet.

„Buon giorno, guten Tag, ich bin Lorenzo, der Chef der Sprachschule. Sie sind sicher Ulla und Julia? Steigen Sie bitte ein.“ Lorenzo, ein kleiner levantinischer Typ, lächelte ihnen zu, seine Zähne blitzten ebenso weiß wie sein Hemd. „Sie haben sich einen besonderen Tag für Ihren Start ausgesucht, die Schule eröffnet heute, und wir veranstalten mit einigen Leuten vom Reisebüro einen kleinen Empfang. Um elf Uhr geht es los. Sie haben noch fast zwei Stunden Zeit für einen kleinen Stadtrundgang, wenn Sie möchten.“ Er reichte Julia und Ulla einen Stadtplan, bevor er ihnen die Tür aufhielt und sie in den Fond des Wagens kletterten. „Der Treffpunkt ist gleich neben dem Dom, es ist angekreuzt, Sie können es nicht verfehlen.“

„Ja, wir würden gern noch ein wenig durch die Stadt bummeln, gute Idee“, sagte Julia.

Ulla nickte und fragte: „Wo gibt es denn frische Croissants in Tropea?“

Lorenzo schmunzelte. „Ich setze Sie an der Piazza Ercole ab. Gehen Sie ins Café Roma, dort gibt es die besten Cornetti.“ Er startete den Wagen. „Ich fahre mit Ihnen über die alte Landstraße, damit Sie einen Eindruck von der Umgebung bekommen.“

Julia wollte erwidern: Unser erster Eindruck war nicht der beste, ließ es aber sein und schnaufte nur kurz durch. Ihr kurzer Seitenblick streifte Ulla. Deren Gesichtsausdruck sprach Bände. Julia legte für eine Sekunde ihre Hand tröstend auf den Arm der Freundin. Dann wandte sie sich dem Umfeld draußen zu und wurde besänftigt. Zur Rechten leuchtete etwas entfernt das Meer, als würde es einen Preis für das schönste Tropenparadies gewinnen wollen. Auf der linken Straßenseite verteilten sich halbfertig gebaute Landhäuser, an denen wohl nur am Sonntag gearbeitet wurde. Dazwischen befanden sich Grundstücke, die noch gänzlich unbebaut waren. Auf einem tummelten sich zu Julias Freude Pferde.

„Da sind ja die Bergamottesträucher!“ rief Ulla und zeigte auf weißblühende Hecken, welche die Gartengrundstücke eingrenzten. Die Straße machte jetzt einen Bogen. Rechter Hand öffnete sich eine weite Fläche mit ungepflegtem Grasbewuchs. Das Gelände fiel sanft ab. Ein hoher Maschendrahtzaun grenzte es ein.

Plötzlich rief Ulla: „Die Hunde! Hinter dem Zaun, schau!“

Julia beugte sich vor und sah mehrere große Hunde unruhig hinter der Abgrenzung auf und ab laufen. Die beiden Freundinnen faßten sich unwillkürlich an den Händen. Julia sah den Schrecken in Ullas Augen aufblitzen und sagte: „Denken wir nicht mehr daran, das war gestern, heute ist heute!“ Ihr war klar, daß diese Weisheit sich platt anhörte. Der Hundezwinger verschwand aus ihrem Blickfeld. Das Auto fuhr durch eine Unterführung. Als es wieder auftauchte, stieg links die Schnellstraße brückenartig an. In den Brückenbögen waren anscheinend Lager untergebracht – vor einigen standen leere Kisten. Auf der rechten Straßenseite kündigte ein großes Schild ein Vier-Sterne-Hotel mit dem Namen Marina an. Kurze Zeit später rollten sie an der Hotelauffahrt vorbei. Julia amüsierte sich über eine riesige, alte Segelkogge, die auf dem gepflegten Rasen neben Palmen vertäut lag. Sie fühlte sich nach Las Vegas versetzt. „Vielleicht wäre dieses Hotel eine Alternative“, bemerkte sie.

„Das Hotel soll im August eröffnet werden!“ schaltete sich Lorenzo in das Gespräch ein. Jetzt erkannte Julia weiter hinten Bauwagen und unverputzte, teilweise eingerüstete Gebäudereihen.

„Ist sowieso zu weit von Tropea entfernt“, lautete Ullas Kommentar. Hinter dem Hotel endete die Bebauung, und Zwiebelfelder erstreckten sich bis hinunter zum Meer.

„Le cipolle?“ fiel Julia ein.

„Ja, rote Gemüsezwiebeln, eine Spezialität der Gegend“, sagte Lorenzo und fuhr etwas langsamer, so daß sie beobachten konnten, wie auf dem Feld nahe der Straße einige Arbeiter in gebückter Haltung die roten Köstlichkeiten sorgfältig in Kisten schichteten. Nach einer erneuten Rechtskurve erreichten sie den Hafen. Der Felsen mit der Stadt Tropea ragte direkt vor ihnen auf. Nach einigen Kehren aufwärts tauchten sie kurze Zeit später in ein Gewirr enger Gäßchen ein, durch das sie Lorenzo geschickt chauffierte.

Der Wagen stoppte. „Die Piazza Ercole! Der Mittelpunkt der Stadt! Rechts daneben ist das Rathaus mit der Touristeninformation und das Café Roma. Viel Spaß. Wir sehen uns um elf Uhr. Sie brauchen nur die Straße zum Dom geradeaus zu gehen. Gleich dahinter finden Sie das Restaurant Minerva. Im ersten Stock, auf der Terrasse. Bis dann!“ Sie kletterten aus dem Auto, blieben erst einmal stehen und schauten.

„Komm“, meinte Julia, „ein Cappuccino wäre jetzt das Größte!“

„Mmmhm, si!“

Julia faßte die Freundin um die Schultern und lachte: „Paß auf, wir beginnen die Ferien noch einmal von vorne."

Sie schlenderten an den Tischen im Freien vorbei und suchten sich einen Platz an der Hauswand. Als einige Zeit später ein älterer Herr mit beachtenswerter Tenorstimme „Komm auf mein Schloß ..." aus Don Giovanni in einem undeutlichen Italienisch schmetterte, ein Sonnenstrahl sich vorsichtig auf ihren Füßen niederließ, vor ihnen aus zartem Milchschaum Kaffeeduft entstieg und ein noch warmes Croissant wartete, seufzte Julia auf: „*Das* ist für mich Urlaub!"

Kurz vor elf Uhr betraten sie die Terrasse des Restaurants Minerva, Stimmengewirr erwartete sie bereits. Eine Gruppe Frauen mit FTU-Abzeichen am Revers ihrer weißen Blusen gruppierte sich locker um Lorenzo. Er winkte ihnen kurz zu, als er sie sah. Eine Dame von FTU kümmerte sich um sie, bot ihnen Orangensaft an und bat sie, sich mit Block und Stift der Firma zu versorgen. Sie wurden zu einem Grüppchen Wartender unterschiedlichen Alters geführt und gesellten sich dazu. Eine Aufschrift auf einer Tafel verkündete in bunten Großbuchstaben: Willkommen in der Sprachschule Tropea, Benvenuti a Tropea.

Julia trat an die Brüstung der Terrasse und bewunderte den Ausblick über den Hafen und das Hinterland. Als sie sich umdrehte, sah sie, daß die meisten Personen inzwischen Platz genommen hatten. Ulla winkte ihr zu, und Julia beeilte sich, durch die Reihen zu ihr zu gelangen. Lorenzo stand bei der Tafel. „Wollen wir die Dame vom Reisebüro nach einem Hotel fragen?" wisperte sie Ulla zu, als sie sich setzte.

Ulla reagierte nicht. Ihre Aufmerksamkeit galt offensichtlich anderem. Julia sah, wie Ulla lächelte und verschämt winkte. Sie folgte ihrem Blick und entdeckte zu ihrer Verwunderung Ullas Flugnachbarn. Er hockte neben einer FTU-Dame.

„Was hat der denn hier zu suchen?" flüsterte sie. Ulla zuckte mit den Schultern. Ihr Lächeln verstärkte sich. Er winkte ebenfalls kurz und strahlte zu ihr hinüber.

Lorenzo bat um Gehör. Er begrüßte alle Anwesenden und stellte den Ort und die Sprachschule vor. Ziemlich viel allgemeines Blabla. Julia beobachtete, daß der Mann aus dem Flugzeug – wie hieß er noch? Ach ja, Fellner – jetzt offensichtlich seine Nachbarin, eine junge Frau in Reisebürodienstkleidung, mit seinem Charme beglückte. Er flüsterte ihr etwas zu, sie lächelte verzückt, er steckte ihr seine Karte zu. Immer die gleiche Masche, dieser Macho, dachte Julia. Sie zwang sich, Lorenzos Worten zu lauschen.

„Jetzt möchte ich Ihnen unsere Lehrer vorstellen. Zuerst meinen Partner Raphael, er unterstützt mich auch bei allen Verwaltungsdingen." Ein hochgewachsener Mann, etwa dreißig Jahre alt, mit dunklen Locken und einem verschlossen wirkenden, Gesicht trat vor. „Und natürlich unsere Lehrer, Anna und Claudio." Zu Raphael gesellte sich ein gutaussehender Mann Mitte zwanzig und eine kleine zierliche Frau um die vierzig. „Bevor ich mit Ihnen ein kleines Vorstellungsspiel starte, möchte ich Sie mit der Direktorin des Sprachreisenressorts von FTU bekanntmachen."

Die Angesprochene, eine hochgewachsene Blondine, stand auf und stellte sich neben die Lehrer an die Tafel. „Ebenso Herrn Fellner, den Vertreter des Ferienkonsortiums, das bald auch das neue Vier-Sterne-Hotel Marina betreiben wird."

Sieh an! Julia erwartete, daß Herr Fellner ebenfalls aufstehen und zu den anderen treten würde. Aber er verbeugte sich nur kurz, dankte Lorenzo und blieb sitzen. Das allgemeine Vorstellungsspiel startete. Julia bekam einen Zettel in die Hand gedrückt und machte sich auf den Weg, ihre Interviewpartnerin zu suchen. Sie lächelte, als sie ausgerechnet bei der jungen Frau landete, die Herr Fellners Charme offensichtlich so beeindruckt hatte.

„Kennen Sie Herrn Fellner? Ich habe gesehen, daß Sie sich sehr angeregt unterhalten haben. Er war unser Flugnachbar", versuchte Julia einen höflichen Einstieg.

„Wie kommen Sie darauf?" antwortete die Frau ziemlich schnippisch und bedachte Julia mit einem eisigen Blick. Ihrem Tonfall entnahm Julia, daß sie aus Österreich stammte. „Ich bin im Auftrag meines Reisebüros hier, entschuldigen Sie mich bitte." Damit ließ sie Julia wie einen alten Schirm stehen und eilte davon. Auch gut, dachte Julia und holte sich einen Orangensaft. Dann kann ich nochmals die Aussicht in Ruhe genießen. Sie schlenderte nach vorn an die Brüstung. Plötzlich zwickte ihr jemand in den Arm.

„Julia, schau, dort unten, unser neues Hotel. Gleich nachher gehen wir hin und machen alles fest. Robert – Herr Fellner – hat schon für uns telephoniert, wir können noch heute nachmittag umziehen, wenn es uns gefällt. Hotel Tropea Mare, direkt unterhalb der Stadt am Strand. Ist das nicht klasse?"

Julia schaute in die gewiesene Richtung. „Mmmhm, sieht wirklich gut aus."

In diesem Moment verkündete Lorenzo: „Meine Damen und Herren, ich entlasse Sie jetzt. Alle Sprachschüler kommen um 14 Uhr zur Schule. Wer möchte, kann mit Claudio vorher einen kleinen Rundgang machen, der auch an der Schule vorbeiführt. Ansonsten ist die Lage der Schule im Plan verzeichnet. Ich danke Ihnen allen und ganz besonders unseren Gästen."

„Komm, wir schauen unser neues Hotel an." Julia ließ sich von Ulla fortziehen.

„Eigentlich wollte ich mich bei der FTU-Dame noch über das Hotel Rocca di Parghelia beschweren."

„Ach was!"

„Wie kommen wir denn da herunter?" fragte Julia. Sie sah Ulla grinsen. „Laß dich überraschen!" Julia folgte ihr. Unten, vor dem Lokal, wartete ein Nissan auf sie. Robert Fellner saß am Steuer. „Ihr Taxi wartet, meine Damen!" verkündete er launig, stieg aus und klappte den Sitz nach hinten. Julia stieg ein. Robert öffnete Ulla die Beifahrertür.

Über ein paar kleine Straßen und eine Kehrenabfahrt gelangten sie auf die Strandstraße, und kurze Zeit später hielt das Auto in der Einfahrt des Tropea Mare. Rosenduft umfing sie, Grünpflanzen säumten schmale Gartenwege, die zu kleinen Villen führten. In diesen waren jeweils vier Wohnungen untergebracht.

Als sie mit der Besitzerin des Hotels auf einer Terrasse standen, das Meer fast unmittelbar vor sich glitzern sahen, schauten sie sich stumm an und nickten. „Wir nehmen es!" sagte Ulla später am Tresen.

„Ja!" schloß sich Julia an. „In etwa einer Stunde kommen wir mit unseren Sachen."

Wieder ließ es sich Robert Fellner nicht nehmen, sie zu ihrem alten Hotel zu fahren, dort auf sie zu warten und sie wieder zurückzufahren. „Ein wirklich netter Mann, dieser Robert. Schade, etwas zu alt und auch vergeben, aber sonst ...", verkündete Ulla später.

„Schon fast unheimlich, daß er uns auch noch Punkt zwei Uhr bei der Sprachschule abgeliefert hat. Will er was von dir?"

Julia erhielt keine Antwort auf ihre Frage.

Ullas Vokabelheft

Mercoledi	**Mittwoch**
spiaggia	Strand
Dove vai?	Wohin gehst du?
sabbia	Sand
vista sul mare	Blick aufs Meer
fantastico	phantastisch
sapere	wissen
Ho studiato tutto la mattina	Ich habe den ganzen Morgen gelernt
tutte le mattine	alle Vormittage
Quale autobus devo prendere?	Welchen Autobus muß ich nehmen?
preferisco	ich bevorzuge
andare in taxi	mit einem Taxi fahren
Dove trovo un taxi?	Wo finde ich ein Taxi?
mangiare	essen
fame	Hunger
nato in Marocco	geboren in Marokko
robusto	kräftig, stark
spaghetti alle vongole	Spaghetti mit Venusmuscheln
antipasti	Vorspeisen
vino	Wein
Mi piace il ristorante	Mir gefällt das Restaurant
Ci riposiamo là	Wir ruhen uns dort aus
ma	aber
però	aber (dennoch)
certo	sicher

Kapitel 9: Santa Maria dell'Isola

Julia saß bereits eine Weile draußen auf der Steinbank der Terrasse ihrer neuen Ferienwohnung. Sie beobachtete das Sonnenlicht, das um diese Zeit noch aufsteigend die Stadt und den Strand ausleuchtete und vereinzelte, kleine Leuchtinseln auf dem Meer hervorzauberte. Sie hielt versonnen ein Glas Saft in der Hand, als Ulla erschien.

„Bist du schon lange auf?" murmelte Ulla noch verschlafen.

„Mmhm, ja. Schau dir diesen Blick an, ich kann mich gar nicht losreißen. Das Meer, der Strand und diese einmalig schöne Kirche. Wie stolz sie auf ihrem Felsen aus dem Wasser aufragt. Einfach überirdisch!"

„Ja, schön. Warst du schon im Bad?"

„Ich bin fertig, du kannst es in Beschlag nehmen. Hast du gut geschlafen?"

„Mmhm." Ulla trollte sich – offensichtlich noch morgenmundfaul – unter die Dusche. Julia hörte kurz darauf das Rauschen des Wassers. Sie holte sich den Reiseführer. Santa Maria dell'Isola, las sie, das bekannteste Kalendermotiv Kalabriens. Benediktinerkapelle und Wallfahrtskirche. Nach dem Unterricht, werde ich hinaufgehen, nahm sich Julia vor. Ihr fiel ein, daß sie noch ihre Schulsachen packen mußte und erhob sich, um hineinzugehen.

Ulla kam ihr entgegen, wesentlich munterer als vorhin und sagte: „Guten Morgen. Ein Mittwoch mit Traumwetter, schnuppere mal. Könnte vielleicht Lavendel sein."

Julia lachte. „Du und deine Kräuter. Wie sieht es aus, kommst du nach der Schule mit zur Kirche dort oben? Sicher gibt es dort ausgefallene Arten ..."

Ulla schaute versonnen auf das glitzernde Meer. „Ganz sicher nicht. Keine Chance. Keinen Streß in diesem Urlaub. Schließlich mußte ich mit Erik jahrelang auf jeden Berg klettern, jede Strecke mit dem Fahrrad fahren, bin stundenlang durch Wald und Flur marschiert ..."

„Na gut, ich weiß Bescheid!" lachte Julia. „Mein Bernd war auch eine Sportlerseele, ich kenne das. Die erste Zeit nach seinem Tod habe ich ähnlich reagiert. Mach, wozu du Lust hast."

„Ab ins Café Roma frühstücken, und dann wird gelernt."

„Aber ja!"

Nach vier Unterrichtsstunden mit allen Konjugationsformen der Verben essere und avere, die ihnen Claudio sehr charmant versucht hatte, näherzubringen, war Julia geschafft. Nur sie und Ulla waren in der Anfängerklasse mit kleinen Vorkenntnissen gelandet. Das hieß, es gab kein Abtauchen und Abgleiten in der Masse. Jede Minute mußten sie voll konzentriert sein, die grauen Zellen rauchten. Julia brauchte nun unbedingt Bewegung, ihr Gehirn Sauerstoff.

„Na, wie ist es, Ulla? Ich habe noch immer Lust auf den Kirchenfelsen zu kraxeln, wie sieht es jetzt mit dir aus?"

„Igitt, nein, vielleicht ein anderes Mal."

„Gut, treffen wir uns später im Café Roma?"

„Ja, klar, um vier Uhr, okay?"

„Si, si, va bene! Geht in Ordnung!"

Ein paar Minuten später stieg Julia fröhlich pfeifend die Stufen hinunter zum Strand, die Kapelle immer im Blick. Die Kirche glich eher einem kleinen Landschlößchen oder einer Burg. In ihrer Fassadenmitte ragte ein Turm mit Zinnen auf, und sie präsentierte sich einstöckig eher breit als hoch. In Spanien und Mexiko hatte Julia ähnliche Kirchen kennengelernt.

Bei der Strandstraße unten angelangt, stieg Julia auf der anderen Seite die neuangelegten Stufen zur Kapelle wieder hinauf. Jeder Meter mehr belohnte Julia mit einer grandioseren Aussicht. Weite, weiße Strände schwangen sich in mehreren Halbmonden an das wie ein großer Swimmingpool leuchtende Meer. Julia bedauerte, daß Ulla nicht neben ihr stand. Zu gern hätte sie die Begeisterung, die ihr fast den Atem nahm, geteilt.

Sie schlenderte über den weiten Vorplatz zum Eingang der Kirche, der etwas zurückversetzt unter drei Bögen versteckt lag. Die schwere, hölzerne Eingangstür öffnete sich und spuckte eine Gruppe Kinder aus. Während die Mädchen vorsichtig ins Freie traten, rannten die Buben los oder fingen an, sich sofort zu balgen. Julia schmunzelte und wartete, bis sich die Schulklasse trollte, bevor sie in das Halbdunkel der Kapelle eintauchte. Drei oder vier Reihen einfacher Holzstühle gruppierten sich vor einer überlebensgroßen, einfach gestalteten Marienstatue. Der Innenraum war niedrig. Der Altar war nicht wie üblich am Kopfende der Kapelle untergebracht, sondern wie der Turm in der Mitte der Kirche. Unzählige Kerzen flackerten vor dem Marienbild und zeugten von zahlreichen Fürbitten. Julia sah einige Frauen im Gebet versunken.

Voller Staunen erkannte sie – nun völlig an das Dunkel gewöhnt – in einer der Betenden die seltsame Fremde, die ihnen vorgestern auf der Straße begegnet war. Heute war die hagere Frau mit langen Hosen bekleidet, und auch darin sah sie irgendwie gestrig aus. Sie schien den Blick zu spüren, denn sie hob den Kopf und schaute Julia unvermittelt an. Etwas verlegen nickte Julia ihr zu, um sich gleich darauf abzuwenden. Fahrig versenkte sie einen Euro in eine Büchse, zog eine Kerze, zündete sie an und sprach ein kurzes Gebet. Dann verließ sie den Gebetsraum und folgte dem Hinweisschild zu einem kleinen Museum.

Über eine Wendeltreppe gelangte sie erst auf eine weitere, noch höher gelegene Aussichtsterrasse und dann in die Museumsräume. Sie stand vor Wänden mit alten Stichen und Gemälden. Fast alle zeigten die Kirche, als sie noch vom Meer vollständig umspült gewesen war. Auf anderen waren Wallfahrer zu sehen, die sich mit der Marienstatue in einer Bootsprozession dem Felsen näherten. Auf weiteren standen Fischer stolz neben riesigen Schwertfischen, die ihnen ins Netz gegangen waren. Versunken betrachtete Julia die Bilder. Ein Geräusch schreckte sie auf. Die Frau stand neben ihr.

„Erschrecken Sie nicht! Mein Name ist Monica, ich bin Deutsche. Ich lebe schon seit vielen Jahren hier. Ich bin froh, daß ich Sie treffe!“

Sie streckte Julia ihre Hand hin. Sie fühlte sich kühl und kräftig an. Er paßte nicht zu dem Äußeren der Frau, das etwas Morbides hatte. Julia stellte fest, daß die Frau etwa in ihrem Alter sein mußte. „Ich bin Julia.“

„Julia, bitte warnen Sie Ihre Freundin! Sie ist in Gefahr! Ich kann Ihnen noch nicht sagen, warum und wieso, bitte glauben Sie mir einfach!“

Julia schaute die Frau an. Was hatte diese Frau mit Ulla zu schaffen? Ihr schien das ganze obskur und absurd. Sie schüttelte den Kopf. „Woher kennen Sie Ulla? Was wollen Sie von uns? Wir haben Sie rein zufällig getroffen, Sie haben uns nie vorher gesehen. Das ist doch völlig verrückt, ich bitte Sie!“

„Glauben Sie mir einfach. Ich kann Ihnen nicht mehr verraten, das würde auch andere in Gefahr bringen. Bitte kommen Sie am Samstagnachmittag hierher, gegen drei. Bringen Sie ihre Freundin mit, bitte.“

Julia stand wie benommen da und starrte auf das Gemälde vor sich. Sie kapierte nichts. Was soll der Unsinn, wollte sie protestieren und drehte sich um. Doch Monica war lautlos verschwunden.

Die spinnt doch! Julia ging kopfschüttelnd weiter. Unter ihren Füßen knarrten die hellgrauen Dielenbretter, als sie den nächsten Raum betrat. In ihm hingen keine Stiche und Ölgemälde. Vielmehr war in vielen Photos jede Wallfahrt festgehalten. Julia betrachtete flüchtig die Schnappschüsse, sah Gesichter immer wieder auftauchen. Sie war innerlich aufgewühlt. Ihr fehlte plötzlich die Ruhe. Als sie gerade gehen wollte, streifte ihr Blick ein Photo aus dem Jahr 1970. Sie stutzte.

Julia trat näher heran. Im Abbild einer jungen Frau meinte sie, eine Ähnlichkeit mit den Gesichtszügen dieser Monica zu erkennen. Sie beugte sich vor, und ihr Atem stockte. Neben der Frau, die dieser Monica ähnelte, stand eine andere Frau. Und diese erinnerte sie an jemand anderen. Dieser Jemand war Ulla!

Jetzt spielt mein Unterbewußtsein mir einen Streich, ich sehe Gespenster, beruhigte Julia sich. Sie zwang sich, durchzuatmen, bevor sie sich wieder dem Photo zuwandte. Beim zweiten Hinsehen war der Eindruck verschwunden, lauter fremde Personen sahen sie an. Sie lachte trocken.

Du siehst schon Hirngespinste! Diese Monica bringt dich ganz durcheinander, schalt sie sich und wandte sich zum Ausgang. Dieser führte hinaus auf eine Plattform oberhalb der Kirche. Julia fand sich in einem kleinen Park wieder. Der Anblick von hoppelnden Hasen auf einem Rasen, begleitet von Papageienkreischen, verscheuchte das Erlebnis. Sie trat an die Voliere. Die Papageien krächzten heiser.

„Ja, ja", sagte sie, „lacht mich ruhig aus." Sie wanderte noch ein wenig herum. Ob man aus den großen Aloe-Pflanzen Heilsaft gewinnen kann? Ulla würde es wissen, dachte sie. Vorbei an gelbblühenden Ginsterbüschen gelangte sie an die Spitze des Geländes, wo ein großes Kreuz, für die sich nähernden Schiffe gut erkennbar, aus dem Boden aufragte. Julia schaute über das niedrige Holzgitter hinunter. Die zerklüftete Felswand fiel an dieser Stelle schroff ins Meer ab. Das Wasser unten war kristallklar. Julia konnte den Meeresgrund erkennen. Ihr war ein wenig schwindelig. Die Tiefe schien ihr entgegenzukommen, und sie schauderte. Langsam ging sie zurück in den Park und setzte sich dort auf eine Bank. Ein kühles Lüftchen wehte zu ihr herüber. Julia begann sich besser zu fühlen. Zu viel Sonne auf einmal, beruhigte sie sich.

Pünktlich um vier saß sie vor dem Café Roma und bestellte einen Latte macchiatto. Ein neuer Kellner, der weder wie einer aussah noch wie einer wirkte, bediente sie. Seine graugrünen Augen blitzten sie belustigt hinter randlosen Brillengläsern an. Julia erwiderte den Blick irritiert, sie lächelte. Sie stellte fest, daß sein kleines Lippenbärtchen der Lippenlinie folgte. Er schien gut gelaunt, denn er schmunzelte, irgendwie mit sich und der Welt im Reinen. Obwohl ein wenig rundlich um die Leibesmitte und nicht mehr jugendlich, sondern eher in ihrem Alter, wirkte der Mann behende und elastisch. Julia rätselte. Lag es an seinen Schritten oder den breiten Schultern, die sich unter dem Poloshirt abzeichneten? Er flößte ihr auf jeden Fall so viel Vertrauen ein, daß sie wagte, ihre wenigen italienischen Worte bei ihm zu proben. Er ging auf sie ein und plauderte mit ihr über das Wetter – il tempo. Das spöttische Glitzern in seinen Augen blieb, als würde es dorthin gehören. Erst als er im Inneren des Cafés verschwand, schaute Julia zur Uhr, zwanzig Minuten nach vier. Wo blieb Ulla? Sie begann sich zu sorgen. Doch wie von ihren Gedanken angezogen, erschien Ulla auf der Bildfläche, verteilte mehrere Tüten auf einem freien Sitz und umarmte sie. „Ciao, Bella. Ich bin ein wenig spät dran. Entschuldige!"

Ullas strahlendes Lächeln veranlaßte Julia zu fragen: „Na, bist du dem Mann deines neuen Lebens begegnet?"

„Forse, vielleicht?" Ulla lächelte so rätselhaft wie die Mona Lisa.

„Dici, sag, erzähl!" drängte Julia lachend.

„Warte, erst brauche ich einen Kaffee!" Als Ulla ihre Bestellung an den Mann gebracht hatte, foppte sie Julia: „Ein neuer Kellner? Du scheinst ihm zu gefallen."

„Ach, Quatsch, jetzt erzähl endlich, was war ...?"

„Ich habe D'juna gekauft, eine Spezialität, schau hier ...", Ulla fingerte aus ihrer Tasche ein Glas mit einem tiefdunkelroten Gemisch, „eine Paste aus Paprika mit würziger Wurst, sehr schmackhaft und scharf."

„Mmhm, interessant, aber ...?"

„Dann habe ich eine sehr nette Frau kennengelernt, gleich gegenüber vom Dom. Dort gibt es die herrlichsten Naturcremes, die du dir vorstellen kannst. Hier, schau!" Sie langte einen Probebeutel aus einer Tüte und reichte ihn Julia. „After sun, rein aus natürlichen Produkten."

Julia nickte. „Wie schön, aber jetzt spann mich nicht auf die Folter, was ...?"

„Dann habe ich ein hippes Restaurant direkt am Strand entdeckt. Man sitzt dort, schaut auf das Meer, das Essen ist phantastisch. Bossa Nova heißt es. Traumhaft."

„Und? Der Besitzer ist in deinem Alter, sieht knackig aus und himmelt dich an."

„Ja, so ungefähr. Ich habe Robert getroffen, er hat mich dorthin mitgenommen, und der Neffe des Besitzers ist wirklich sehr nett, hat ungewöhnlicherweise blaue Augen zu seinen dunklen Haaren, einen Body, mmhm, nun ja. Ich stell dir Enno morgen vor."

„Ich sehe schon, es hat dich erwischt."

„Nein, wo denkst du hin?" Aber Ullas Lächeln verriet Julia so einiges. Sie machten sich recht aufgeräumt an den Heimweg.

„Hier ist der Laden mit der Naturkosmetik." Ulla zeigte auf das Geschäft und winkte der Frau zu, die hinter ihrem Tresen saß. Wenig später bogen sie in ein schmales Gäßchen ein. Schon die Tage zuvor war es Julia aufgefallen. Bevor das Sträßchen auf eine Piazza – dicht bei ihrer Schule – mündete, war es so schmal, daß die Bewohner der mittelalterlichen Häuser sich beim Morgenschwatz fast die Hand geben konnten. In der Sommerzeit war die enge Gasse für den Fahrzeugverkehr gesperrt. Jetzt klappten die durch das Gäßchen fahrenden Fahrzeuge ihre Seitenspiegel meist ein. Nur ein Fahrzeug konnte überhaupt passieren, für Fußgänger war kein Platz mehr. Entweder der Pkw oder der Fußgänger mußte warten. Schon des öfteren waren Julia und Ulla schnell bis zur nächsten einmündenden Straße gelaufen, oder sie hatten sich in einen der schmalen Hauseingänge gedrückt. Heute war kein Auto zu sehen, und sie schlenderten gemütlich an den alten Häusern vorbei.

„Schau mal, die beiden Türgriffe, sind die nicht putzig?" Ulla zeigte auf zwei kleine geschwungene, barbusige Messingfrauen, die wie Galionsfigürchen eine übergroße Eingangstür zierten. „Schade, daß man sie mit roter Farbe verunstaltet hat!"

„An ihnen klebt das Blut vollbusiger Damen, die sich vor den durchgaloppierenden Kutschen hierhergerettet haben", scherzte Julia.

„Kann stimmen", bemerkte Ulla trocken, „für Busen, die Körbchengröße E brauchen, ist die Gasse eindeutig gefährlich. Wenn wenigstens die Hauseingänge nicht so schmal wären!"

Die Freundinnen kicherten. Erst als Julia in der Nacht nach einem Alptraum schweißnaß aufwachte, fiel ihr die Warnung dieser ominösen Monica ein. Alles Unsinn, dachte sie. Trotzdem nahm sie sich vor, Ulla morgen davon zu erzählen.

Kapitel 10: Commissario di Flavios schwere Aufgabe

Di Flavio war geschockt. Vor ein paar Minuten hatten ihm die Carabinieri bestätigt, was er bereits vermutete. Die Ermordete war Laura Esseri aus Nicotera. Er schluckte, seine Kehle blieb trocken, und er hustete. Seine Kollegen aus Nicotera würden zu ihrer Mutter gehen, aber Lauras Großmutter – Monica – würde er es sagen müssen. Er nahm sich vor, gleich nachher zu ihr zu fahren. Eine schwere Aufgabe. Sie würde Trost brauchen. Das Leid um Laura hatte sie nicht verdient. Sie war so schon arm genug dran!

Di Flavio erinnerte sich an ein Treffen mit Monica vor einiger Zeit. Als sie ihm von Lauras bevorstehender Hochzeit erzählte – und am Schluß so nebenbei ihre Krebserkrankung erwähnte und daß sie nicht mehr lange zu leben habe. Das Mitgefühl übermannte ihn. Wenn Monica jetzt neben ihm stehen würde, würde er sie einfach in den Arm nehmen und mit ihr die Trauer um Laura teilen. Das Leben ist ungerecht! Ich hätte Monica gewünscht, ihre Enkelin noch zur Frau werden zu sehen!

Di Flavios Hände ballten sich wütend zu Fäusten. Ich werde den Schuldigen finden, der dies junge Leben auf dem Gewissen hat, den, der die Hunde ... Er schüttelte sich, weil der Anblick des zerstörten Mädchenkörpers vor ihm auftauchte.

Sein Schwager stellte zum Glück gerade einen doppelten Espresso vor ihn hin und sagte: „Mein Gott, jetzt ist es schon Mittwoch früh, und ich habe dich noch gar nicht gefragt, ob ihr am Samstagabend vorbeikommt. Renata will euch unbedingt bekochen."

„Ich spreche mit Erica, versprochen."

Als di Flavio wieder allein war und gerade Zucker in den Kaffee rührte, fiel ihm ein, daß er das Verhör der Hotelbewohner im Rocca di Parghelia für morgen nachmittag organisieren mußte. Vermutlich wieder reine Zeitverschwendung. Er würde sich das Geschimpfe der Touristen über verlorene Urlaubszeit und Urlaubsfrust anhören müssen und als Zielscheibe für ihre Klagen herhalten. Der Commissario kannte das schon. Richtige Frustberge wurden meist abgeladen, einschließlich dessen, was man zu Hause nicht loswurde. Sicher würde es morgen nicht anders sein. Über das Hotel Rocca di Parghelia waren schon des öfteren Klagen bis zu ihm vorgedrungen. Anscheinend lag dort einiges im Argen. Aber dies war kein Feld, das er beakkern mußte. Dafür war der Hotelmanager, dieser Rezzo Mancini, zuständig. Di Flavio hatte ihn gestern gleich vernommen. Ein ziemlich unsympathischer Schnösel. Er stammte aus Mailand. Natürlich behauptete Mancini, völlig ahnungslos zu sein. Seine langatmigen Tiraden über die verschwendete Arbeitszeit entlockten di Flavio nur ein müdes Lächeln. Jene Zeit, die Mancini zum Jammern brauchte, hätte er gut und gerne zum Arbeiten verwenden können. Di Flavio war nicht entgangen, daß Mancini die Frage „Fällt die Hotelbaustelle für das Marina nicht ebenfalls in ihre Verantwortlichkeit?" sichtlich beunruhigt hatte. Sein Blick war auffällig unstet geworden. Plötzlich hatte er wie ein Wasserfall geredet und sich verteidigt: „Ich weiß nicht, was Sie wollen, Commissario. Wir haben keine Ahnung, warum es zu dem Unfall mit dem Tunesier kam. Natürlich sind alle Arbeiter ordnungsgemäß angemeldet“, näselte er nervös, „auch der verunglückte Tunesier! Wir haben Ihrem Mitarbeiter bereits alle Unterlagen vorgelegt. Was die Männer in ihrer Freizeit machen, können wir nicht kontrollieren. Für uns ist es mehr als lästig und unangenehm, daß es zu diesem schweren Unfall kam. Uns ist völlig unverständlich, warum der Mann nach Feierabend auf das Baugerüst kletterte.“

Bei seinen Worten hatte Mancini unruhig ein vor ihm liegendes Blatt Papier zerfetzt. Und als er sich in die Enge getrieben fühlte, hatte er angefangen, sich über die Polizei zu beschweren. Typisch.

„Sie werden mir nicht alle Gäste verunsichern. Ein Verhör im Hotel kommt überhaupt nicht in Frage. Die Leiche wurde weit vom Hotel entfernt gefunden. Wieso vermuten Sie einen Zusammenhang? Unsere Gäste haben es nicht nötig, das Städtchen zu besuchen. Im Hotel finden sie alles, was sie brauchen. Ich werde mich bei Ihrem Vorgesetzten beschweren. Wissen Sie nicht, daß diese Region auf den Fremdenverkehr angewiesen ist? Diese Hilflosigkeit der Polizei ... Sie sollten die Ermittlungen woanders ansetzen.“

Die ganze Zeit, während er redete, hatte Mancini nervös mit dem Siegelring, den er an der rechten Hand trug, gespielt. Das neue Hotel Marina gehörte zum gleichen Konsortium wie das Rocca di Parghelia. Hatte Tarif – der Vorarbeiter – nicht ausgesagt, daß Mancini recht eigenartige Aufsichtsmethoden anwandte? Di Flavio würde erst die genauen Untersuchungen des Unfalls abwarten, bevor er den Kollegen von der Bauaufsicht und von der Arbeitsbehörde einen entsprechenden Hinweis gab. Viel wichtiger war für ihn, sich um Lauras Mörder zu kümmern. Robert Fellner hatte er gestern in der Stadt gesehen. Das war interessant. Bevor er ihn jedoch näher ausleuchtete, würde er nachforschen, ob diese deutsche Touristin eine Verbindung zu Sabina hatte. Mit Robert war vorsichtig umzugehen. Aber irgendwann würde er ihn packen. Er trank seinen Espresso aus, der bitter schmeckte, weil er inzwischen kalt geworden war.

„Kannst du Erica Bescheid sagen, daß ich erst am Abend nach Hause komme?“ bat er seinen Schwager, als er zahlte. Er konnte jetzt nicht mit Erica sprechen, ihren Nörgeleien war er im Moment nicht gewachsen.

Manchmal fragte er sich, ob er mit Erica wirklich noch glücklich war, und ob sie noch zusammengehörten. Sie schien extrem unzufrieden, seit die Kinder das Haus verlassen hatten. In einer Tour lag sie ihm mit ihrer Forderung in den Ohren, nach Mailand zu gehen, weil sie das rückständige Leben im Süden nicht mehr ertragen konnte. Was sollte er in Mailand? Er verspürte absolut keine Lust, in den Ruhestand zu gehen, so, wie Erica es wollte. Soll sie doch zu ihren Eltern übersiedeln, dachte er für einen Moment trotzig, während er zu seinem Auto ging. Als er Richtung Parghelia fuhr, zwang er sich, wieder an den Fall zu denken.

Laura war aus ihrem Heimatort Nicotera nicht mit dem Zug gekommen, so viel stand fest. Wer hatte sie im Auto mitgenommen und an der Straße zum Weg durch die kleine Unterführung abgesetzt? Wann war sie dort angelangt? Warum war sie gestürzt – oder war sie gestoßen worden? Wie hatte sie sich die schweren Kopfverletzungen zugezogen? Warum hatten die Hunde sie dermaßen zugerichtet? Die letzte Frage schien ihm am schwierigsten zu beantworten zu sein.

Es gab überall in den kleinen Orten Wachhunde, die scharf waren und denen man lieber nicht begegnete, auch tags nicht. Es war nicht ratsam, fremdes Gelände zu betreten. Die Einheimischen wußten dies, die Touristen häufig nicht. Di Flavio seufzte. Aber Hunde bewachten ein Gelände und verließen es nicht. Nur der, der ihr Territorium verletzte, wurde zum Feind. Was hatten die Hunde in der Röhre bei der Bahn zu suchen? Das war doch ein nicht eingezäuntes Gelände, das nicht bewacht wurde. War Laura tatsächlich dort zu Tode gekommen? Die Spuren waren nicht eindeutig. Er würde abwarten müssen, was die Obduktion ergeben würde.

Als er Monicas einfaches Haus oberhalb des Städtchens erreichte – immer wieder staunte er, welches Gartenparadies sie sich geschaffen hatte –, mußte er feststellen, daß alles verrammelt war.

„Felice“, rief er. Der Hund kam nicht an den Zaun. Alles blieb still. Er schrieb eine Nachricht und seine Handynummer auf einen Zettel und steckte ihn in den Metallbriefkasten, der neben dem Gartentürchen hing.

Ullas Vokabelheft

Giovedi	**Donnerstag**
omicidio	Mord
Chi?	Wer?
giovane	jung
giovani e vecchi	Jung und Alt
giovanile	jugendlich
donna	Frau
moglie	Ehefrau
matrimonio	Hochzeit/Ehe
scherzo	Scherz
una bella bionda	eine schöne Blonde
Forse una tedesca?	Vielleicht eine Deutsche?
Una turista?	Eine Touristin?
Di dov'è?	Woher kommen (stammen) Sie?
di Monaco	aus München
Di Berlino, ma abito a Monaco	Aus Berlin, aber ich wohne in München
Sono tedesca	Ich bin Deutsche
Sono stato ...	Ich bin gewesen ...
Abbiamo attraversato la strada	Wir haben die Straße überquert
la macchina	das Auto
Non ho visto niente	Ich habe nichts gesehen
Mi dispiace	Ich bedaure
io	ich
è tragico	bedauernswert
paura	Angst
No ho paura	Ich habe keine Angst
Ma si!	Doch!

Kapitel 11: Tropea

Julia blätterte in ihrem Schulbuch und schaute sehnsüchtig zur Uhr. Wie früher in der Schule lechzte sie nach der frischen Luft. Dabei war sie doch freiwillig hier. Ulla kam wieder in den Raum und setzte sich. „Gehen wir nachher ins Bossa Nova?"

Julia lächelte. „Klar."

Sie ahnte nicht, daß Lorenzo, der jetzt den Unterrichtsraum betrat, ihre Pläne für diesen Donnerstagnachmittag zunichtemachen würde. „Die Reiseleiterin von FTU hat angerufen. Ihr möchtet bitte am Nachmittag gegen 15 Uhr nochmals im Hotel Rocca di Parghelia vorbeischauen!" richtete er ihnen aus.

Ulla schüttelte vehement den Kopf: „Keine zehn Pferde bekommen mich nochmals in dieses Hotel!"

„Das müßt ihr entscheiden. Ich denke, es ist für euren Rückflug wichtig. Ach ja, ich würde mich freuen, euch heute abend beim Treffen der Sprachschüler im Minerva zu sehen." Damit verließ Lorenzo das Zimmer.

Julia schaute Ulla an: „Wir sollten keinen Ärger riskieren. Paß auf, wir nehmen ein Taxi zum Rocca di Parghelia, gehen kurz hinein und fahren gleich wieder zurück! Das Treffen der Sprachschüler beginnt erst um 19 Uhr."

„Ich wollte doch ins Bossa Nova mit dir. Nun, gut. Aber eine Stunde flegle ich mich noch an unseren Hotelstrand in den Liegestuhl!"

„Klar, ich auch. Wir sind gleich mit dem Unterricht durch."

Gut gelaunt und ohne zu murren stiegen sie kurz vor drei Uhr in das Taxi, um nochmals nach Parghelia zu fahren. Die Stunde am Strand mit dem Blick auf sanft plätschernde Wellen hatte ihre Gemüter besänftigt. Als sie vor dem Hotel Rocca di Parghelia ausstiegen, bat Julia den Taxifahrer zu warten. „Wir sind gleich wieder zurück, eine Viertelstunde, okay?"

Zwei Polizeiwagen mit Blaulicht standen in der Auffahrt.

„Hey, was ist denn hier los?" staunte Julia.

„Wahrscheinlich hat einer der Gäste den Manager umgebracht!" scherzte Ulla. „Der Mörder hat mein vollstes Verständnis."

Sie betraten das kleine Holzhäuschen vor der Hotelrezeption, in dem die Reiseleiterin ihre Sprechstunden abhielt. Julia stockte für einen Moment der Atem, so verblüfft war sie. Am Schreibtisch der Reiseleiterin saß exakt der

Mann, der ihr gestern so charmant den Kaffee serviert und mit dem sie – so gut es ihr auf Italienisch möglich war – über das Wetter geplaudert hatte! Er stellte sich als Commissario di Flavio vor und bedeutete ihnen, Platz zu nehmen.

Julia grinste. Ulla stupste sie in die Seite und raunte ihr zu: „Sieh an ...“ Am Besuchertisch daneben saß die Reiseleiterin.

Vor Commissario di Flavio auf dem Tisch lag ein rosa Etwas in einer Plastiktüte. Ulla zeigte sofort auf die Tüte. Aufgeregt rief sie: „Wo haben Sie meinen Schal her?“

„Langsam, langsam!“ sagte der Commissario, „Eins nach dem anderen. Die Reiseleiterin wird jetzt erst Ihre Personalien aufnehmen, dann werde ich Ihnen einige Fragen zu Ihrem Aufenthalt hier stellen.“

„Hoffentlich dauert es nicht zu lange“, warf Ulla ein, „unser Taxi wartet!“

„Bitten Sie den Fahrer, in einer guten Stunde wieder vorbeizukommen, so lange werden wir voraussichtlich brauchen“, sagte der Commissario höflich und bestimmt.

„Ich gehe“, meldete sich Julia und verließ den Raum. Als sie kurze Zeit später zurückkam, hörte sie Ulla Fragen zu ihrer Person beantworten. Julia blickte verstohlen zu di Flavio hinüber. Natürlich hätte sie ihn am liebsten gleich gefragt, was denn passiert sei, aber sie beherrschte sich. Er blätterte in den Unterlagen vor ihm und hämmerte ab und zu etwas in einen Laptop. Als er bemerkte, daß Julia ihn beobachtete, blickte er kurz auf. Seine graugrünen Augen schauten kummervoll, und selbst als ein kleines Lächeln in seine Mundwinkel einzog, blieben sie ernst.

„Noch einen Augenblick Geduld, Signora.“ Di Flavio sprach Deutsch! Julia überlegte amüsiert, daß er gestern kein Sterbenswörtchen davon verlauten ließ. Der Commissario beugte sich wieder über seinen Laptop. Seine Finger glitten geschickt über die Tastatur, als würden sie Piano spielen. Die fließenden Bewegungen und die Form seiner eher kräftigen Hände gefielen Julia. Sie fand sich töricht. Aber das Warten verleitete sie, immer wieder zu di Flavio hinüberzuschauen.

Der Commissario war geschmackvoll gekleidet, stellte sie fest. Ihr gefiel, wie das dunkelblaue Hemd, geschmückt mit einem roten Firmenlogo, seine kräftigen Arme umspannte. Das kleine Golfmännchen auf der Hemdentasche paßte zu den dunkelroten Kordhosen. Irgendwo in Julia meldete sich ein Kribbeln. Sie versuchte es zu verdrängen.

„Jetzt brauche ich Ihre Personalien!“ Die Stimme der Reiseleiterin erlöste Julia. Sie tauschte mit Ulla den Platz und betete ihren Namen, Vornamen und ihre Anschrift herunter. Beim Familienstand zögerte sie einen Moment und räusperte sich, „Verwitwet, seit drei Jahren.“ Die Reiseleiterin schrieb. Julia war froh, daß sie nichts weiter erklären mußte. Statt dessen fragte sie: „Was ist eigentlich passiert? Warum werden wir hier vernommen?“

Ulla hatte anscheinend eine ähnliche Frage gestellt, denn der Commissario antwortete: „Am Dienstag wurde eine junge Frau tot aufgefunden. Nicht weit von hier. Die Leiche lag im Gestrüpp – bei der Tunnelröhre, die unter der Bahntrasse hindurchführt. Wir untersuchen, ob jemand etwas gesehen hat, was zur Aufklärung des Falles beitragen kann.“ Di Flavio wandte sich an Ulla und hielt die Plastiktüte mit dem rosa Etwas in die Höhe.

„Sie haben Ihren Schal erkannt?“ Er reichte Ulla die Tüte.

Sie blicke auf den Inhalt, wendete die Tüte hin und her: „Ja, das ist mein Schal! Ich habe ihn schon überall gesucht! Ich besitze das gleiche Tuch in hellblau, ich glaube, ich habe es vorgestern getragen, weil ich den anderen Schal nicht fand.“

Di Flavio streckte Ulla die Hand entgegen, und sie gab ihm die Tüte zurück. „Wir haben das Tuch in der Nähe des Bahnhofs bei der kleinen Tunnelröhre gefunden. Offensichtlich waren Sie dort. Wann?“

„Erinnern Sie uns nicht an diese schreckliche, niedrige Röhre beim Bahnhof und diesen Ort Parghelia! Wir wollten ihn nie wieder betreten.“

„Bitte erzählen Sie von Anfang an“, forderte di Flavio Ulla auf. Doch er blickte Julia an. Wieder irritierte sie der eindringliche Blick seiner Augen, deren Farbe sie an stürmische See denken ließ und der auch in ihrem Inneren irgendwie einen Sturm auslöste.

„Wir waren Montagabend im Restaurant Quo Vadis essen. Als wir das Lokal verließen, war es etwa 21.30 Uhr.“

„Ja, in etwa, wir haben nicht zur Uhr gesehen. Wir gingen erst die Hauptstraße entlang, um zur großen Straßenunterführung zu gelangen. Aber als wir den finsteren Schlauch vor uns sahen, Hundegebell hörten und der Mopedfahrer ... Uns verließ der Mut, und wir kehrten um, gingen zum Bahnhof und stolperten im Dunklen durch die kleine Röhre. Es war nicht sehr angenehm.“

„Es war schrecklich, von überall kam Hundegejaule. Ich fürchte mich vor Hunden und sagte zu Julia, daß ich keinen Schritt weitergehe. Das war auch ein Grund für unseren Entschluß, umzukehren und den gleichen Weg wieder zu wählen“, ergänzte Ulla.

„Ja, die Hunde bellten unentwegt. Es war wirklich unheimlich. Ein Köter kam uns entgegen. Wir hatten große Angst, daß noch mehr solche Viecher dort wären. Aber was sollten wir machen? Wir wußten, es ist nur ein kurzes Stück, und so beeilten wir uns, durchzukommen. Meine Handylampe half ein wenig." Julia schaute di Flavio an. Er nickte. Sie sah, daß er sich alles notierte.

„Und dort ist eine Frau umgebracht worden? Mir war es gleich nicht geheuer."

„Wissen Sie denn, wer die Tote ist?" fragte Julia.

„Und wie ist es passiert?" setzte Ulla hinzu.

„Die Untersuchungen stehen noch aus. Was haben Sie außer dem Hundegebell gehört, als sie durch die Röhre gingen?"

„Nichts!" ließen die beiden Freundinnen einstimmig verlauten. „Ich war froh, daß drinnen die Hunde nicht so laut zu hören waren", sagte Ulla.

„Und oben auf der Straße? Ist Ihnen dort etwas aufgefallen?"

„Nein, eigentlich ...", ließ Julia verlauten und schaute zu Ulla hinüber.

„Wir konnten nichts sehen, ein Autoscheinwerfer blendete uns", sagte Ulla.

„Konnten Sie erkennen, was für ein Auto es war, welche Marke, Farbe?"

„Nein. Hast du etwas erkennen können, Julia?" Jetzt blickten Ulla und der Commissario Julia an.

„Ich meine, es war ein Mittelklasseauto, dem Motorgeräusch nach", sagte Julia. Sie schüttelte bedauernd den Kopf. „Ich kenne mich mit Autos nicht besonders aus ... Was meinst du Ulla?"

„Ich würde eher sagen, es war ein kleines Fahrzeug. Es kam aus Tropea."

„Nun gut. Bitte erzählen Sie mir, was es mit dem Mopedfahrer auf sich hatte, Julia."

Julia berichtete von dem Café und dem jungen Mann, der gerade seine Maschine bestieg, und ihrer Angst.

Als sie geendet hatte, sagte di Flavio: „Es kann sein, daß ich mich später nochmals mit Ihnen unterhalten muß. Sie wohnen jetzt im Hotel Tropea Mare?"

„Ja."

„Ich bitte Sie, über unsere Unterhaltung Stillschweigen zu bewahren."

Julia blickte zur Reiseleiterin hinüber: „Notieren Sie sich bitte unser neues Hotel? Damit Sie uns wegen des Rückflugs verständigen können."

„Natürlich, gern. Sie sind die Sprachschülerinnen, nicht wahr? Ich werde in der Schule eine Nachricht hinterlassen, wenn es Ihnen recht ist.“ Damit waren Julia und Ulla entlassen.

„Uff!“ meinte Ulla, als sie im Freien standen.

Julia schaute zur Uhr, „Gut zwanzig Minuten haben wir noch, bis der Taxifahrer kommt. Das ist ja die Bombe. Stell dir vor, wir waren dort, und ein Mörder hat inzwischen ... nein, nicht auszudenken. Komm, wir gehen an die Swimmingpool-Bar. Ich brauche einen Schnaps auf den Schrecken.“

Die Liegen rund um den Pool waren gut besetzt, alle Hotelgäste schienen dort versammelt zu sein. Sie gingen zur Bar. Das Ehepaar Ostner hielt bereits die Stellung. Ulla verdrehte die Augen, als sie neben der kleinen, rothaarigen Frau und ihrem Mann Platz nahmen.

„Buona sera, wie geht's dem Ehepaar Ostner?“ fragte Julia betont launig.

„Eine Frau ist hier in der Nähe ermordet worden, haben Sie das schon gehört?“ fragte Frau Ostner, und ihr Mann polterte gleich nach der Begrüßung los: „Mist, die haben uns einen ganzen Urlaubstag verdorben. Wer erstattet uns die Kosten für unseren Mietwagen?“

Julia und Ulla nahmen sich einen Hocker und setzten sich. „Und die arme Frau, die ermordet wurde, an die denken Sie nicht?“ fragte Ulla. „Wir wurden schon befragt!“

„Wir kommen noch an die Reihe. Ich habe gehört, die Tote soll fürchterlich zugerichtet gewesen sein! Eine junge Frau, blond übrigens – deshalb vermutet man, daß es sich um eine Touristin handelt! Was hat man Ihnen gesagt?“ fragte Frau Ostner.

„Nicht viel ...“

„Erzähl nicht so einen Scheiß, der Kellner hat ausgeplaudert, daß es eine aus dem Ort wäre. Warum treibt sich so ein Weib auch abends allein rum!“ blaffte Herr Ostner seine Frau an.

„Jetzt mach mal halblang!“ schoß seine Frau zurück.

„Wenn eine Frau reichlich Holz vor'n Hütten hat, und der Kellner hat mir erzählt, die Tote soll gut gebaut gewesen sein, sollte sie die Männer nicht noch extra herausfordern!“ Bei seinen Worten griente Herr Ostner zu Ulla rüber, die sich auf die Lippen biß.

„Wir müssen! Unser Taxi! Schöne Tage noch!“ brachte sie etwas gepreßt hervor und zog Julia am Arm.

„Ja, tschüs, wir sehen uns sicher beim Rückflug, hoffentlich sind wir dann nicht wieder verspätet“, warf Julia den beiden Ostners zu und eilte mit Ulla den Weg hinauf zum Eingang.

„Dieser Lackaffe, was denkt er sich?“ schimpfte Ulla vor sich hin. „Sind Frauen mit großem Busen zum Abschuß freigegeben? Dieses Chauvi-Schwein! Ich hoffe, dieser Typ ertrinkt in seinen Hormonen!“

„Beruhige dich! Schau, unser Taxi wartet schon“, sagte Julia und zeigte auf das Tor beim Eingang. „Wollen wir uns im Café Roma absetzen lassen und uns einen Campari genehmigen? Hier haben wir ja wieder mal nichts bekommen. Blöde Idee, daß man erst Marken oben in der Rezeption kaufen muß, ehe man etwas zu trinken kriegt.“

„Typisch für dieses Hotel!“ brummelte Ulla.

Später am Abend saßen die beiden Frauen etwas bedeppert und fremd in der fröhlichen Runde der Sprachschüler. Irgendwie war ihnen nicht zum Lachen zumute. An dem Kellerlokal lag es sicherlich nicht. Es war urig, und die Muscheln, die heute als Gericht des Tages angeboten wurden, waren frisch und lecker. „Daß Muscheln Cozze heißen! Kein schöner Name“, bemerkte Julia.

Sie tat sich schwer. Zweck des Abends war, sich im Italienischen zu erproben, aber heute fielen ihr überhaupt keine Vokabeln ein. Sie ließ ihren Nachbarn, der aus England kam, schwatzen. Ihre Gedanken glitten immer wieder zu ihrem Horrortrip durch die Unterführung zurück.

Plötzlich segelte eine Serviette durch die Luft. Julia blickte auf. Lorenzo, der Schulleiter, schaute betreten auf seinen Teller. Neben ihm saß Raphael mit hochrotem Gesicht und grinste verlegen. Die hochnäsige Österreicherin ergriff mit einem süffisanten Lächeln Partei für Raphael und legte ihre Hand auf seine. Ulla war wütend aufgestanden, wurde aber von dem Begleiter der Französin gezwungen, sich wieder zu setzen. In exzellentem Deutsch wandte er sich an Raphael und sagte: „Raphael, Ihre Bemerkung war jetzt aber wirklich unter der Gürtellinie! Sie sollten sich bei Ulla entschuldigen.“

Julia schaute Ulla fragend an.

„Raphael hat es nicht so gemeint, Ulla“, beeilte sich Lorenzo zu sagen und stieß seinem Partner in die Seite. Der quetschte ein „Entschuldigung“ hervor. Sie hörte Ulla gedehnt „okay“ sagen.

Julia stand auf und sagte: „Wir sind heute sehr müde, ich glaube, wir verabschieden uns. Buona notte.“ Sie gingen an die Kasse und zahlten.

Ulla meinte: „Ich glaube, ich muß mir noch die Nase pudern, du auch?“

Julia folgte ihr. Als Ulla schnurstracks in die Männertoilette marschierte, sagte Julia: „Du bist falsch hier ..."

„Nein, ich bin richtig, warte einen Moment, und laß niemanden herein." Nach einer Weile kam sie mit einem strahlenden Lachen wieder, ihre Augen blitzten, als sie ihren Lippenstift verschloß und in ihrer Handtasche verstaute. „Komm!"

Julia folgte Ulla nach draußen. „Was war denn los? Und was sollte das jetzt?"

„Raphaels Bemerkung war ebenso blöd wie die heute nachmittag von diesem chauvinistischen Ostner. Anscheinend sind wir Frauen selbst schuld, wenn wir überfallen werden."

„Und was hast du auf der Männertoilette an den Spiegel geschrieben, das hast du doch, oder?"

„Mmhm, ja, wie in der Schule: Raphael ist doof, natürlich auf Italienisch, Raphael è stupido. Das mußte sein."

Julia lachte und hakte sich bei der Freundin ein. Als sie die Treppen hinunter zum Hotel gingen, fiel Julia das ermordete Mädchen wieder ein. Der zunehmende Mond schien schnippisch zu winken. Es war kalt. Il gatto nero, die schwarze Katze, kam ihr in den Sinn, die Unglück bringt und in jedem Kartenspiel das bedeutete, was in Deutschland der schwarze Peter war. Anscheinend hatten sie eine solche Karte gezogen. Traurig dachte sie: Kein netter Tag heute.

Später, als sie im Eßraum der Ferienwohnung saßen, ein Glas Wein vor sich und in Decken eingehüllt, schwiegen sie erst eine ganze Weile. Bis Ulla sagte: „Es macht mich ganz krank, daß die junge Frau dort im Gebüsch gelegen haben soll und wir ihr vielleicht hätten helfen können."

Julia nickte. Sie nahm einen kräftigen Schluck aus ihrem Glas. Der Rotwein brannte sauer in ihrer Kehle. „Ich kann mir nicht denken, daß sie dort bereits lag. Wir hätten etwas hören müssen, ein Stöhnen oder irgend etwas. Sicher ist der Mord später geschehen. Mich schüttelt es bei dem Gedanken, wenn ich mir vorstelle, wie sie hilflos im Gebüsch lag."

„Mich auch, und dann machen sich die Hunde über sie her ... Mein Gott. Ich hasse diese Köter!"

„Wenn Hunde im Gebüsch gewesen wären ... Nein, unmöglich, das hätten wir bemerken müssen. So groß ist das Gelände nicht."

„Ja, da hast du recht. Aber diese grausige Vorstellung ...", sagte Ulla und zog ihre Strickjacke fester um sich.

„Ohne Grund gehen Hunde nicht auf Menschen los, also steht jemand dahinter."

„Mmhm, stimmt. Ob sie vergewaltigt wurde? Man ist als Frau oft verdammt ausgeliefert."

Ulla spielte mit ihrem Weinglas. Julia merkte, daß ihre Freundin irgend etwas loswerden wollte. Sie schwieg und wartete. Nach einer Weile fing Ulla mit verhaltener Stimme an zu erzählen: „Ich schulde dir eine Erklärung für meine überzogene Angst vor Hunden. Ich weiß, ich bin fast hysterisch geworden. Letztes Jahr auf Teneriffa ... Du weißt, ich habe von meinem Vater eine winzige Wohnung im Norden der Insel geerbt. Im November bin ich hingefahren und habe sie mir angesehen. Irgendwie bildete ich mir ein, ich könnte dort für immer leben. Eine kleine Praxis als Heilpraktikerin schwebte mir vor und, und ... Die Scheidung von Erik steckte mir tief in den Knochen, der Ärger fraß noch an mir. Die Krankheit meines Vaters, sein Tod schließlich ..." Ulla nahm einen Schluck von ihrem Wein. Auch nach drinnen drang jetzt kühle Nachtluft.

„Am letzten Abend, ich aß immer in einem kleinen Restaurant im Ort, etwa eine Viertelstunde zu Fuß entfernt, unterlief mir ein Fehler – so sehe ich es heute. Ich lächelte den einheimischen Männern zu, vermutlich sehr auffordernd. Jedenfalls stand irgendwann in der Dunkelheit einer von ihnen vor mir und meinte, ich wolle etwas von ihm. Er wurde ziemlich zudringlich, ich konnte ihn aber auf Abstand halten, bis zu dem Moment, als Hunde aus der Dunkelheit auftauchten. Drei große Bestien standen plötzlich vor uns, knurrten und fletschten die Zähne und versperrten den Weg. Ich war hilflos, vor mir die Hunde, neben mir der Mann."

Ulla machte eine kurze Pause. Julia schaute die Freundin gespannt an. „Mir lief der Schweiß wie ein Sturzbach den Rücken herunter, gleichzeitig fror ich. Ich überlegte fieberhaft, welche Wahl ich hatte und entschied, daß die Hunde schwerer zu bewältigen waren als der Mann. Also ging ich zum Schein auf das Spiel des Mannes ein und sagte: ‚Die Hunde machen mir Angst, verjag sie!' Erstaunt sah ich, daß er nur kurz pfiff. Daraufhin klemmten die Hunde tatsächlich den Schwanz ein und verzogen sich. Ich holte tief Luft und war für einen Moment erleichtert. Der Augenblick währte nur kurz. Eine Gefahr schien gebannt, jetzt hieß es, die nächste abzuwehren. Der Mann wollte seine Belohnung dafür, daß er mich errettet hatte. Ich spielte auf Zeit. ‚Warte ...', sagte ich und ging hüftschlenkernd vor ihm her. Die Straße war ziemlich dunkel, nur das Mondlicht warf lange Schatten. Die Agaven am Wegrand erschienen mir wie bedrohliche Gespenster, die jeden Moment lebendig werden konnten. Lauerte hinter ihnen noch jemand? Ich zwang mich zur Ruhe. Ganz kühl wartete ich auf den richtigen Zeitpunkt, an dem ich losrennen konnte. Mir war klar, daß ich nicht zu früh starten durfte. Die Entfernung mußte reichen, um den Überraschungsmoment auszunutzen."

Julia hielt unwillkürlich die Luft an, traute sich nicht einmal, ihr Weinglas zum Mund zu führen. „Und dann?" rutschte es ihr raus.

„Als ich endlich zu der Stelle kam, an der ein kleiner Pfad nach links abzweigt und das Haus in Sichtweite kam, rannte ich los. Ich erreichte die Haustür, und zum Glück schaffte ich es, sie rasch zu öffnen. Die ganze Zeit hatten sich meine Finger um den Schlüssel gekrampft und ich betete, daß ich den passenden in der Hand hielt. Er war es. Gott sei Dank. Kurz bevor der Mann die Tür erreichte, konnte ich sie von innen zuziehen. Ich hörte, wie er auf das Holz einbummerte und auf Spanisch rief: ‚Was soll das Schätzchen, mach auf!'"

Ulla lächelte verhalten. Die Erinnerung an die bangen Sekunden zeichnete sich auf ihrem Gesicht ab. Es war ganz grau. „Oben in der Wohnung verfluchte ich meinen Leichtsinn. Ich hätte nicht allein in der Dunkelheit umherstolpern, sondern mir wie sonst immer ein Taxi nehmen sollen. Jedenfalls war ich froh, daß nichts weiter passiert war und ich am nächsten Tag nach Hause fliegen konnte."

„Alle Achtung, du hast sehr beherzt reagiert!" sagte Julia nach einer Weile. „Aber ich gebe zu, besonders als junge Frau ist man unerfahren und kommt in Situationen, in denen man schutzlos ist. Als ich fünfzehn oder sechzehn Jahre alt war, war bei uns immer ein Rummel. Natürlich war ich neugierig und riskierte auch schon mal einen Blick hin zu den Jungen. Dann ging ich nach Hause. Es war dunkel in der kleinen Straße. Plötzlich tauchten die Jungen auf, mindestens zehn. Sie riefen mir etwas zu. Ich reagierte nicht, sondern ging schneller. Mein Herz pochte, mir war unheimlich zumute. Zu Recht, denn jetzt stellten sich die Burschen wie eine Sperrkette vor mir auf und schoben mich lachend von einem zum anderen. Dann wurden ihre Griffe gezielter, sie grapschten nach meinem Busen, langten mir an den Unterleib, versuchten, meine Bluse aufzuknöpfen. Einer sagte: ‚Wetten, daß sie noch nie gefickt hat?' Ich wehrte mich, versuchte mich zu befreien, wegzurennen. Gleichzeitig sah ich, daß sie mich immer weiter in die nahe Unterführung drängten, und ich schrie so laut ich konnte um Hilfe. Einer hielt mir den Mund zu. Dann hörte ich einen Mann rufen: ‚Laßt das Mädchen los, oder ich schlage den Polizeimelder ein!' Und die Typen kuschten und verschwanden. Ich rannte los. Lange hat mich die Angst verfolgt. Später habe ich einen Selbstverteidigungskurs gemacht. Die ganze Zeit denke ich daran, ob es der jungen Frau ähnlich ergangen ist. Vielleicht war sie unvorsichtig, hat sich nichts dabei gedacht und mit jemandem geredet, diesem Jemand vertraut und dann ..."

„Ja, vielleicht ... Die arme Mutter dieser Frau tut mir leid. Wenn ich mir vorstelle, Dennis passierte etwas. Schrecklich. Bei einer Tochter hätte ich ständig Angst. Mir reicht schon meine Furcht, wenn Dennis mit seinen Feuerwehreinsätzen unterwegs ist. Aber laß uns schlafen gehen, es ist schon spät. Gute Nacht, Julia."

„Schlaf gut, Ulla."

Kapitel 12: Monicas Wanderung

Ein stürmischer Wind blies Monica ins Gesicht. Doch das beschäftigte sie weniger als vielmehr die Unsicherheit, ob diese Frau, die ihr neulich entgegengekommen war, etwas mit Sabina zu tun hatte oder nicht. Die Ähnlichkeit beunruhigte sie. Sabinas Tod lag jetzt fast vier Jahrzehnte zurück. Monica fühlte, daß ihre Schuld in dieser Zeit nicht geringer geworden war. Am Montagnachmittag hatte ihr die Begegnung mit dieser Fremden alle Kraft geraubt, und sie war zu feige gewesen, um mit Marcello zu sprechen, wie sie es eigentlich mit ihrer Enkelin vereinbart hatte. Bis zu Lauras Hochzeit habe ich noch drei Wochen Zeit, entschuldigte sie ihr Verhalten.

Als dann bei der Unterführung Robert an ihr vorbeibrauste und sie nicht bemerkte, sagte sie sich: Das war Schicksal. Ich sollte dem Gespenst aus meiner Vergangenheit nicht begegnen. Später an diesem Abend war sie zum Bahnhof gegangen. Aber Laura war nicht aus dem Zug gestiegen. Monica war enttäuscht nach Hause gegangen. Sie tröstete sich mit dem Gedanken, daß sie Laura bald in Nicotera sehen würde.

Sehr früh am Dienstagmorgen war sie aufgebrochen. In Tropea angekommen, legte sie einen Zwischenstop bei Clarissa, einer alten Freundin, ein. Clarissa berichtete ihr mit leuchtenden Augen von Lauras Anprobe. „Sie wird die schönste Braut der Welt, Monica."

Das Bild machte ihr Freude. Jetzt mußte sie nur noch diese Frau, die Sabina so ähnlich sah, treffen und warnen, dann könnte sie sich auf den Weg nach Nicotera machen. Zum Glück wußte Clarissa, daß die beiden Touristinnen im Hotel Tropea Mare wohnten. Es war noch zu früh, sie aufzusuchen. Monica nutzte die Zeit, zur Wallfahrtskirche hinaufzuwandern, um eine Kerze für Laura und eine für das Gelingen ihres Planes anzuzünden. In ihrer Angst, Robert irgendwo zu treffen, mied sie die allgemeinen Wege. Wieder half ihr der Zufall. In der Kapelle – Monica hatte sich länger, als sie wollte, dort aufgehalten – war ihr die Freundin dieser Frau, Julia, in die Arme gelaufen. „Bitte warnen Sie Ihre Freundin, sie ist in Gefahr. Ich kann Ihnen noch nicht sagen, warum."

Hoffentlich nahm die Frau ihre Warnung ernst. Wenn sie aus Nicotera zurück wäre, könnte sie ihr verraten, worum es ging. Monica war froh, daß sie am frühen Mittwochnachmittag gleich nach dem Verlassen der Santa Maria dell'Isola ihre Wanderung nach Nicotera aufnehmen konnte. Es war unnötig, Tropea nochmals aufzusuchen. Da sie ihren Hund Felice mit sich führte, brauchte sie auch nicht mehr in ihr Haus oberhalb von Parghelia zurückzukehren. Sie wandte sich gleich nach Süden und übernachtete in einer Hütte in der Nähe von Ricadi.

Am nächsten Morgen erreichte sie das freie Land. Sie atmete auf, und ihre Schritte wurden fester. Monica ließ Felice von der Leine. Er stürmte übermütig davon, um gleich wieder zurückzulaufen, sich vor ihr aufzubauen, voller Freude mit dem Schwanz zu wedeln und auf ihren liebevollen Ruf „lauf!" wieder davonzustürmen.

Wie immer trug sie ihren Rucksack. Mit der einen Hand stützte sie sich beim Gehen ab und zu auf einen abgenutzten Wanderstock. Ihren Marsch unterbrach sie nur gelegentlich, wenn sie auf einem kleinen Feld oder einer kleinen Wiese Kräuter sah, die sie interessierten. Dann pflückte sie sie und stopfte sie in einen Leinensack, der am Rucksack baumelte.

Eigentlich hätte sie gestern auf dem Markt in Tropea sein sollen, um wie jede Woche am Mittwoch und Samstag, Eier zu verkaufen, manchmal ein Kaninchen aus ihrer Zucht, außerdem allerlei Heilkräuter. „Die Kräuterhexe" nannte man sie scherzhaft. Heute waren die Kräuter am Rande des Weges nicht das Ziel ihrer Wanderung.

Immer wieder, wenn der Gedanke an ihre Enkelin auftauchte, schüttelte sie den Kopf. Sie konnte einfach nicht begreifen, warum sie am Montagabend umsonst am Bahnhof gewartet hatte. Warum war Laura nicht aus dem Zug geklettert? Hatte Marcello sie in Tropea abgeholt, weil er enttäuscht war, daß Monica ihn nicht wie verabredet aufgesucht hatte? Nur zwei Pendler waren ausgestiegen und hatten den Bahnsteig schnell verlassen, dann lag er wieder wie ein ausgestorbenes Fossil in der Landschaft. Ein Lied aus den aus den Siebzigern fiel ihr ein. „The train doesn't stop here anymore" – Kein Zug hält hier mehr. Gesungen wurde von den sogenannten Backroads, den Nebenstraßen, und von verlassenen Orten, an denen das Leben vorbeiging. War Parghelia so ein Ort? War es gut für Laura, dort zu leben? Monica verscheuchte die depressiven Gedanken. Ich sollte meine Lebenserfahrungen Laura nicht aufzwingen, dachte sie.

Monica richtete sich auf, stopfte das gepflückte Kraut in den Sack und verließ das Feld, um wieder zu der kleinen Straße zurückzugehen. Sie pfiff kurz, und Felice kam gelaufen. Das frische Grün der üppigen Landschaft um diese Jahreszeit gab ihr den inneren Frieden zurück. Die Wiesen dufteten herb und lieblich zugleich. Monica konnte die noch von der Nacht feuchte Erde riechen.

Sie war diesen Weg lange nicht mehr gegangen. Es erstaunte sie, daß sich in den Jahren nicht mehr verändert hatte. Früher war sie mit Robert – als er der Leiter der Kommune gewesen war – oft zu Fuß unterwegs gewesen. Ihre ausgedehnten Wanderungen führten sie bis hinunter zur Fähre. Von dort waren sie nach Sizilien übergesetzt. In Messina hatte sie jemand abgeholt. Mit dem Auto waren sie rasch zu ihrem Ziel gelangt, dem Städtchen Céfalu. Schon damals war die fruchtbare Landschaft am Capo Vaticano ihrem Naturell mehr entgegengekommen als die kärgere in Sizilien. Selbst die Menschen in Céfalu waren ihr ernster und melancholischer erschienen. Über die Jahre hatte sie herausgefunden, daß die Kalabresen zwar bei weitem nicht so unbeschwert wie die Norditaliener waren, dafür waren sie geduldig, ausdauernd und verläßlich, ihre Glut saß tiefer.

Monica lächelte. Sie begann einen alten Schlager vor sich hinzusummen. Erst als ihre Gedanken wieder anfingen, um den Montagabend zu kreisen, verstummte sie. Enttäuscht war sie vom Bahnhof nach Hause gegangen. Später hatte sie die Hunde anschlagen hören. Auch Felice war unruhig gewesen und bellte entgegen seiner Gewohnheit ohne Unterlaß. Eine eigenartige Nacht war das, überlegte sie. Hatte Tarif meinen Rat in den Wind geschlagen? Vergaß er, die Hunde zu füttern, bevor er sie am Abend für die Bewachung freiließ? Hungrige Dobermänner können außerordentlich gefährlich werden. Ihr fiel ein, wie verstört er wegen des Unfalls am Vortag gewesen war. Der verletzte Tunesier war sein Freund. Sie spürte beim Abschied, daß sein Herz schwer war. Sicher würde er ihr irgendwann erzählen, was ihn quälte. Hoffentlich vergaß er den Brief nicht, den sie ihm für diese Ulla gegeben hatte. Falls sie es selbst nicht schaffte, bis Samstagnachmittag aus Nicotera zurückzukommen, sollte er ihn überbringen.

Monica schaute nach dem Stand der Sonne und rechnete sich aus, daß sie noch etwa zwei Stunden weiterwandern konnte. Freitag würde sie sicher Nicotera erreichen. Die gleichmäßigen Schritte ließen sie an ihre Tochter Regina denken. Sie mußte unbedingt mit ihr reden und sie überzeugen, mit zu Rechtsanwalt Umberto zu kommen. Das war kein einfaches Unterfangen. Sie fürchtete die Begegnung. Monica hoffte inständig, daß Regina ihr Gehör schenken würde. Schließlich ging es um Lauras Glück. Würde Regina alles besser verstehen, wenn Monica ihr die Zusammenhänge der Vergangenheit darlegen würde? Vielleicht würde sie ihr dieses Mal zuhören. Sie seufzte, als sie sich nach einem Nachtlager umsah.

Ullas Vokabelheft

Venerdi	Freitag
scemo	Blödmann
sciocchezza	Blödsinn
il gatto	die Katze
nero	schwarz
bianco	weiß
rosso	rot
azzuro	blau
erbe aromatiche	Kräuter
il prato	die Wiese
chiesa; vado in chiesa	Kirche; ich gehe in die Kirche
il sentiero	der Pfad
Ho incontrato ...	Ich habe getroffen ...
camminare	wandern
cammino	ich wandere
cammina	sie wandert
noi camminiamo	wir wandern
avviso	Warnung
È il suo ultimo avviso	Das ist seine letzte Warnung
amica	Freundin
fra amici	unter Freunden
nemici	Feinde
vado	ich gehe
va	sie geht
andiamo	wir gehen
isolato	abgelegen

Kapitel 13: Die enge Gasse

Julia quälte sich an diesem Freitagmorgen mühsam durch die italienische Grammatik. Sie saß ihrem Lehrer Claudio allein gegenüber. Privatunterricht – bei dieser privilegierten Sonderbehandlung müßte doch etwas hängenbleiben, sollte man meinen. Aber Julia war unkonzentriert. Ulla fehlte ihr, und die ganze Zeit überlegte sie, warum der Commissario Ulla nochmals zu sich gebeten hatte. Weil ihr Schal am Tatort gefunden worden war? Sie war doch ebenfalls dort gewesen, warum war sie nicht vorgeladen worden? Claudio merkte natürlich, daß heute nichts lief. „Vogliamo finire? Wollen wir aufhören?" Julia nickte.

In diesem Moment öffnete sich die Klassenraumtür, und Ulla schleuderte ihre Tasche auf dem Tisch. „Buon giorno, comme stai, Claudio?" Sie umarmte Julia, drückte ihr ein Küßchen auf beide Wangen und setzte sich dann auf ihren Platz.

„Wir wollten eigentlich gerade Schluß machen. Ich konnte mich nicht konzentrieren. Was war denn?"

„Più tardi, später."

Julia schluckte und folgte notgedrungen dem weiteren Unterricht. Sie atmete auf, als die Stunde endlich zuendeging.

„Du bist vielleicht gemein, mich so hängenzulassen, ich sterbe vor Neugier", blaffte sie die Freundin an.

„Entschuldige, ich weiß, aber ich brauchte ein wenig Abstand, und der Unterricht kam mir gerade recht."

„Du hast Nerven", grummelte Julia.

„Komm, das hat mit dir nichts zu tun. Ich erzähle alles gleich, wenn wir im Hotel sind. Laß uns gehen."

Diese Bemerkung verwirrte Julia etwas, aber sie schickte sich drein. Wenn die Freundin nicht ins Café Roma wollte, sondern gleich zum Hotel, schien die Sache ernster zu sein, als sie vermutete. Sie machten sich auf den Weg. Ulla plapperte irgendwas von „man sollte unbedingt mal in den Laden gegenüber dem Café hineinschauen", ein neues Kleid könnte sie gebrauchen, und die Sachen, die draußen hingen, sähen doch so hip aus. Julia stolperte mit verkniffenen Lippen neben ihr her und fragte sich, was in Ulla gefahren war. In der schmalen Gasse hatte Julia heute weder Augen für die hübschen Türgriffe, noch nötigte ihr das alte Pflaster Respekt ab, sie schwieg verschnupft und schaute zu Boden. Als sie sich etwa in der Mitte der Gasse befanden, genau zwischen den beiden Straßen an der engsten

Stelle, schreckte Julia ein lautes Motorengeräusch auf. Sie warf einen Blick über ihre Schulter. Das Auto war etwa fünf Meter entfernt. Sie hob die Hand, um dem Fahrer zu bedeuten, daß er halten solle. Doch das Auto verlangsamte die Fahrt nicht und kam weiter auf sie zu. Julia rannte los und rettete sich in den nächsten Hauseingang. Er bot aufgrund seiner geringen Tiefe wenig Schutz. Ulla ging ein Stück weiter vorn, schien sich um das Auto nicht zu kümmern. Sie drehte sich nicht einmal um und glaubte, daß der Fahrer ihr die Zeit gab, sich bis zur nächsten Straße zu bewegen und erst dann an ihr vorbeifahren würde. Julia sah entsetzt, daß das Auto weder seine Fahrt verlangsamte noch Anstalten machte, anzuhalten, sondern näher und näher kam. Sie schrie: „Ulla!“ verließ aufgeschreckt ihren Schutzplatz, machte drei Schritte nach vorn, zerrte an Ullas Arm, zog sie zu sich heran, umfaßte ihre Taille, um sie dann mit aller Kraft in den Hauseingang zu drücken. Sie quetschte sich an die Mauer, so daß ihr Mund fast den Stein berührte.

Es war keinen Moment zu spät. Denn in dieser Sekunde schoß das Fahrzeug an ihnen vorbei. Ein Luftzug streifte ihren Rücken. Julia hörte, wie auf der anderen Straßenseite der Außenspiegel des Wagens die Hausmauer entlangratschte und splitterte. Dann war der Spuk auch schon vorbei.

„Au, du tust mir weh!“ schrie Ulla jetzt, denn Julia hielt sie immer noch schraubstockartig umklammert.

Julia lockerte den Griff und drehte sich um. „Das war knapp – dieser Typ muß irre sein! Der wollte uns umbringen. Er muß uns doch gesehen haben. Hat er Gas und Bremse verwechselt?“

„Ich dachte, er hält. Natürlich hat der uns gesehen. Danke. Diese blöden Hauseingänge sind wirklich nur für Flachbrüstige geeignet!“ Ulla rieb sich ihren Busen und verzog das Gesicht.

„Es muß Absicht gewesen sein. Ich konnte den Kerl nicht erkennen, die Sportkappe war tief ins Gesicht gezogen, und er trug eine riesige Sonnenbrille. Das Auto war jedenfalls blau, und diesmal war es ganz sicher ein Mittelklassewagen, aber welche Marke und welches Kennzeichen? Ob der Anschlag mit deiner Vernehmung bei dem Commissario zu tun hat?“ überlegte Julia, als sie nach dem Geschehen unschlüssig auf der angrenzenden Piazza standen.

„Vielleicht war es nur ein alter Herr, der eigentlich seinen Führerschein abgeben sollte“, meinte Ulla.

Julia fiel die Warnung dieser Monica ein. Die hatte sie bis dahin völlig vergessen. Ihr Gewissen meldete sich. Die vielen Stufen hinunter bis zur

Strandstraße und zu ihrem Hotel waren Julia noch nie so lang vorgekommen. Als sie endlich auf ihrer Hotelterrasse saß und Ulla sich neben sie hockte, sagte sie kleinlaut: „Ich muß dir etwas sagen ...“

Doch die Freundin unterbrach sie: „Ich weiß, du bist neugierig. Entschuldige. Stell dir vor, Commissario di Flavio hat mich die ganze Zeit über meinen Vater und meine Mutter ausgefragt. Ich wollte wissen, warum, aber er rückte nicht damit heraus. ‚Deine Mutter ist tot‘, sagte mein Vater immer, ‚sie ist gleich nach deiner Geburt gestorben. Laß die Fragerei.‘“

„Das wußte ich nicht“, meinte Julia mitfühlend.

„Ist schon okay. Eigentlich dachte ich nach dem Tod meines Vaters, ich würde etwas über meine Mutter finden, einen Namen, irgend etwas. Aber nichts. Du verstehst, daß ich vorhin nicht vor Claudio davon anfangen wollte.“ Ullas Stimme klang brüchig. Sie nagte an ihrer Unterlippe, und auf ihrem Hals hatten sich rote Flecken gebildet.

Julia drehte verlegen ihr Wasserglas in der Hand, bevor sie es zum Mund führte und daran nippte. Sie brauchte eine Weile, bis sie schließlich sagte: „Erinnerst du dich an die komische Alte aus Parghelia?“

„Die mich anschaute, als ob ich ein Gespenst wäre, und die selbst wie eines aussah? Wie kommst du jetzt auf die?“

Julia mußte schlucken, ihr Mund war plötzlich trocken. „Ich habe diese Frau nochmals in der Kirche Maria dell'Isola getroffen. Sie hat mich angesprochen. Wie in Parghelia war die Begegnung sehr eigenartig. Sie heißt Monica und ist Deutsche. Ich habe sie nicht ernstgenommen. Es war alles so wirr. Ulla, sie warnte mich, oder besser, dich vor einer Gefahr. Heute wäre beinahe etwas passiert. Und unser Gang durch den Tunnel? Vielleicht solltest du ermordet werden? Ich mache mir Vorwürfe, daß ich die Warnung einfach so beiseite geschoben habe. Ich hätte dir früher davon erzählen sollen. Monica will uns beide treffen, morgen nachmittag um drei in der Kapelle!“

„Was hat sie denn genau gesagt?“

„Nur, daß du dich vorsehen sollst. Sie würde dich über die Zusammenhänge aufklären, wenn sie morgen kommt. Meinst du, wir sollen Commissario di Flavio davon erzählen?“

„Wenn ich di Flavio richtig verstanden habe, ähnele ich jemandem. Aber er hat diese Vermutung dann wieder verworfen. Ich kann mir nicht denken, daß ich ermordet werden soll. Du übertreibst. Deine Phantasie geht mit dir durch, Julia. Wir sind doch nur ganz gewöhnliche Sprachschülerinnen und Touristinnen, die zufällig in Kalabrien gelandet sind.“

„Ja, vielleicht." Julia schaute zur Uhr. „Wollen wir noch zu deinem tollen Restaurant am Strand gehen? Wie hieß es noch?"

„Das Bossa Nova? Mmmh, ja, wäre nicht schlecht. Warte, ich ziehe mich nur schnell um."

Julia lächelte und dachte: Hoffentlich ist der nette Typ da, er wird Ulla aufheitern und auf andere Gedanken bringen. Warum mußte ich mich auch gleich so reinsteigern, solch ein Unsinn. Sicher war es nur ein Verkehrsrowdy gewesen oder jemand, der sein Fahrzeug nicht in der Gewalt hatte. So etwas soll es geben. Sie ging in ihren Schlafraum, zog sich ein anderes T-Shirt an und legte sich den dazu passenden Pullover über.

Ulla erschien in ihrer Tür und sagte: „Falls du noch ins Bad möchtest, die Ampel steht auf grün." Julia sah, daß sie eine schwarze, enge Hose und ein schwarz-weiß gestreiftes Wickeloberteil übergezogen hatte. Zusammen mit dem fröhlichen Lachen, das ihre Lippen umspielte, sah es grandios aus. „Gehen wir?"

Julia nickte. Sie schmunzelte und dachte: Genießen wir den schönen Tag heute. Wenn wir morgen nachmittag diese Monica treffen, werden wir wissen, woran wir sind. Wenn ich den Commissario im Café Roma sehe, werde ich ihm davon erzählen. Insgeheim gestand sie sich ein, daß sie ihn gern wiedersehen würde.

Der Nachmittag und frühe Abend verliefen gänzlich anders, als Julia es sich gedacht hatte. Zwar leuchtete die Farbe des Meeres mit dem leuchtenden Türkis von Julias Bluse um die Wette, der Strand fing gleich vor dem Garten des Lokals an, und ein Pärchen wagte es und stürzte sich in die verlockenden Fluten. Aber Ulla konnte Julia Enno, den netten Neffen des Besitzers, nicht vorstellen, weil er nicht anwesend war. Statt dessen versuchte der Besitzer selbst, seinen sehr antiquierten Charme loszuwerden, und Julia bemerkte, wie Ullas Stimmung sich im krassen Gegensatz zum strahlenden Sonnenlicht entwickelte. Aus heiterem Himmel tauchte plötzlich Robert Fellner an ihrem Tisch auf und tröstete Ulla mit bewundernden Worten. Natürlich saß er kurz darauf neben ihnen, und als Ulla meinte, heute wäre ein komischer Tag gewesen, stand sofort eine Flasche Wein und ein Teller mit Antipasti vor ihnen. Julia versuchte aus Robert Fellner herauszubekommen, wo er denn in Berlin zur Schule gegangen sei. Aber sehr geschickt blockte er alle Fragen ab, ohne daß es direkt auffiel. Vielmehr ließ er Ulla erzählen. Natürlich wollte er sie mit seinem „kleinen, fahrbaren Untersatz", wie er sich ausdrückte, zum Hotel zurückfahren. Doch Julia bestand darauf, zu Fuß am Meer entlangzugehen. Ulla schloß sich an, und sie verabschiedeten sich. Auf dem Rückweg meinte Julia: „Warum du gerade diesem Mick-Jagger-Verschnitt von deinem Vater und von deiner Mutter erzählst und heute morgen vor Claudio ... Mir ist der Typ nicht geheuer, tut mir leid."

Ulla besänftigte Julia: „Mein Gott, ich finde ihn ganz nett, weiter nichts."

Julia schaute hoch zur Kirche Maria dell'Isola, die in der Abendsonne rotgolden glänzte. „Der grüne Kragen um die mittelalterliche Schöne herum soll Wolfsmilch sein", sagte sie statt eines weiteren Kommentars.

„Wolfsmilch ist giftig", erwiderte Ulla und planschte mit ihren nackten Füßen im seichten Wasser.

Julia steckte die Zehen hinein. „Ja", sagte sie. „Das Meer ist schon wärmer geworden."

Ullas Vokabelheft

Sabato	**Samstag**
al mercato	auf dem Markt
Mi dia (dare) ...	Geben Sie mir ...
vorrei	ich möchte
due etti di	zweihundert Gramm von
Cotto o crudo?	Gekocht oder roh?
Quanto costano?	Wieviel kosten (mehrere Sachen)?
Quant'è?	Wieviel macht es?
magra, magro	mager
fresca, fresco	frisch
la spesa	der Einkauf
un chilo	ein Kilo
insieme	zusammen
il ricordino	Souvenir
comprare; compro	kaufen; ich kaufe
ho comprato	ich habe gekauft
vestito	Kleid
provare	anprobieren
Posso provare?	Darf ich anprobieren?
spogliatoio	Umkleidekabine
arancione	orange
arancia	Orange
museo	Museum
entrata	Eingang
ingresso	Eintritt
libero	frei
quadro	Bilder, Gemälde
fare una fotografia	ein Photo machen

Kapitel 14: Treffen mit Monica

Es war Samstagvormittag. Die Unterrichtseinheit hieß heute „Land und Leute“. Mit ihrem Italienischlehrer Claudio wanderten Julia und Ulla durch Tropea. Um einen einfachen Wortschatz und langsames Sprechen bemüht, erklärte er ihnen die Geschichte der Stadt. Julia verstand bruchstückhaft, daß in grauen Vorzeiten nach den Arabern die Byzantiner und später die Normannen die Stadt eingenommen hatten. Im frühen Mittelalter hatte der Maulbeerbaum und die Seidenraupe den Menschen in der Gegend Wohlstand beschert. Vor nicht geraumer Zeit lebten die meisten Leute hier vom Schwertfischfang, bis die Großfischerei anfing – von den landwirtschaftlichen Erzeugnissen abgesehen, die immer noch als Erwerbsquelle dienten. Julia nahm sich vor, alles später im Reiseführer nachzulesen.

Claudio zeigte auf den Dom: „Aus der Normannenzeit!“

Jeden Tag führte sie ihr Weg an dem trutzigen Bauwerk vorbei, das in der heutigen Zeit eine Dimension zu groß für eine Stadt mit 7000 Einwohnern war. Im Inneren des hallenartigen Kirchenbaus zeigte Claudio auf die beiden entschärften Bomben aus dem Zweiten Weltkrieg, die ein wenig fremd im Kirchenraum wirkten. Auf jeder Seite neben dem Eingangsportal positioniert, zeugten sie von dem Glück der Einwohner, weil sie nicht explodiert waren. Ein paar Bilder mit den Betroffenen im Garten untermauerten sehr anschaulich den Schutz Marias, den diese Menschen besaßen. Julia kam in den Sinn, daß ihrer Großmutter diese Gnade nicht zuteil geworden war, weil die Bombe, die das Haus der Großeltern traf, explodiert war.

Ulla unterhielt sich bereits seit Ewigkeiten mit Claudio über die Holzdecke der Hallenkirche. Sie war bei einer späteren Sanierung durch Beton ersetzt und dann bemalt worden, so daß sie wieder wie im Original aussah. Julia kam sich ein wenig vor wie bei einem Schulausflug. Sie zwang sich, ihren Fluchtimpuls zu unterdrücken.

Wieder im Freien, wies Claudio auf eine Ansammlung von Stühlen und Tischen hinter einer in Kübeln aufgestellten Hecke gleich neben dem Dom und sagte stolz: „Hier feiern die meisten Hochzeitsgesellschaften, das Restaurant ist sehr beliebt. Matrimonia“, sagte er, und Julia dachte: Jetzt weiß ich endlich das Wort für Hochzeit, nach dem ich an unserem ersten Tag in Parghelia krampfhaft suchte. Sofort geisterte die tote junge Frau wieder durch ihr Hirn. Sie würde nie hier heiraten. Ein trauriger Gedanke. Julia schob ihn beiseite.

Claudio wies jetzt auf die gegenüberliegende Straßenseite. „Gleich an der Ecke finden Sie ein kleines Kellerlokal, in dem man sehr gut und preiswert essen kann. Sagen Sie dort, daß Sie von mir unterrichtet werden. Aber sprechen Sie nur Italienisch!"

Ulla fingerte ihren Stadtplan heraus und beeilte sich, alles anzukreuzen. Julia dachte sehnsüchtig an Spada alla griglia, Schwertfisch vom Grill oder diese kleinen Sardellen – wie hießen die noch gleich? Sie schaute verstohlen zur Uhr. Es war erst halb elf.

Claudio war inzwischen einige Schritte weitergegangen. Er drehte sich zu ihnen um. „Um die kalabresischen Spezialitäten, prodotti tipici calabresi, kennenzulernen, sollten Sie unbedingt unseren Markt besuchen. Wenn Sie möchten, gehen wir nachher noch dort vorbei. Doch vorher möchte ich Ihnen die Schmuckstücke unseres Ortes zeigen." Sie waren inzwischen bei den mittelalterlichen Häusern angelangt, die wie eine Mauer die Stadt begrenzten. Julia hatte die Häuser bereits von der Wallfahrtskirche wie aufgepappt auf dem Stadtfelsen hocken sehen. „In diesen Häusern wohnen die Honoratioren des Ortes, besonders die Innenhöfe sind sehenswert", erläuterte Claudio ehrfürchtig.

Durch ein Tor betraten sie ein Artium, in dem Buchsbäume grünten, verschwenderisch Oleander blühte und es aus einem mit Putten umstandenen Brunnen plätscherte. Die Fassade des Hauses leuchtete in hellem Gelb, und im obersten Stock erkannte Julia eine exquisite Dachterrasse. Ihr fiel ein, daß sie und ihr Mann Bernd oft von einer solchen Dachterrasse geträumt hatten, und sie seufzte traurig.

„Andiamo al mercato, gehen wir zum Markt." Mit diesem Hinweis unterbrach Claudio Julias Gedanken.

Wenig später erreichten sie im oberen Teil des Ortes den Markt. Julia stupste Ulla an. „Wenig südländisches Flair auf diesem Mercato."

„Ja, lauter neue Markthäuschen, der Viktualienmarkt ist interessanter", flüsterte Ulla ihr zu.

„Sie müssen unbedingt unser n'duja probieren", sagte Claudio. Julia schaute auf die Gläser mit der orangeroten Paste. „Sie wird aus gleichen Teilen aus Chilipaste und Schweinemett hergestellt", erläuterte er.

Das erklärt die Farbe, dachte Julia. Sie bekamen ein Stück Brot mit Paste. Die Mischung schmeckte wie sehr, sehr feurige Paprikasalami, im ersten Moment sehr lecker, doch dann brannte der Gaumen und legte den Geschmackssinn lahm. Vom Geruch her überwog Knoblauch. Ulla kaufte ein Glas, was die Händlerin wohl auch erwartete. Obst ist mir lieber, sagte sich

Julia und blieb kurz darauf bei den Erdbeeren stehen. Ulla zupfte sie am Ärmel und zwinkerte ihr verschwörerisch zu. Julia folgte ihrem Blick: Eine Frau in mittleren Jahren, sehr gediegen gekleidet, steuerte geradewegs auf sie zu. Ulla kicherte: „Paß auf, La Mamma will uns besichtigen. Ich kenne diesen verlegenen Ausdruck in Claudios Gesicht von Dennis!"

„Questa è mia Mamma! Dies ist meine Mutter!"

Ulla hatte richtig geraten. Sie wurden vorgeführt. Claudio stellte der Frau seine beiden Schülerinnen vor. Julia fiel „Molta lieta! Sehr erfreut!" ein, Ulla murmelte: „Piacere! Angenehm!" und fügte dann, mit Schalk in den Augen hinzu: „Claudio è un insegnate bravissimo, ein großartiger Lehrer! Molto serio, sehr ernsthaft, wie mein Sohn Dennis."

Julia beobachtete, daß Claudios Mutter lächelte, während Claudio vor Verlegenheit von einem Bein auf das andere trat. Die Situation behagte ihm wenig. „Meine Mutter meint, normalerweise wäre immer Monica hier, eine Deutsche, die Eier und Kräuter verkauft. Schade, heute wohl nicht, sonst hätte sie euch mit Monica bekannt gemacht! Monica lebt seit den siebziger Jahren hier in Kalabrien."

Julia erwähnte mit keinem Wort, daß sie Monica schon begegnet war. Das lag nicht daran, daß sie dies für sich behalten wollte, aber am Ende dieses langen Vormittags, an dem nur Italienisch gesprochen worden war, glich Julias Kopf einer Wüste. In ihr wuchsen keine Vokabeln in der fremden Sprache mehr. Ulla schien es ähnlich zu ergehen. Sie atmeten auf, als Claudio seiner Mutter die schweren Taschen abnahm und sich verabschiedete.

Julia schaute zur Uhr. Bis zu ihrer Verabredung war noch viel Zeit. Also schlenderten sie durch den von Claudio empfohlenen kleinen Museumsladen und bewunderten die in Schaukästen wie beim Krippenspiel mit Figürchen liebevoll dargestellten alten Zeiten. Geschichts- und Sprachunterricht en miniature. Julia fragte sich noch immer, was ihnen Monica erzählen wollte, während Ulla das Mitbringsel für ihren Sohn Dennis bezahlte. Nach dem Erlebnis gestern in der kleinen Gasse war Julia inzwischen davon überzeugt, daß die Warnungen dieser Frau berechtigt waren. Sie machte sich ernsthaft Sorgen. Julia ärgerte sich ein wenig, daß Ulla den Vorfall auf die leichte Schulter nahm.

Der Tag entpuppte sich als der wärmste ihres bisherigen Aufenthalts. Die Sonne stand am frühen Nachmittag sehr hoch und brannte geradezu, als Julia und Ulla die langgezogenen Stufen zur Kapelle Maria dell'Isola hinaufstiegen.

Ulla maulte in einer Tour. „Ich könnte jetzt bequem im Liegestuhl mit Blick auf das Meer liegen. Wieso lasse ich mich von dir überreden, hier hinaufzukraxeln? Hatte ich mir nicht geschworen, keinerlei Besichtigungstouren sportlicher Natur in diesem Urlaub zu unternehmen? Viel schöner wäre es, jetzt im Schatten zu sitzen, und ein kühler Wind vom Meer fächelte einem zu. Aber ich bin selbst schuld, immer bin ich inkonsequent."

„Die Stufen sind doch wundervoll ausgebaut", versuchte Julia die Freundin zu trösten. „Aber du hast recht, diese Nachmittagszeit ist nicht ideal, um hier hinaufzuklettern." Julia wischte sich den Schweiß von der Stirn und vermißte schmerzlich den Schirm ihrer Sportkappe. Die Sonne schien ungehindert hinter ihre Brillengläser und blendete unangenehm in ihren Augen.

Zum Glück erreichten sie bald die Höhe. Oben entschädigte sie das Panorama der Küste. Als schimmernder Halbreif erstreckte sich nach Süden die Küstenlinie mit puderweißen Stränden. In der anderen Richtung lag der Hafen – aus der Höhe klein und niedlich – gleich hinter der Stadt, und in der Ferne trotzte Parghelia gegen den Horizont. Julia blieb einen Augenblick stehen, um zu verschnaufen. Dann fragte Ulla schwärmerisch: „Und wo ist jetzt das Kap?"

„Ganz hinten am Ende der ganzen Sandbuchten und Felsen", erwiderte Julia und zeigte nach Süden.

„Vielleicht sollten wir doch bei der Tour am Mittwoch mitfahren. Was meinst du?"

Julia lächelte und nickte. Bislang hatte die Freundin sich vehement geweigert, den Ausflug mitzumachen, der zusammen mit den anderen Sprachschülern für Mittwoch geplant war. „Komm, ich glaube, wir sollten weitergehen, damit Monica nicht warten muß", stachelte sie ihre Partnerin an, die sich nicht losreißen konnte. „Oben wird der Blick noch grandioser." Nach wenigen weiteren Kehren erreichten sie die Kapelle. Ulla blieb erneut auf der Terrasse stehen. „Wir können nachher noch schauen, versprochen", meinte Julia und zog Ulla zum Eingangsportal.

Im Dunkel des Kirchenraumes hatten Julias Augen Mühe, sich nach der Helligkeit draußen an das Dunkel zu gewöhnen. Eine Schwäche, die im Alter zunahm, wie ihr der Augenarzt vor einiger Zeit weismachte. Auch neulich im Tunnel hatte sie außerhalb des Lichtkegels der Handytaschenlampe kaum etwas gesehen. Julia überlegte, ob die Frau vielleicht doch schon dort gelegen und Julia sie aufgrund ihrer Sehschwäche nicht bemerkt hatte. Es rieselte eiskalt durch ihren Körper. Sofort fühlte sie sich töricht. In der Unterführung war die Frau nicht gefunden worden.

„Monica sehe ich nicht!“ sagte Ulla. Julia kniff die Augen zusammen und suchte den Raum ab. Ein paar junge Leute trödelten in der Kapelle herum. Niemand war dabei, der Ähnlichkeit mit Monica hatte. Julia war enttäuscht.

„Vielleicht finden wir sie oben im Museum. Laß uns dorthin gehen.“ Julia fiel das Photo ein, das sie bei ihrem letzten Besuch dermaßen beschäftigt hatte. Wie würde Ulla reagieren, würde sie eine Ähnlichkeit erkennen? Die beiden Frauen verließen den Gebetsraum durch eine Tür seitlich hinter dem Altar. Im angrenzenden Zwischenraum saß ein Benediktinermönch vor einer Kasse. Julia löste zwei Eintrittskarten. Von Claudio wußte sie, daß der Mönch wie ein Einsiedler oberhalb der Kirche hauste und auch, daß er weder Englisch noch Deutsch sprach. Julia bedauerte, daß ihre Italienischkenntnisse so mager waren. Sie reichten bei weitem nicht aus, um den Geistlichen nach Monica zu fragen, geschweige denn, ihn zu bitten, Monica – falls sie kam – zu verständigen.

Also kletterten sie die schmale Stiege in das obere Stockwerk hinauf und betraten die Museumsräume. Julia hoffte, daß Monica sie hier finden würde. Die einzelnen Ausstellungsräume, klein wie Wohnzimmer, gingen wie in alten Häusern ineinander über, ohne an einen Flur zu grenzen.

Weil Monica nicht rechtzeitig kam, wäre Julia am liebsten mit Ulla sofort in den letzten Raum gelaufen, in dem die Photos hingen. Doch Ulla betrachtete fasziniert die Ölbilder und die Schautafeln in den ersten Räumen. Julia wartete ungeduldig jeweils an der Tür zum nächsten Zimmer. Bald sah sie ein, daß es sinnlos war, Ulla an allem vorbeischleusen zu wollen. Aber sie begann, nervös zu werden. Immer wieder fragte sie sich: Wo blieb Monica, warum verspätete sie sich? Würde Monica sie wirklich hier suchen?

„Paß auf Ulla, du guckst dir alles in Ruhe an. Ich schaue, ob Monica in der Kapelle eingetroffen ist. Einverstanden?“

Der Kirchenraum war inzwischen von vielen Menschen belebt. Alte und junge, Kinder, nur Monica entdeckte Julia wieder nicht unter den Besuchern. Sie trottete zurück in das Museum. Im ersten Raum – Ulla war inzwischen weitergegangen – schaute sie vom Fenster aus auf den Weg. Auch auf ihm war Monica nicht zu sehen. Julia zwang sich, noch etwas zu warten. Sie lehnte sich auf das Fensterbrett. Plötzlich fühlte sie sich einsam und verloren. Sie kannte diese Empfindungen. Es waren die Momente, in denen sie den vertrauten, starken Druck von Bernds warmer Hand mit einer Intensität vermißte, daß sie auf der Stelle losheulen konnte. Sie wußte nur zu gut, daß, wenn die Schleusen einmal offen waren, sie nicht aufhören konnte, bis alle Feuchtigkeit aus ihr herausgewunden war. Ein Gefühl, das sie jetzt nur noch ab und zu überkam und vor dem sie meist davonlief, um es mit Lärm und Geschäftigkeit zuzudecken.

Sie starrte, die Tränen mühsam hinunterschluckend, auf den Campingplatz, der direkt an den Strand grenzte. Ihr Blick blieb an einem Wohnwagen hängen. Sie beobachtete, wie er hin- und herrangiert wurde. Als würde ein Vorhang aufgezogen, tauchte vor ihren Augen der Campingplatz noch einmal auf. Sie erinnerte sich nicht genau, war es 1975, 1979 oder noch ein anderes Jahr gewesen?

Julia und ihr Mann Bernd stehen mit ihrem Auto ganz hinten an einer Hekke, ihr kleines Hauszelt befindet sich daneben. Einige größere Zelte und Wohnwagen verteilen sich auf dem großen Gelände unterhalb der Stadt. An diesem Abend wird gefeiert. Auf der Wiese kurz vor dem Strand sind Fakkeln in den Sand gesteckt, und ein Lagerfeuer brennt. Alle Campingplatz-Besucher, überwiegend junge Leute – die Fahrt bis in den Süden Italiens ist noch ein Abenteuer –, sitzen im Kreis um das Feuer herum. Ein Gitarrist spielt und singt, ein Trommler gibt den Rhythmus vor, mal schwillt die Musik an, dann wieder schwingt sie leise und verhalten aus. Die bekannten Schlager singen sie mit oder summen, wenn der Text ihnen nicht einfällt. Einige tanzen fast selbstvergessen. Bernd fordert Julia auf: „Komm, laß uns tanzen!" Julia will nicht, es ist so schön, auf die Flammen zu schauen. Er geht allein los. Plötzlich sieht sie ihn mit einer fremden Frau tanzen. Woher kommt sie? Julia weiß es nicht.

Der Schein der Fackeln taucht die Körper der beiden in ein unwirkliches, flackerndes Licht. Sie tanzen eng umschlungen. Vielleicht liegt es an der Musik, sie ist überaus anschmiegsam und betörend. Die anderen Paare haben sich wieder hingesetzt oder sind verschwunden. Bernd und die Frau bewegen sich langsam, eng aneinandergepreßt. Es schmerzt Julia zu sehen, wie schamlos sich die beiden Körper ergänzen. Gleichzeitig kann sie den Blick nicht abwenden. Es irritiert sie, daß sich das Verlangen der beiden Tanze

nden auf sie überträgt.

Sie spürt die Begierde der beiden am ganzen Körper, während sie gebannt zuschaut. Erst das Knistern und Zerfallen eines Holzscheites im Feuer lenkt ihren Blick in eine andere Richtung. Julia steht auf und zwingt sich, den Ort zu verlassen. Der dunkle Campingplatz wirkt öde, sie irrt durch die Wohnwagen und Zelte.

Plötzlich hört Julia aus dem Dunkel eine männliche Stimme, die auf Englisch sagt: „Ist das ihr Mann, der sich mit meiner Frau zur Musik bewegt, als würden sie miteinander schlafen?"

Julia bemüht sich, die Bedeutung der Worte nicht zu verstehen, sie wehrt sich. Sie möchte die Wirklichkeit außen vor lassen. Doch diese hat sie längst eingeholt.

„Kommen Sie!" sagt die Männerstimme. Eine warme, feste Hand nähert sich ihrer und beginnt, sie in den Feuerschein zurückzuzerren. Julia wehrt sich nicht, sondern folgt wie hypnotisiert. Als sie die Tanzfläche erreichen, sieht sie Bernd noch immer mit der Frau vereint. Der Fremde zieht Julia an sich, flüstert ihr ins Ohr: „Kommen Sie, wir zeigen es den beiden" und beginnt, mit Julia ebenso aufreizend zu tanzen. Ihr Körper weigert sich nicht, sondern bewegt sich geschmeidig auf und ab, verschmilzt mit der fremden Gestalt, als wäre es das Normalste der Welt. Alles in ihr ist Hingabe, jeder Nerv verlangt mehr von dieser Lust. Julia bemerkt nicht einmal mehr ihren Mann neben sich auf der Tanzfläche. Ein Mund findet den ihren. Der Feuerschein entfernt sich, ihre bloßen Füße tanzen über den von der Tagessonne noch warmen Sand. Ihre Körper finden sich. Irgendwann endet die Musik. Eine Ewigkeit später kühlt Meereswasser ihre aufgeheizten Körper, sie liegen auf einem flachen Felsen, ruhen sich aus.

Am Ende der Nacht klettert Julia allein langsam die Stufen zur Kapelle hinauf und setzt sich kurz vor der Kirche auf eine Mauer. Weiter draußen auf dem Meer sieht sie weiße Schaumkronen leuchten, es dämmert, und ihr ist kalt. Langsam färbt der Himmel sich rosa. Eine kleine Mondsichel spiegelt sich noch im Wasser. Julia fühlt sich leer. Die widersprüchlichsten Gefühle toben in ihrem Inneren, Scham und Widerwillen mischen sich mit Glücksempfinden. Sie versteht es nicht. Als die Helligkeit den Hügel erobert, macht sie sich auf den Rückweg.

Bernd sitzt vor dem Zelt, als Julia ankommt. Er schaut sie stumm an, steht auf, sie umarmen sich, halten sich fest. Nach einer Weile gehen sie in ihr Zelt, schlafen miteinander in einem ruhigen, langsamen Rhythmus, danach übermannt sie die Müdigkeit.

Am nächsten Tag packen sie ihre Sachen. Ohne ein weiteres Wort über jene Nacht zu verlieren, fahren sie ab. Auch später vermeiden sie, über diese Nacht zu reden, als würde sie irgendeine Vereinbarung daran hindern.

Eigenartig, dachte Julia jetzt. Warum wurde nie über diese Nacht gesprochen? Jetzt war es zu spät. Ihr fiel ein, daß der unbekannte Mann, mit dem sie damals die Nacht verbrachte, vielleicht noch im Ort lebte. Die Vorstellung beunruhigte sie plötzlich. Sie beschwichtigte ihre sich überschlagenden Phantasien. Vermutlich würde dieser Mann sie nicht mehr erkennen. Oder doch? Würde sie ihn wohl wiedererkennen? Julia war ganz durcheinander und zwang sich, nicht sentimental zu werden.

Unten auf dem Weg stieg eine Gruppe älterer Frauen zur Kapelle hinauf. „Monica!" rief Julia aus dem geöffneten Fenster. Eine der Frauen schaute nach oben. Es war nicht Monica.

Frustriert suchte Julia nach Ulla. Als sie sie im letzten Raum des Museums entdeckte, stand Ulla genau vor dem Bild mit dem fraglichen Photo. Julias Herz klopfte. Hatte Ulla die Frau schon entdeckt? „Hallo. Na?" fragte Julia.

Ulla schaute kurz auf. „Monica ist nicht eingetrudelt, nicht wahr? Eine komische Alte. Ich habe es erwartet. Aber die Bilder von den Wallfahrten sind interessant." Sie zeigte auf das Photo: „Schau, hier." Julia stockte der Atem.

Ulla lachte: „Die alten Männer vom Café als junge Eroberer, sieh, der Opernarien-Sänger!"

„Und? Hast du noch jemanden erkannt?"

„Wieso?" Ulla beugte sich erneut vor und betrachtete das Bild. Julia merkte, daß sie es albern fand. Als sie den Kopf wieder hob, trug sie eine gespielt ernste Miene zur Schau. „Also, ich würde sagen ..."

„Ja, was?"

„Also ich würde sagen", Ulla verbarg ein Kichern, „ich sehe ... nichts weiter."

Julia schluckte: „Du hast niemanden entdeckt, der dir bekannt vorkommt, wirklich nicht?"

„Nein, wirklich nicht. Jetzt nervst du aber!"

Julia überlegte einen Moment lang, ob sie die Freundin auf die fragliche Frau hinweisen sollte, ließ es dann aber, da Ulla bereits zur nächsten Schautafel weitergewandert war. Neugierig beugte sich Julia vor, um sich selbst davon zu überzeugen, daß die Ähnlichkeit der Person auch heute für sie sichtbar war. Unauffällig begann sie, die Frau auf dem Bild mit Ulla zu vergleichen. War da ein Ansatz? Die Nase, der Mund, die Augen? Die Haltung? Julias Blick wanderte hin und her. Sie war unsicher. Nach einem weiteren Blick zweifelte sie und kam dann zu dem Schluß, daß sie sich getäuscht hatte. Wenn selbst Ulla nichts auffiel ... Julia fluchte. Leichtgläubig hatte sie sich die ganze Geschichte von der verschrobenen Alten suggerieren lassen. Plötzlich war ihr ihre Hartnäckigkeit peinlich. Sie sagte leichthin zu Ulla: „Ich dachte, ich hätte die Frau erkannt, bei der wir immer unser Obst kaufen. Aber ich habe mich getäuscht. Ist auch nicht wichtig. Komm, laß uns den Park besuchen. Du wirst überrascht sein, ein so großes Gelände erwartet man oberhalb der Kirche eigentlich nicht."

Sie stiegen weiter nach oben und betraten das Gelände. Sofort war Ulla in ihrem Element: „Schau, die Aloe, daraus könnte man herrlichen Saft gewinnen. Du weißt, wie gesund der Saft ist? Aber nur, wenn er fast hundertprozentig rein ist. Putzt alle Gedärme sauber, stärkt das Immunsystem und ist bei Verbrennungen ein wirkliches Wundermittel ..."

Julia ließ Ulla reden. Sie fühlte sich ausgehöhlt, erschöpft und um etwas betrogen. Gleichzeitig war sie froh. Ulla drohte keine Gefahr. Alle bisherigen Ereignisse waren unglückliche Zufälle gewesen und nur in ihrer übersteigerten Einbildungskraft gefährliche Anschläge auf Ullas Leben. In dieser Landschaft schien sie melodramatisch zu werden, wo blieb ihr pragmatischer Verstand? Was ging sie diese Monica an? Sie war hier, um Italienisch zu lernen und Urlaub zu machen.

Auf den Weg von der Kapelle hinunter, wieder mit weitem Blick auf die Küstenlinie, fühlte sich Julia etwas besser. Sie setzte schweigend Fuß vor Fuß. Ulla ging vor ihr. Nach einer Weile drehte sie sich zu Julia um und sagte: „Vielleicht sollten wir Robert fragen, ob er uns zum Capo Vaticano fährt. Dann bräuchten wir nicht mit der Schultruppe zusammen ... Was meinst du, Julia? Du bist so ruhig, ist dir nicht gut? Entschuldige, ich habe es vorhin nicht so gemeint."

„Geht schon, danke. In meinem Reiseführer habe ich übrigens gelesen, daß ein Normanne, nachdem er in den lombardischen Bergen genügend Schätze erbeutetet hatte, um das Jahr 1048 mit einer Schar Söldner Kalabrien eroberte. Zwar hatte der Fürst von Salerno ihn angeheuert, damit er für ihn die Byzantiner aus Kalabrien vertreibt. Doch jener Normanne riß sich Kalabrien selbst unter den Nagel. Zufällig hieß dieser Typ auch Robert, Robert Guiscard. Ich würde lieber mit der Schule den Ausflug machen, auch wenn ich die österreichische Reisebürozicke gefressen habe. Laß uns morgen entscheiden."

„Ich sehe, du hast für Robert nichts übrig, dabei ist er etwa dein Jahrgang und kommt, wie du, aus Berlin. Julia, Julia, bist du ein klein wenig eifersüchtig?"

„Nein, wirklich nicht. Ich denke, du schwärmst für Enno, diesen blauäugigen Normannenabkömmling aus dem Bossa Nova, den ich leider noch nicht in Augenschein nehmen konnte“, frozzelte Julia.

Ulla lachte: „Lieber kein männliches ‚problema‘, ich habe noch an dem Erik-Syndrom zu knabbern.“

Als Julia später allein auf der Terrasse saß, das Buch, in dem sie eigentlich schmökern wollte, auf dem Schoß, fiel ihr Ullas Bemerkung wieder ein. Ihr wurde bewußt, daß ihr ‚problema‘ ein anderes war. Sie war unsicher, ob ihr jetziges Leben ohne Mann gut oder schlecht für sie war. Die ersten zwei Jahre nach Bernds Tod hatte sie keinen einzigen Gedanken an eine neue Bindung verschwendet. Danach war nach und nach Sehnsucht in ihr gewachsen, und ihr waren die männlichen Blicke wieder aufgefallen. Doch als sie darauf einging und jemanden an sich heranließ – zweimal war es ihr passiert –, verhielt sie sich ängstlich wie ein junges Mädchen und zog sich schnell in ihr Schneckenhaus zurück. Sie fühlte sich so, als würde sie oben auf einer Brücke stehen, das Gummiband schon an ihren Fesseln festgezurrt, bereit und willens zu springen, um dann im letzten Moment zu zögern. Doch je länger sie oben wartete, desto bewußter wurde ihr, daß sie springen mußte. Ihr weiteres Leben hing davon ab, ob sie den Sprung wagte oder nicht. Sie war unsicher, was danach passieren würde. Vielleicht würde sie sich wunderbar fühlen, aber vielleicht würde sie auch sagen: nie wieder. Auf jeden Fall könnte sie erst entscheiden, wenn sie die Prüfung hinter sich gebracht hatte. Vielleicht wäre es einfach, wenn ich merken würde, daß es der Richtige ist. Aber gibt es den in meinem Alter noch? überlegte Julia und wunderte sich über ihre komischen Anwandlungen. Sie wollte gerade nach ihrem Buch greifen, als sie Ullas Stimme unten aus dem Garten hörte. Ulla wollte doch an den Strand gehen, hatte sie etwas vergessen oder es sich anders überlegt?

Julia schaute über die Terrassenbrüstung nach unten. Ulla stand auf dem Gartenweg mit einem Mann und unterhielt sich angeregt. Vereinzelt verirrten sich französische Wortfetzen nach oben, die Julia jedoch nicht verstand. Die Stimme des Mannes klang melodisch. Ullas Gesprächspartner sah verdammt gut aus, stellte Julia neidlos fest. Er war jung, athletisch gebaut, seine olivfarbene Haut wurde durch das weiße Hemd, das er vorn offen trug, vorteilhaft ins Licht gerückt. Seine schwarzen, kurzen Haare kringelten sich auf eine natürliche Weise. Vielleicht ist es der besagte Normanne aus dem Strandlokal Bossa Nova, dachte Julia. Sie setzte sich auf die umlaufende Steinbank, wo sie beobachten konnte, wie die Sache sich weiterentwickelte.

Doch kurze Zeit später stiefelte Ulla aufgeregt die Treppe hinauf. Ihre Wangen waren gerötet. Sie hielt Julia einen Zettel unter die Nase: „Hier, lies, jetzt wird es ganz verrückt! Von deiner ominösen Monica!"

Julia schaute Ulla entgeistert an. „Wieso Monica, was ist mit dem Mann dort draußen?"

„Das ist Tarif, er ist Marokkaner und arbeitet auf der Baustelle des Hotels Marina. Du weißt schon, in der Nähe unserer alten Unterkunft. Monica hat ihm den Brief gegeben. Sie wandert zu ihrer Tochter, sagt Tarif. Sie hat ihn beauftragt, mir den Brief zu bringen, wenn sie nicht rechtzeitig zurückkommen kann, um uns zu treffen."

„Zeig mal her." Julia schnappte sich das Stück Papier und las, was dort in einer recht krakeligen Handschrift geschrieben stand:

„Ich bedauere, kann nicht zur Kapelle kommen. Bitte schauen Sie sich das Bild genau an. Es besteht ein Zusammenhang mit Ihnen. Seien Sie vorsichtig, man will Ihnen etwas antun.

Monica"

„Und sie hat dir diesen schönen jungen Mann geschickt, um den Brief zu überbringen?" fragte Julia, und die Skepsis war ihrem Tonfall deutlich anzuhören. „Eigentlich steht nicht mehr darin als das, was sie mir sagte, was soll das Ganze?" Nachdem sie vorhin alles als Unsinn verteufelte, fiel es ihr jetzt schwer, wieder das Gegenteil zu glauben. Julia hatte keine Lust, sich erneut auf diese Achterbahn der Gefühle einzulassen. Sie reichte Ulla den Zettel zurück und griff nach ihrem Buch.

„Was ist das für ein Bild, von dem in dem Brief die Rede ist?" Ullas Stimme klang scharf.

„Ich nehme an, sie meint das Photo aus dem Jahr 1970 im letzten Museumsraum, wir standen davor. Das, auf dem die drei Alten als junge Männer drauf waren, erinnerst du dich? Ich fragte dich, ob dir noch etwas auffällt. Als ich das erste Mal dort war, dachte ich, eine Frau auf dem Photo würde dir ähneln."

„Warum hast du mir nichts davon gesagt?" beschwerte sich Ulla, und jetzt klang ihre Stimme aufgebracht.

„Ich wollte dich nicht beunruhigen. Als ich vorhin das Photo ansah, war ich alles andere als sicher. Ich glaubte sogar, ich hätte mir alles nur eingebildet. Entschuldige. Wir können morgen oder übermorgen nochmals zusammen zur Wallfahrtskirche raufgehen und schauen, wenn du magst. Heute ist es zu spät."

„Mich macht stutzig, daß der Commissario auch etwas von einer Ähnlichkeit sagte. Jetzt werde ich neugierig. Tarif meint, ich soll den Küster im Dom fragen, das hätte ihm Monica noch aufgetragen. Ganz schön aufregend, finde ich!" Ulla hatte ihre Verärgerung schnell vergessen und tänzelte vor Julia herum.

„Macht dich die Nachricht oder der griechische Gott da draußen nicht nervös?" konnte sich Julia nicht verkneifen zu fragen. Ein Blick aus dem Fenster zeigte ihr, daß der Mann auf dem Gartenweg wartend auf und ab ging.

„Nun ja, beides, ich gebe zu, ganz unberührt läßt mich dieser Typ nicht, er spricht so süß Französisch, ich hatte ganz vergessen, wie hübsch die Sprache klingt! Wir werden zum Dom gehen."

Julia beobachtete, wie sich das Glitzern in Ullas Augen ausbreitete, sie fingen an, wie dunkle Kohlen zu glühen, in denen kleine Lichter blinkten. Ulla möchte ohne die Aufsicht von Muttern entschwinden, wußte Julia, und obgleich sie nicht Ullas Mutter war, kam sie sich in diesem Augenblick so vor. Eigentlich wäre es besser, wenn ich mitgehe, dachte sie, aber sie ließ es und sagte statt dessen: „Treffen wir uns nachher im Café Roma? So in etwa zwei Stunden?"

Ulla nickte schon auf der Treppe. Ihre Schritte wirkten graziös und beschwingt. Julia sah, daß Ulla das neue, dunkelbraune Kleid trug, das sie zusammen am Morgen erstanden hatten. Es stand ihr ausgezeichnet. Ein orangefarbenes T-Shirt blitzte keck aus dem Ausschnitt und an den Ärmeln hervor, der zipfelige Rock schwang um ihre Beine. Ein schönes Paar, ging Julia durch den Kopf, als sie die beiden aus dem Tor der Hotelanlage zur Stadttreppe gehen sah.

Es war inzwischen acht Uhr abends geworden. Julia saß bereits eine Weile draußen im Café Roma, als Ulla eintrudelte. Sie strahlte. „Er ist süß, dieser Tarif!"

Oh je, dachte Julia, es hat sie erwischt, nun ja, nach der Trennung von Erik braucht sie Bestätigung, vornehmlich männliche, il problema hin oder her. „Und was ist mit dem Geheimnis?" fragte sie neugierig.

„Ach, der Küster, du weißt schon, dieser ältere Mann, der neulich im Dom den Altar schmückte, der war nicht da, so daß wir wieder gegangen sind. Tarif will schauen, ob er den Mann, Pater Benno, oben in der Wallfahrtskirche findet. Dann treffen wir uns nachher beim Hotel am Strand."

Sie lächelte. Julia fand sie etwas zu glückselig bei diesen Worten, und ihre Besorgnis wuchs. Aber irgend etwas hinderte sie daran, Ulla die Sache auszureden. Also beobachtete Julia eine Stunde später vom Appartementfenster aus, wie sich Ulla Richtung Strand entfernte. Sie verfluchte ihren Großmut. Es war der pure Leichtsinn! Monicas Warnung schwirrte ihr durch den Kopf, und sie versuchte sich einzureden, daß Tarif Monicas Bote wäre und eigentlich keine Gefahr sein konnte. Sie lief unruhig auf und ab. Dann schnappte sie sich rasch ihre schwarze Strickjacke, zog sie über und folgte Ulla unauffällig.

Julia nahm sich vor, im Hintergrund zu bleiben und nur einzugreifen, wenn Not am Mann wäre. Sie ging durch das Hotel bis zum Strand, bis zur in dieser Saison noch nicht geöffneten Strandbar und blieb hinter einer Säule stehen. Zwei Schritte entfernt begann der Sand. Etwas weiter vorn waren tagsüber ihre Liegestühle aufgebaut gewesen. Ulla war nicht zu sehen. Julia wurde noch nervöser. Die Grillen zirpten überlaut, fand sie, und die von der Stadt leise herüberschallende Musik störte sie. Die von Scheinwerfern angestrahlte Kapelle Santa Maria dell'Isola hob sich überirdisch schön gegen den dunklen Nachthimmel ab. Ihr Licht beruhigte Julia ein wenig. Auf dem Meer erkannte sie kleine Leuchtpunkte, offensichtlich Fischkutter. Die Brandung rollte sacht ans Ufer und gab ein gleichmäßiges Geräusch von sich. Jetzt endlich entdeckte sie Ulla. Sie ging ein Stück weiter rechts am Wassersaum barfuß hin und her, ihren Kopf zu Boden gesenkt, ihre Zehen spielten mit dem Sand. Julia atmete auf. Sie blieb weiter in sicherer Entfernung stehen. Anscheinend war Tarif noch nicht erschienen. Sie sah statt dessen den Wachmann des Hotels mit einem Begleiter, der jedoch der Figur nach keinesfalls Tarif sein konnte, auf Ulla zugehen. Sie wechselten ein paar Worte mit ihr, und zusammen schlenderte die Dreiergruppe zurück in den Hotelgarten. Julia war froh, daß sie nicht entdeckt worden war und lief so schnell sie konnte den Parallelweg entlang, um von der anderen Seite noch vor Ulla das Appartement zu erreichen. Sie setzte sich auf die Terrasse.

Kurze Zeit später traf Ulla ein. Julia rief, noch ein wenig außer Atem: „Hallo, schon zurück?“ Es fiel ihr schwer, so unschuldig zu tun.

„Tarif ist nicht gekommen, ich weiß nicht, anscheinend habe ich kein Glück mit Männern.“ In Ullas Worten schwang einige Enttäuschung mit.

Julia umarmte die Freundin, ohne darauf näher einzugehen. Sie sagte nur: „Ich bin froh, daß du munter vor mir sitzt. Ich habe mir Sorgen gemacht! Komm, es ist kalt, laß uns schlafen gehen.“

„Di Flavio war bei dem Wachmann, ich soll dich schön grüßen.“ Julia lächelte.

Kapitel 15: Tarif

Tarif beeilte sich, den Weg hinauf zur Kapelle Santa Maria dell’Isola zügig hinter sich zu bringen.

Er fühlte sich noch immer ausgehöhlt und leer. Daran konnte auch die blonde Touristin Ulla nichts ändern, obgleich sie ihm gefiel. Sie war warmherzig, das spürte er mit seinem Herzen. Doch die Melancholie umgab ihn wie Nebelfetzen, seit er wußte, daß Laura nicht mehr lebte.

Er machte sich Vorwürfe. An jenem Tag, als es geschah, hatte er Laura in der Stadt gesehen. Aber er hatte nicht warten können. Er mußte zurück. Alle Arbeiter waren verpflichtet worden, sich um 19 Uhr auf dem Baugelände zu versammeln. Er hätte seinen Job verloren, wenn er gegen die Order verstoßen hätte. Dabei wollte er Laura sagen: Meine schöne Blume, die du mit feurigen Fingern meine Seele berührtest, wandle mit mir, schenke mir den Duft der Rose. Du sollst leben wie eine Königin unter den leuchtenden Sternen der Wüste. Laß mich deine Hände streicheln und in Rosenwasser baden. Kein schmutziges Spülwasser wird ihre Zartheit mindern. Dein goldblondes Haar wird weiter im Mondlicht glänzen. Kein Bratendunst wird deinen Engelslocken den Duft frischer Veilchen nehmen. Verbinde dich mit mir.

Die Zeit war noch nicht reif für sein Eheversprechen gewesen. Er hatte warten müssen, bis die Erbschaft seines Lieblingsonkels ihm die Ehe gestatten würde. Laura wäre ihm nach Marokko – ins Land seiner Väter – gefolgt. Tarif konnte ein Schluchzen nicht unterdrücken. Er versuchte, die Sonne über dem Nebel zu finden und dachte an die blonde, hübsche Touristin. Sie war nicht Laura, aber sie war lebendig und eine Frau. Wie lange schon hatte er keine Frau mehr im Arm gehabt.

Nach dem Treffen mit ihr war er mit einem Kollegen zu seiner Behausung zurückgefahren. Hatte geduscht und sich sorgfältig saubere Sachen übergezogen. Die schwarze Hose, das weiße Hemd, das – von Monica gebügelt – schon länger in einer Plastiktüte im Spind aufbewahrt wurde. Dabei war seine Seele vor Mitleid mit Monica übergelaufen. Es war gut, daß sie nicht wußte, was mit Laura geschehen war.

Mit dem Kamm war er sich durch die Haare gestrichen und hatte überlegt, ob er für die kurzen, dunklen Locken ebenso wie die einheimischen Männer etwas Gel benutzten sollte. Er ließ es. Statt dessen nahm er ein wenig Bergamottewasser und verteilte es auf seine frisch rasierten Wangen. Eine alte arabische Melodie war ihm in den Sinn gekommen, die er jetzt – noch zaghaft – vor sich hinsummte. Die Sonne war bereits im Meer versunken, ihre restliche Helligkeit tauchte den Weg in Dämmerlicht. Ein Liebespärchen kam ihm entgegen. Ansonsten war der Weg menschenleer.

Es war spät, und es erstaunte ihn nicht, die Wallfahrtskirche geschlossen vorzufinden. Er wußte, der Pater lebte über der Kapelle in seiner Klause, und er kannte den kleinen Pfad, der dicht neben dem Bauwerk hinaufführte. Ohne weiter zu überlegen, kletterte Tarif über die halbhohe Begrenzungsmauer. Das feste Gestrüpp, das den Weg fast überwucherte, würde seine Hosen verderben, aber bald würde er sich neue zulegen, wenn er wieder zu Hause wäre. Er würde Monica helfen, denn oft hatte sie ihm geholfen, und außerdem war da die blonde Frau mit den schwarzen Augen, deren Glanz ihn an die Glut der Frauenblicke in seiner Heimat erinnerte. Sie würde ihm helfen, seinen Kummer zu verdrängen – vielleicht für ein paar Stunden ...

Tarif erreichte die erste Plattform über der Kapelle, stieg auf die Terrasse, fand die Seitentür nicht abgesperrt, öffnete sie und betrat das Museum. Monica war ein paarmal mit ihm hier gewesen. „Pater Enrico?“ rief er so laut er konnte.

Keine Antwort. Also stieg er höher und verließ das Gebäude wieder durch die kleine Tür, die oben in den Park führte. Hier würde er Pater Enrico sicher finden. Wahrscheinlich kümmerte er sich um seine Hasen oder fütterte seine Vögel. Er wiederholte seinen Ruf, als er die Wege des kleinen Parks oberhalb der Kirche, die am Tage von vielen Schulklassen und Touristen ausgetreten wurden, entlanghastete. Es wurde inzwischen dunkel, und Tarif ärgerte sich, weil er keine Taschenlampe mitgenommen hatte. Am Aussichtspunkt mit dem großen Kreuz blieb er kurz stehen, um hinunterzuschauen. Die Scheinwerfer für die Kapelle waren jetzt eingeschaltet, und einige leuchteten auch vom Meer herauf. Er schaute hinunter auf den Grund, der viele Meter unter ihm lag. Er dachte an die Fische, die besonders zahlreich die Grotta Palombaro bevölkerten. Tarif liebte Fische.

Ein Geräusch ließ ihn zusammenfahren. Er drehte sich um.

Kapitel 16: Monica wird bald in Nicotera sein

Monica schnaufte. So lang und anstrengend hatte sie den Weg nicht mehr in Erinnerung. Früher war sie in zwei Tagen von Parghelia nach Nicotera marschiert. Jetzt war sie bereits seit Mittwochnachmittag unterwegs, und heute war Samstag. Rechtsanwalt Umberto würde sie nicht antreffen, sie wußte, er hielt sich am Wochenende in seinem Haus am Meer auf. Erst Montag früh könnte sie zu ihm gehen.

Auf keinen Fall durfte sie Robert über den Weg laufen. Ihr Plan konnte nur funktionieren, wenn Robert nicht wußte, woran er war. Sie beschloß, am Montagmorgen sehr zeitig in die Stadt zu gehen. Vorher würde sie sich in der Gegend von Joppolo versteckt halten. Es würde ihr gut tun, sich auszuruhen. Ihr fiel ein, daß sie das letzte Mal vor drei oder vier Jahren von Parghelia nach Nicotera gelaufen war, als Ermano starb, der Vater ihrer Tochter Regina. Damals war es ihr leichter gefallen, die Krankheit wütete noch nicht in ihrem Körper. Auch Felice, ihr Hund, trödelte streckenweise herum. Monica mußte ihn häufig rufen und antreiben. Auch er kam in die Jahre.

Mein Leben ist keines, bei dem man alt und krank sein kann, dachte sie, ich brauche Kraft, die Pflanzen einzubringen, die Erde umzugraben, die Bäume zu beschneiden, den Brunnen zu pflegen, die Abwassergrube zu reinigen. Wenn ich dazu nicht mehr in der Lage bin, muß ich gehen. Aber erst muß ich alles tun, damit Laura versorgt ist! Dann ...

Monica fürchtete sich mit jedem Schritt mehr, in die vorwurfsvollen Augen ihrer Tochter Regina zu schauen. Meist hatte sie ihr nicht einmal die Tür geöffnet und nur gesagt, sie habe keine Mutter. Zum Glück hatte Laura später vermittelt. Laura, mein Schatz, mein schönes Kind, die Madonna möge dich beschützen, dachte Monica. Noch immer mühte Monica sich, die Taleinschnitte zu umschreiten. Auf der einen Seite ging es hoch, dann wieder runter. Die Wege, alte Maultierpfade, waren überwuchert, wurden kaum noch begangen. Sie erinnerte sich, daß dies vor Jahrzehnten, als sie sich jung und geschmeidig wie eine Bergziege fühlte, anders gewesen war. Mit Robert war sie diesen Weg gegangen, meist einen schweren Rucksack auf dem Rücken. Zu dieser Zeit wiesen kleine Steinhaufen an jeder Gabelung den Weg, und alles war frei von Unterholz.

Monicas Gedanken wirbelten wirr durch ihren Kopf, sie zermarterte sich noch immer das Gehirn, fragte sich wieder und wieder, warum Laura am Montag nicht mit dem Zug in Parghelia angekommen war. Sie verstand es nicht. Warum hatte sich Laura nicht wenigstens gemeldet? Dieses Verhalten paßte gar nicht zu ihr. Monica fragte sich, ob Regina Laura gegen sie eingenommen oder ihr gar verboten hatte, mit ihr zu sprechen. In ihrem Magen begann Bitternis zu rumoren. Sie blieb stehen und übergab sich. Dann fingerte sie ein Mittel aus ihrem Rucksack und trank den herben Saft. Sie setzte sich auf einen Stein am Wegrand. Felice kam gelaufen. Sie strich über sein kurzes, dichtes Fell.

Hoffentlich hat Tarif dieser Deutschen meinen Brief gegeben! Ich muß mit dieser Ulla aus München reden. Wenn sie die Tochter von Sabina ist, ist sie Erbin des Grundstücks, das bis hinunter an den Strand reicht und Robert ... Ich werde die Sache mit Avvocato Umberto klären, ein für allemal.

Monica war müde, unendlich müde. Sie spürte, wie der Feind in ihr, diese tückische Krankheit, an Boden gewann. Sie strich erneut über das schwarze, kurze Fell von Felice. Er ließ ein Knurren hören, und seine Ohren stellten sich auf, als er an ihren Beinen entlangstrich. Sie wurde ruhiger. Nach einer Weile stand sie auf und setzte ihren Weg fort. Die Kräuter hatten ihrem Magen gutgetan und die Schmerzen besänftigt. Als Monica einen kleinen, weißen Strand leuchten sah, stieg sie hinab und setzte sich in den Sand. Ihr kamen Ermanos Worte in den Sinn, „Bella, ich schenke dir das Leuchten des Meeres, die Farben meiner Heimat Kalabrien, in Gold gefaßt. Türkise und Aquamarine, alles, was du magst.“ Sie erinnerte sich ohne Bedauern daran, voller Zärtlichkeit.

Monica streifte ihre einfachen Kleider vom Leib und ging zum Meer. Langsam tauchte sie in die Fluten ein, schwamm hinaus. Felice bellte vom Ufer her, dann sprang er ebenfalls hinein. Monica legte sich auf den Rücken und paddelte nur mit den Beinen, bis er ihre Höhe erreichte. Auf Hunde kann man sich verlassen, dachte sie, und ein Schwall Erinnerungen überflutete sie ebenso wie die kabbeligen, kurzen Wellen, die weiter draußen das Meer bewegten.

Sie sieht sich in Berlin, gerade achtzehn Jahre alt, das Abitur druckfrisch in der Tasche. Sie malt neben ihren Namen das Jahr 1966 auf die große Bewerbungsmappe für die Akademie der Künste. Sie will ihren großen Traum realisieren. Es ist verdammt schwer, einen der raren Studienplätze zu ergattern. „Mach dir keine Hoffnungen! Im ersten Anlauf nehmen sie nur die Begabtesten!“ hört sie von den Studenten der älteren Semester. Obwohl sie sich sicher ist, bangt sie. Nach einem Monat erhält sie den ersehnten Brief.

„Sie sind angenommen worden. Ihre Arbeiten haben uns von Ihrem Talent überzeugt.“

Sie springt vor Freude in die Luft und tanzt durch die Straßen. Als sie ihren Vater anruft und ihm mitteilt, daß sie Malerei studieren werde, meint er: „Monica, ich hätte mir gewünscht, du hättest dich für das Fach Jura entschieden. Aber wenn schon nicht Rechtswissenschaften, dann solltest du Pädagogik studieren. Ich möchte nur das Beste für dich. Denke an deine Zukunft, Monica. Überlege dir die Sache noch einmal!“

Es kümmert sie nicht. Sie will gestalten, malen, alles mit den Händen formen, in ihrem Kopf poltern die Ideen nur so durcheinander, und sie sprüht vor Lebensfreude. Schön ist sie nicht, aber sie ist ungewöhnlich, meinen die, die sie kennenlernen, und ihre Vitalität ist hinreißend. Konventionen gibt es für sie nicht, Monica fühlt sich dazu bestimmt, die Farben neu zu sehen, die Formen nach ihren Regeln zu runden. Ihr Elternhaus war streng genug. Monica eifert den großen Künstlerinnen nach.

Nach einem halben Jahr Studium trifft sie Robert. Sein dunkler Lockenschopf, seine lebhaften Augen in der Farbe von Bernstein, die sehr skeptisch schauen können, der weichgeschwungene Mund und die schmalen Hände verzaubern sie. Er ist nicht größer als sie, seine Jeans passen auch ihr. Er ist ein wichtiger Sprecher und ein bedeutendes Sprachrohr der unzufriedenen Studenten, Mitglied im AStA, im Allgemeinen Studentenausschuß, und interessiert sich hauptsächlich für Politik.

In der Nähe des Savignyplatzes bewohnen sie ein kleines Zimmer mit einer noch kleineren Küche. Beides ist Teil einer dieser großen Berliner Wohnungen. Das Zimmer hat einen gesonderten Eingang, der früher für die Dienstboten gedacht war. Es gibt keine Aussicht, nur eine schwarze Mauer, wenn man aus dem Fenster schaut.

„Robert, stell dir auf die ganze Wand verteilt Formen vor, in Pink, Sonnengelb und Orange. Das wäre ein Knüller! Ich frag den Hauswirt. Ein paar von meinen Kommilitonen machen sicher mit! Psychedelische Kreise als Sinnbild für den Aufbruch!“

Robert lacht nur, zieht sie an sich und fingert an den Knöpfen ihrer Bluse. Nur zu bereitwillig läßt sie ihn gewähren. Sie lieben sich. Voller Bewunderung schaut sie zu ihm auf, wenn er seine Kampfreden einübt, und auch wenn sie nur halb zuhört, so versteht sie doch, wenn er meint: „Die Studenten der Bundesrepublik müssen sich solidarisch erklären und sich dem Protest gegen den Vietnamkrieg anschließen!“

Sie nickt, fingert ihrerseits an seiner Jeans und versucht, ihn auf das schmale Bett zu ziehen. Sie ist süchtig nach diesen Momenten der Liebe. Er ist inzwischen süchtig danach, über Militärausgaben, die unnötig sind, und Sozialprogramme, die nötig sind, zu debattieren.

Eines Tages, Anfang Juni – es ist endlich Sommer in Berlin, die vielen Bäume an der Spree sind voller hellgrüner Blätter, sie kann den weiten wadenlangen Rock und Sandalen anziehen – kommt Robert empört nach Hause. Ihre zärtliche Begrüßung weist er brüsk zurück. Voller Haß sprudelt es aus ihm heraus: „Benno Ohnesorg ist erschossen worden, vor der Oper. Wir haben gegen den Schahbesuch protestiert! Diese Polizistenschweine!"

Sie streichelt beruhigend über sein Gesicht.

„Du kannst dich nicht raushalten, du mußt mitmachen! Wir müssen es den Reaktionären zeigen!" sagt er zu ihr und besteht darauf, daß sie bei allen weiteren Protesten mit von der Partie ist. Sie will seine Liebe nicht verlieren, also schließt sie sich an. Einmal laufen sie in breiter Front, alle untergehakt, in der Turmstraße gegen die Wasserwerfer der Polizei an, müssen kämpfen, um nicht umzufallen, brüllen sich die Lunge aus dem Leib, fordern „Freiheit für Fritz Teufel". Sie vernachlässigt ihr Studium, die Verbindung mit Robert raubt ihr die Zeit. Dafür malt sie Plakate, zu denen Robert die Unterschriften liefert. „Nieder mit der Bürgerlichkeit, Freiheit für alle ...!"

In der heißen Zeit der Studentenbewegung bekommt sie kaum Schlaf. Robert schleppt sie von einer Versammlung zur anderen. „Wir müssen die Fragen des revolutionären Potentials ausleuchten!" behauptet er. Und wenn sie sagt: „Ich liebe dich", sagt er: „Für Liebe ist jetzt keine Zeit!" Später wirft er ihr vor: „Du bist nicht engagiert genug!" Nimmt seine Jacke und fügt hinzu: „Da muß ich allein hin."

Monica läßt ihn ziehen, wartet. Meist sitzt sie in dem kleinen Café gegenüber der Technischen Universität. Eines Tages spricht Ermano sie an: „Trinken Sie einen Kaffee mit mir, Bella?"

So fängt es an. Am nächsten Tag: „Bella, deine Augen leuchten so smaragdgrün wie das Meer in meiner Heimat." Und dann: „Die Sonne Kalabriens geht auf, wenn mein blonder Engel auftaucht."

Sie lacht, nimmt ihn nicht ernst, schließlich gehört sie Robert. Irgendwann, eines Nachmittags, Robert hat sich nur kurz sehen lassen, herrscht er sie an: „Was ist mit dem Plakat, Monica, ist es schon fertig? Nein? Du bist unzuverlässig, solche Leute wie dich können wir nicht gebrauchen!"

Sie hängt sich an ihn, will ihn küssen, er wimmelt sie ab, sagt: „Ich habe keine Zeit, ich ziehe zu Gisela in die Kommune."

Robert verläßt sie. Monica heult sich die Augen aus. Ermano tröstet sie. Er umarmt sie, geht mit in die kleine Kemate mit der schwarzen Aussicht, küßt ihre Einsamkeit weg, lindert ihr Leid. Sie lacht wieder, meint zu lieben.

Später, als ihre Periode ausbleibt, sie von Frauenarzt zu Frauenarzt rennt und nur Kopfschütteln erntet, bereut sie. Ihre Freundin schimpft: „Monica, inzwischen gibt es doch die Antibabypille, hättest du was gesagt, ich hätte dir welche besorgt. Aber warte!" sagt sie und schleppt ihr Spezialtabletten an. Sie nimmt statt der vorgeschriebenen zwei die ganze Packung. Fast vergiftet, sitzt sie blaß im Café, alle zehn Minuten rennt sie zur Toilette, übergibt sich. Auch ihre Versuche, mit heißen Bädern, Sprüngen aus großer Höhe ihre Sorge zu beseitigen, helfen nicht. Monica ist verzweifelt.

„Monica, was ist los? Ich sehe das Meer in deinen Augen verdüstert, welcher Sturm ist in ihnen zugange?"

Ermano wiegt sie wie ein Kind in seinen Armen, sie weint, und unter Tränen gesteht sie ihm: „Ich bin schwanger!"

Er küßt sie zart: „Bella, komm mit mir in meine Heimat! Ich bin so glücklich, meine Sonne."

Ihre Eltern sind entsetzt. „Daß du uns diese Schande bereitest, ein uneheliches Kind! Du mußt diesen Italiener heiraten, Monica! Natürlich haben wir uns für dich eine andere Partie gewünscht, aber unter diesen Umständen ..."

Alles wird arrangiert, es muß schnell gehen, wegen der Leute, niemand darf etwas wissen von dem Kind, das da bereits in ihr wächst. Sie folgt Ermano nach Italien, Bilder von alten Orten, Stränden und Sonne im Kopf. Sie findet all das, doch die Liebe geht seltsame Wege.

Robert taucht nicht lange danach in Italien auf. Monica schickt ihn weg. Er schmeichelt: „Wir machen eine Kommune auf, leben auf dem Land, ganz einfach. Haben unser eigenes Gemüse, können unsere Ideen umsetzen. Die anderen sind mit von der Partie! Komm, gib dir einen Ruck, es wird paradiesisch!" Sie schüttelt den Kopf. Aber Robert läßt nicht locker, er kommt immer wieder. „Ich habe Geld aufgetrieben für ein Grundstück. Monica, komm." Später bettelt er zum erstenmal: „Ich liebe dich. Ich will mit dir zusammensein. Ich brauche dich. Du bist die Frau, die mir mehr bedeutet als alle anderen."

Sie lacht ihn aus: „Zu spät, Robert!"

Dann jedoch, eines Abends, fängt er sie unten am Strand ab. Sie laufen barfuß durch den Sand. Robert nimmt ihre Hand, spielt mit ihren Fingern. Sie reden nicht. Bis Robert mit seinen Händen zart ihren Arm hinaufstreicht und ein Feuerstrahl durch ihre Adern pulst und alles von vorn anfängt. Sie verläßt Ermano.

Er sagt: „Bleib, Monica, bitte." Doch sie geht – inzwischen im sechsten Monat schwanger – mit Robert.

Und später? Schweren Herzens liefert sie die kleine Regina bei Ermano ab, weil sie weiß, das kleine Wesen wird es dort besser haben. Ermanos Schwester wird für Regina sorgen. Das Kind soll behütet aufwachsen.

Ein kurzes Bellen ließ Monica aus weiter gedanklicher Ferne auftauchen und brachte sie von der Vergangenheit in die Gegenwart zurück. Ein schaler, bitterer Geschmack bildete sich auf ihrer Zunge, als sie an die Folgezeit dachte. Robert hat mich benutzt wie ein Werkzeug, meine Willenlosigkeit für seine Zwecke ausgenutzt, und diese waren nicht immer sauber gewesen. Wie sie später feststellte, als die Polizei sie ein um das andere Mal filzte oder sie Robert mit zwielichtigen Gestalten verhandeln sah. Sie war erleichtert, als Robert Mitte der Achtziger einfach verschwand und sich nicht mehr meldete. Die anderen der Gemeinschaft gingen mit ihm, nur sie blieb.

Eine kleine, salzige Woge spülte über ihren Kopf hinweg, als wollte sie auch diese Enttäuschung wegspülen. Darüber, daß sie nie wieder gemalt hatte, nie wieder Dinge aus Ton geformt und gestaltet hatte, ihre Talente ebenso wie ihre Liebe verschleudert hatte an die falschen Dinge, den falschen Menschen ...

Dann noch die Sache mit Sabina, Ermanos Cousine. Sie war schuld, daß Sabina ihre Familie verließ und in die Kommune kam und ... Wenn diese Ulla Sabinas Tochter ist, dann muß ich ihr zu ihrem Recht verhelfen. Vielleicht kann ich dann leichter vor unseren Schöpfer treten.

Sie würde keine Rücksicht mehr auf Robert und seine Beschwörungen nehmen, als er vor ein paar Monaten bei ihr auftauchte: „Monica, bitte, mach es uns doch nicht so schwer. Sieh, ich habe inzwischen eine Familie, für die ich sorgen muß, eine junge Frau, eine Tochter, die studiert. Mit den alten Sachen habe ich nichts mehr zu tun, ich lebe wieder in Berlin. Bitte, es gibt sonst viel Ärger, man zwingt mich! Unterschreib einfach, es soll nicht dein Schaden sein!"

Wie immer, ohne Monica zu fragen, wie es ihr ergangen war, was für sie wichtig war, fing er an zu schmeicheln und für sich zu betteln. Er hat sich nicht geändert, dachte Monica bitter. Er ist noch genauso von sich eingenommen wie damals! Warum habe ich es erst so spät gemerkt!

„Ich werde dir meine Bedingungen durch Rechtsanwalt Umberto übermitteln!“ beschied sie Robert. Sie hatte sich Zeit gelassen und seine späteren Anfragen ignoriert. Sein Einfluß auf sie war erloschen. Warum begriff er nicht? Für sie war nur Laura wichtig! Sie würde für die Rechte ihrer Enkelin kämpfen und wenn erforderlich auch für die Rechte von Sabinas Tochter Ulla. Robert würde sie von einer anderen Seite kennenlernen!

Monica schwamm zum Ufer zurück. Das Wasser war noch kalt um diese Jahreszeit. Sie trocknete sich rasch ab und zog ihre Kleider über. Felice schüttelte sich die Feuchtigkeit aus dem kurzen Fell und schaute erwartungsvoll zu ihr auf. Monica machte sich auf den Weg nach oben. Montagfrüh würde sie in Nicotera sein.

Ullas Vokabelheft

Domenica	Sonntag
la nebbia	der Nebel
pellegrinaggio	Wallfahrt
turchese	türkis
dolori	Schmerzen
Ho un dolore terribile	Ich habe furchtbare Schmerzen
temperatura	Temperatur
camper	Wohnmobil
campeggio	Campingplatz
grotta	Grotte
roccia	Felsen
pantaloni	Hose
gamba	Bein
morto	tot
il cadavere	die Leiche
sembrare	aussehen
fondo	Meeresgrund
brutto	häßlich
Ha comprensione per Julia.	Er hat Mitgefühl mit Julia
chiaro	klar
spettatore	Zuschauer
disperare di	verzweifeln an
ritrovamento	Fund

Kapitel 17: Eine böse Überraschung

Am Sonntagmorgen streckte sich das Meer als grauglänzendes Metallband vor Julias Augen. Eine Nebelwolke schien sich auf dem Wasser verirrt zu haben und gab dem Moment etwas Surreales. Der Strand wirkte leblos, dunkel und wenig einladend um diese frühe Stunde, in der die Sonne ihn noch nicht erreicht hatte.

Ulla schlief noch, und auch Julia wäre gern länger im Bett geblieben. Aber ihr Rücken schmerzte und ließ es nicht zu. Heute war kein Sprachunterricht, und sie hatte mit Ulla verabredet, daß jede von ihnen das machte, was ihr einfiel. Ulla meinte, nach dem Fiasko mit Tarif gestern abend wollte sie ihren Haaren eine Kur mit Öl gönnen und später ganz entspannt am Strand entlangbummeln. Julia wollte erst am Morgen entscheiden, eine kleine Wanderung und in Ruhe Photographieren schwebte ihr vor.

Auf der Terrasse war es kühl. Julia sah mit einem Mal die alten Bilder im Museum der Wallfahrtskirche vor ihren Augen. Sie zeigten Winterstürme, die das Meer in eine tosende See verwandelten, mit Schaumkronen hoch wie Schneegipfel. Sie fragte sich, ob die im Sommer geschlossenen Fensterläden im Winter geöffnet wurden, um Licht hineinzulassen. Jeden Tag, wenn sie vom Café aus zu den geheimnisvoll abgedunkelten Fenstern hinaufschaute, reizten sie ihre Phantasie. Sie stellte sich vor, was hinter ihnen passierte. Hielten die Einwohner Siesta? Streckte sich eine schöne Frau halb entkleidet auf dem Bett aus? Liebte sich ein Paar verbotenerweise? Gab es im Winter keine Geheimnisse, sondern erst wieder, wenn die Sonne das Meer erneut türkis aufleuchten ließ? Wahrscheinlich. Julia lächelte, als sie ihren Badeanzug von der Wäscheleine nahm.

Als sie später an der Piazza Ercole saß und einen Cappuccino und ein Conetto con marmelata vor sich hatte, waren ihre Phantasien ebenso wie der Nebel über dem Meer verschwunden. Julia beobachtete die Sonnenstrahlen gegenüber und war rundherum zufrieden. Alles war so friedlich heute. Sie zahlte – an diesem Morgen bediente eine junge Frau im Café –, nahm ihren Rucksack und wanderte Richtung Wallfahrtskirche.

Am Fuß des Kirchenberges war alles ruhig. Es war noch immer vor der Zeit, in der die Ausflügler den Strand eroberten. Ein paar Angler begegneten ihr auf dem Strandparkplatz, sie gingen nach Hause zum Frühstücken. Auf dem Campingplatz schälte sich gerade ein Mann aus seinem Wohnmobil, er gähnte verschlafen vor sich hin.

Julia schaute den Kreuzweg hinauf und sah, daß das Tor auf halber Höhe des Weges geschlossen war. Heute war sie eindeutig zu früh unterwegs. Sie ging zum Strand, die Bar dort unten war ebenfalls noch nicht in Betrieb. Die Stühle standen angelehnt an die Tische, und das Rollo über dem Tresen war heruntergelassen. Julia wandte sich nach rechts und kletterte über die Felsen zur Grotte. Das Wasser hatte den weichen Tuffsteinfelsen ausgehöhlt. Vom Park oben war der Meeresgrund zu sehen gewesen. Von den Felsen hier unten sind vielleicht Fische im klaren Wasser zu erkennen, hoffte sie und bedauerte, daß die Wassertemperatur das Schnorcheln nicht zuließ. Ein paar Felsen waren weniger zerklüftet als die anderen. Sie kraxelte auf ihnen herum, bis sie den Blick erhaschte, den sie sich erträumte.

Julia schaute hinunter in das Blau. Tatsächlich sah sie einen Fischschwarm blasser, länglicher Fische – ruhig und lautlos – majestätisch hin und her wogen. Manchmal löste sich die Formation auf, teilte sich, um dann wieder harmonisch zusammenzufließen.

Julia beobachtete alles eine Weile, bevor ihr Blick plötzlich abgelenkt wurde. Ein schwarzes Stück Stoff blähte sich im Wasser weiter unten wie ein Blasebalg auf, um sich wieder zu schließen, als würde die Luft entweichen. Es dauerte eine Weile, bis Julia erkannte, daß es sich um eine Hose handelte. Erst als der Fischschwarm von der Oberfläche in die Tiefe abdriftete und das sich wie eine Wasserpflanze hin- und herbewegende Hosenbein erreichte, erkannte Julia, daß in ihm ein menschliches Bein steckte. Mehr konnte sie nicht ausmachen, weil ein größerer Felsen den Blick verdeckte.

Julia schaute sich um. Ein Mann werkelte inzwischen in der Strandbar. Sie kletterte zurück und lief zu ihm hin. Italienische Worte wollten ihr nicht über die Zunge kommen, also stammelte sie auf Englisch: „There is something strange in the water, come with me and have a look, please." Als er nicht reagierte und sie nur ansah wie jemanden, der den Verstand verloren hat, zog sie an seinem Arm und zeigte: „There under water, please, come with me."

Sie versuchte dem Mann mit den Händen begreiflich zu machen, daß dort unten etwas wäre. Endlich legte er seinen Besen beiseite und folgte ihr. Sie rannte immer mehrere Schritte voraus. Dann – Julia kam es Ewigkeiten vor – standen sie an der Stelle, und ihr Zeigefinger wies nach unten.

„Oddio! Mein Gott!" rief der Mann, nahm sein Handy heraus und brüllte „Pronto, pronto, subito!" in den kleinen Hörer, zusätzlich zu einem Schwall aufgeregter Worte, bevor er das Handy zusammenklappte. „Commissario di Flavio wird gleich kommen, lassen Sie uns im Lokal warten."

Sie gingen zusammen zurück. Julia setzte sich an einen Tisch, nachdem der Mann einen Stuhl gerichtet hatte. Er verschwand und kam kurze Zeit später mit einem Kaffee zurück. „Sie möchten bitte warten." Er nahm wieder seinen Besen und kehrte den Gastbereich. Sie hörte, wie er ab und an etwas vor sich hinbrummelte.

Kurze Zeit später fuhren mehrere Wagen der Guardia civil und der Policia municipale vor. Julia sah di Flavio aus einem Privatwagen aussteigen. Als er zwei Minuten später vor ihr stand und sie begrüßte, fiel ihr – wie schon einmal – die Wärme seiner Hand auf. „Bitte zeigen Sie mir die Stelle."

Begleitet von di Flavio und zwei Polizisten in dunkler Uniform, mit glänzenden Stiefeln an den Füßen, kletterte Julia über die Felsen bis zur fraglichen Stelle. Gemeinsam beugten sie sich vor und schauten ins Wasser.

„Danke, Julia, gehen Sie zurück, ich werde alles weitere veranlassen. Bitte kommen Sie morgen gegen elf Uhr in das Kommissariat. Ulla wird Sie sicher begleiten, sie weiß, wo Sie mich finden werden."

Danach war Julia entlassen, und di Flavio erteilte Anweisungen. Julia ging zum Parkplatz. Unschlüssig, wohin sie sich wenden sollte, trottete sie zurück zum Hotel. Während der ganzen Zeit überlegte sie, was es mit dem Bein dort unten im Wasser auf sich hatte. Warum war die Person – war es ein Mann oder eine Frau – ertrunken? Wie lange lag sie dort schon? Warum hatte sie noch kein anderer entdeckt?

Auf der einen Seite war Julia neugierig und hätte gern mehr erfahren, und es paßte ihr nicht, daß sie von di Flavio wie ein kleines Mädchen weggeschickt worden war. Aber auf der anderen Seite wußte sie, daß es besser für sie war. Ihr lagen die Bilder, wie Bernd plötzlich neben seinem Fahrrad ausgestreckt auf dem Boden lag, und wie sein lebloser Körper in den Zinksarg gepackt wurde, einfach so, noch zu deutlich auf der Seele, als daß sie einen ähnlichen Anblick hätte ertragen können.

Sie fror, trotz der Sonne. Ihr Rücken schmerzte elendig, alles schien ihr bedrohlich, grau, obgleich der Strand und das Meer gerade begannen, in der frühen Vormittagssonne zu strahlen. Julias Blick heftete sich auf den Boden. „Wo kommst du denn her? Was ist los, bist du dem Teufel begegnet?" hörte sie plötzlich Ullas heitere Stimme.

„So ungefähr", erwiderte Julia und ließ sich von der Freundin umarmen. Dann sprudelte es aus ihr heraus: „Sie holen gerade eine Leiche unterhalb der Kirche aus dem Wasser, und ich habe sie entdeckt!" Sie ergänzte tonlos: „Wir sollen morgen um elf Uhr zu di Flavio ins Büro kommen."

„Das kann doch nicht wahr sein! Sah die Leiche scheußlich aus? War es eine Frau? Oder ein Mann? Sag!“

„Ich weiß es nicht, sie fischen sie erst aus dem Wasser. Gesehen habe ich nur ein Bein in einer schwarzen Hose. Di Flavio hat mich weggeschickt. Den Anblick, wie sie den Leichnam in den Sarg bugsieren, hätte ich nicht verkraftet.“

„Mmhm, ich weiß, du Arme, Erinnerungen? Komm mit mir noch mal hoch ins Café Roma, es ist jetzt nicht gut, wenn du allein bist“, meinte Ulla mit ihrer warmen Stimme mitfühlend.

Als sie am Parkplatz vorbeigingen, sahen sie, daß das Gelände um die Kirche, der Parkplatz sowie der Weg zum Strand weiträumig abgesperrt waren. Neben den drei Polizeiwagen parkten jetzt noch weitere. Am Zaun des Campingplatzes standen ein paar Neugierige.

„Sollen wir fragen, ob es ein Mann oder eine Frau war? Die Leute wissen vielleicht etwas“, fragte Ulla.

„Ohne mich, ich möchte es gar nicht wissen. Bitte laß uns so schnell wie möglich von hier weggehen.“ Julias Stimme zitterte. Alles in ihr zitterte. Sie mußte sich zusammenreißen. Wieder wuchs ihre Angst, daß aller Schmerz hervorbrechen würde und sie ohne Unterlaß weinen müßte. Sie war noch nicht soweit, dies zuzulassen, noch nicht.

Ulla merkte am Schweigen der Freundin, daß Julia mit sich kämpfte, denn sie wechselte das Thema: „Heute wollte ich ganz freiwillig auf den Felsen zur Wallfahrtskirche hinaufkraxeln. Daraus wird wohl jetzt nichts.“ Julia war ihr dankbar. Sie kletterte die Stufen zur Piazza Cannone hinauf, ohne zurückzuschauen. Sie entschied, wenigstens für heute die Sache zu verdrängen.

Als sie kurz darauf im Café Roma saßen, meinte Ulla: „Mir hat die ganze Nacht zu schaffen gemacht, daß der schöne Marokkaner Tarif gestern abend nicht zum Strand gekommen ist. Erst als ich mir überlegt habe, daß er vermutlich den Mönch nicht angetroffen hat und so keinen Grund mehr darin sah, vorbeizuschauen, konnte ich einschlafen. Meine Eitelkeit war verletzt. Natürlich habe ich mir eingebildet, er wäre an mir interessiert. Aber das war Unsinn.“

„Leute aus dem arabischen Raum vermeiden es, negative Nachrichten zu überbringen, dies weiß ich von unseren Reisen. Wir haben die kuriosesten Dinge dadurch erlebt. Hast du eigentlich gestern abend di Flavio erzählt, daß du Tarif treffen wolltest?“

„Nein, warum sollte ich? Aber ich werde ihn morgen fragen, was es mit der Ähnlichkeit auf sich hat. Nach dem Brief dieser Monica bin ich neugierig geworden, und es interessiert mich schon."

„Ja, das kann ich verstehen." Julia war froh, daß sie sich wieder im Griff hatte. Sie fragte: „Hast du Erik erreicht? Wie ist denn das Wetter in Deutschland?"

„Ach, hör mir auf mit Erik. Ja, ich habe mit ihm gesprochen, wegen Dennis und wegen der Wohnung auf Teneriffa. Irgendeine Nachricht ist für mich gekommen, aus Zürich. Alles ist sehr nebulös, und meine beiden Männer sind damit völlig überfordert. Und ansonsten war Erik stinksauer. Es regnet bei ungefähr dreizehn Grad, die Schneefallgrenze ist auf tausend Meter gefallen, im Allgäu hat es geschneit, in München gehagelt, alles ist grau in grau. Er kann nicht Radfahren, Dennis lungert rum und besetzt den PC. Mein Mitleid hält sich in Grenzen."

Julia mußte lachen.

Kapitel 18: Sonntagsdienst für Commissario di Flavio

Als di Flavio am Sonntag in der Früh zur Santa Maria dell'Isola beordert wurde, war er nicht unglücklich. Erica schlief noch. Er konnte ihr einfach einen Zettel hinlegen, warum sie in der nächsten Woche nicht zusammen nach Mailand fahren würden und brauchte am Frühstückstisch nicht Rede und Antwort stehen. Am Abend – beim Wein – würde er sie leicht überzeugen, allein zu ihren Eltern zu reisen. Natürlich war er unglücklich über den Grund seines Sonntagsdienstes. In der Nähe der Grotto del Palombaro lag anscheinend ein ertrunkener Mensch auf dem Meeresgrund – eine weitere Leiche in seinem Zuständigkeitsbereich. Das gab schlechte Presse, und die konnte die Gemeinde wahrlich nicht gebrauchen. Tropea lebte weitgehend vom Tourismus, und die Saison begann gerade ...

Erleichtert stellte er fest, daß es sich bei der Touristin, die die Leiche entdeckt hatte, um die Sprachschülerin Julia handelte. Es tat ihm leid, daß sie schon wieder involviert war, aber für ihn bedeutete es weniger Komplikationen. Er konnte mit ihr reden, sie kannte ihn bereits. Als er sie begrüßte, wirkte sie sehr mitgenommen. Ihr Gesicht war blaß, und sie schien kurz davor, in Tränen auszubrechen. Trotzdem zeigte sie ihm und seinen Kollegen tapfer die fragliche Stelle. Di Flavio war froh, daß unter Wasser nur eine Hose und ein darin befindliches Bein erkennbar waren. Wasserleichen waren in Gänze kein schöner Anblick. Er schickte Julia in ihr Hotel zurück. Sie ging ohne zu zögern, denn sie war so krampfhaft um ihre Fassung bemüht, daß er sich fragte, ob allein der Fund ihre Anspannung ausgelöst hätte, bis ihm der Tod ihres Mannes einfiel. Der Schmerz ist noch in der Tiefe ihres Wesens vergraben, erkannte er und drückte anteilnehmend ihre Hand. Sie ließ ihre, kalt und hilflos, länger als üblich in seiner ruhen.

Aber zu viel war zu veranlassen, als daß er sich lange mit seinem Mitgefühl aufhalten konnte. Es dauerte eine Weile, bis der Bergungstrupp die Leiche an die Oberfläche brachte. Di Flavio erschrak, als er erkannte, wer es war.

Ullas Vokabelheft

Lunedi	**Montag**
dopo la pioggia	nach dem Regen
Io odio la pioggia	Ich kann Regen nicht ausstehen
il tetto	das Dach
Piove dentro	Es regnet durch
secchio	Eimer
goccia	Tropfen
dopodomani	übermorgen
Non piove più	Es regnet nicht mehr
bello	schön
Oggi fa bello	Heute ist schönes Wetter
Oggi non fa bello.	Heute ist kein schönes Wetter
molto bello	sehr schön
rumoroso	geräuschvoll
paesaggio	Landschaft
amministrazione	Behörde
casalinga	Hausfrau
le scarpe	die Schuhe
a tacchi alti	hochhackig
poltrona	Sessel
felice	glücklich
infelice	unglücklich
atto	Akte
curioso di	neugierig auf
innocente	unschuldig
segretaria	Sekretärin

Kapitel 19: Di Flavio – ein schlechter Montagmorgen

Es war immer dasselbe am Montagmorgen. Die Verbindungen über die Amtsleitung funktionierten nicht. „Pronto!“ Der Commissario knallte entgegen seiner sonstigen Art den Hörer des altmodischen Amtstelephons auf die Gabel. Der Kollege in Mailand war nicht ans Telephon zu bekommen. Der sonst so geduldige di Flavio war normalerweise nie aus der Ruhe zu bringen, aber heute. Die Amtsleitungen waren veraltet, und Montagfrüh mußten die Geschehnisse des Wochenendes abgearbeitet, die Fußballergebnisse diskutiert, die Verabredungen durchgehechelt, das Treffen mit der ragazza oder dem ragazzo geschildert werden. An sich kein Problem, denn es gab ja Handys, oder man konnte später am Nachmittag anrufen. Di Flavio würde sich nicht ärgern, wenn er in Rom, Venedig oder Bologna vergebens anklingeln würde. Mailand war etwas anderes. Allein die Erwähnung des Ortes verursachte ihm Magendrücken.

Am Abend war Erica ziemlich ungnädig gewesen, als er ihr sagte, warum er mit ihr gerade jetzt nicht nach Mailand fahren konnte. Danach hatte sie ihn – wie fast jeden Tag – mit ihrer Forderung, endlich nach Mailand überzusiedeln, bombardiert. Ihre Stimme bekam diesen schrillen Klang. Er hatte sie jetzt noch im Ohr: „Die Morde in Tropea kommen dir sehr gelegen, du hast noch keinen Gedanken daran verschwendet, wann wir nach Mailand fahren, gib es zu! Laß dich endlich pensionieren, laß deinen jungen Kollegen ran, er wartet nur darauf, und wir können endlich in einer Metropole wohnen, nicht mehr in diesem Nest. Im Urlaub, nun ja, da können wir ja hier sein, aber ansonsten? Ich habe es lange genug hier ausgehalten, entscheide dich endlich.“

Wie jedesmal fragte er sich, was er in dieser Riesenstadt Mailand sollte, weitab vom Meer, wo der einzelne unterging. Außerdem schwirrten im Sommer tausende von Mücken durch die Gegend, und Erica kannte seine Empfindlichkeit gegen Insektenstiche. Sie schwollen an wie große Knubbel, juckten höllisch, und er brauchte Tage, nein, Wochen, bis sich alles wieder normalisierte. Er trug deswegen stets langärmlige Hemden. Hier unten waren die Mücken lange nicht so aggressiv. Erica war natürlich anderer Meinung.

Reichlich zerknittert war er heute morgen aufgestanden und ins Büro gegangen. Nicht einmal dem Espresso doppio war es gelungen, seine Stimmung zu heben. Er brummelte unwirsch vor sich hin. Sah Erica denn nicht, daß ihm keine Zeit für ihre Pläne blieb? Zwei Todesfälle und ein Unfall, geschehen in einer Woche, mußten geklärt werden. Das war harte Arbeit.

Er griff zum Handy. Di Flavio mußte den Kollegen in Mailand sprechen. Nur er konnte ihm sagen, was nach der Einstellung des Verfahrens gegen Robert Fellner veranlaßt wurde. Sein Kollege hatte schließlich den Fall übernommen und zu Ende geführt, als er vor Jahren Mailand verließ. Der Commissario bedauerte zutiefst, daß sie Fellner damals nicht nachweisen konnten, daß er im Auftrag der 'Ndrangheta, der ehrenwerten Gesellschaft Kalabriens, handelte. Gute Anwälte hatten ihn schließlich freibekommen – wegen mangelnder Beweise. Di Flavio erinnerte sich nur zu gut, wie Beweise verschwanden und nicht mehr auftauchten.

Natürlich würde ihm sein Kollege am Telephon nicht viel sagen. Aber er konnte zwischen den Worten erkennen, ob es sich lohnte, kurz nach Mailand zu fliegen. Aber das war allein seine Sache. Er würde Erica nichts verraten, könnte gleich wieder zurückfliegen. Andernfalls würde sie darauf bestehen, mitzukommen. Sie müßten die Schwiegereltern besuchen, der eingebildete Bruder von ihr wäre sicher auch in der Nähe.

Er erreichte den Kollegen nicht, auch nicht über dessen Handynummer. Okay, er würde es in einer Stunde nochmals versuchen.

Langsam beruhigte sich di Flavio. Er wußte, er würde diesen Fellner noch zu packen kriegen. Das Netz um ihn wurde enger. Wo er auftauchte, gab es Tote. Dreh- und Angelpunkt war diesmal die Baustelle des Hotels Marina, so viel stand für di Flavio fest.

Wenn die Akten vom Katasteramt nicht bald kamen, würde er den Kollegen dort auf die Füße treten müssen. Und was war jetzt endlich mit dem Obduktionsbericht für Laura? Vermutlich wieder in Cosenza verschleppt! Wenn man sich nicht um alles selbst kümmert, dachte di Flavio mit einem Rest Brummigkeit. Seine Laune verdüsterte sich wieder und glich sich seinem Bürozimmer in dem alten Palazzo an, in dem die grünen Fensterläden nie geöffnet wurden.

Er ging unruhig auf und ab wie ein Bär in einem Jahrmarktkäfig und überlegte, als das Telephon läutete. „Pronto, di Flavio!" bellte er in die altmodische Muschel, dann schwenkte seine Stimme um: „Ah, Erica ... ja Schatz ... nein Schatz ... es wird später, warte nicht ... ich esse unterwegs ... Si, bene ... Ciao!" Er knallte den Hörer auf die Gabel.

„Ich bin unterwegs. Falls Commissario Bellini aus Mailand zurückruft, er soll mich auf dem Handy anrufen, und sagen Sie in der Sprachschule Bescheid, daß die beiden Touristinnen erst um 15 Uhr kommen sollen. Können

Sie mir einen Schirm leihen?“ Mit einem roten Damenknirps ausgestattet, trat er auf die Piazza.

Bevor er nach Parghelia fuhr, würde er mit Pater Benno im Dom sprechen. Von dem Wachmann des Hotels Tropea Mare wußte er, daß Tarif am Nachmittag bei Ulla gewesen und mit ihr zum Dom hinaufgegangen war. Di Flavio wußte von dem Brief, den Monica geschrieben hatte und somit, worum es ging. Sabina. Anscheinend war Monica überzeugt, daß Ulla Sabinas Tochter war. Er war sich nicht sicher. Sofort ärgerte er sich wieder. Seine Anfragen beim Einwohnermeldeamt in Deutschland und bei den in Frage kommenden Hebammen waren bislang unbeantwortet geblieben. Auch hier würde er nachhaken müssen.

Als er den Innenraum des eindrucksvollen Doms aus der Normannenzeit betrat, mußte er wie so oft an seine Ministrantenzeit denken. Pater Benno, der als Faktotum für den Priester arbeitete, hielt damals selbst noch Messen. Ein Vorfall ließ ihn in Ungnade fallen. Di Flavio erinnerte sich, daß die Leute darüber tuschelten. Er konnte sich heute denken, was die Ursache war, aber das war Vergangenheit, und die sollte man ruhen lassen.

„Pater Benno?“ rief er in den engen Gang, der zur Sakristei führte. Als er keine Antwort erhielt, schaute er in die Kapelle des Heiligen Sakraments, in dem die Taufen abgehalten wurden – ein späterer Anbau mit einer schönen Kuppel. Dort fand er zwar nicht Pater Benno, dafür aber Hochwürden Sabatini vor einem Gemälde mit einer Darstellung der heiligen Domenica.

„Buona sera, Commissario, Benno werden Sie nicht finden. Er wurde gestern abberufen und ist auf dem Weg zu seinem Orden. Kann ich Ihnen helfen?“

„Ich denke nicht, danke. Ist Pater Benno länger weg? Wann kann man ihn wieder erreichen?“

„Ich fürchte, wenn Sie ihn sprechen wollen, müssen Sie eine Eingabe bei seinem Kloster machen. Er hat ein Schweigegelübde abgelegt, so viel ich weiß. Ich kann Ihnen die Anschrift des Bischofs geben, wenn Sie wollen.“

„Wenn notwendig, melde ich mich, danke.“

Di Flavio unterhielt sich noch eine Weile mit Hochwürden über dies und das, ehe er das Dunkel des hohen Innenraumes verließ und auf den Vorplatz hinaustrat. Vorbei am Café Roma über die Piazza Ercole, sein Büro links liegenlassend, lief er weiter bis zum Markt, wo sein Auto stand. Er fuhr in Richtung Überlandstraße. Als er auf Tempo einhundert hochzog, ärgerte er sich über das laute Brummen des Motors und wünschte sich seinen alten

Wagen zurück. In den engen Gassen der Orte war das neue Fahrzeug handlich und gut zu fahren, aber auf Langstrecken ... Die größere PS-Variante würde ihm mehr behagen, aber es wurde überall gespart. Privat hätte er sich jedenfalls anders entschieden. Dienstwagen wurden nach Rang zugeteilt, als Commissario standen ihm nur soundsoviele PS zu. Alles war in irgendwelchen Vorschriften festgehalten. Er verließ die Überlandstraße und bog nach links in die Hauptstraße von Parghelia ein, wo er bald vor dem Restaurant Quo Vadis hielt. Als er den Wagen abschloß, griff er zu seinem Handy.

„Mmhm, ja ...“, murmelte er, während er angestrengt zuhörte. „Danke! Ciao!“ Er ging auf den Eingang des Lokales zu, nicht ohne ein Stoßgebet loszulassen. Hoffentlich bin ich nicht umsonst hierhergefahren und treffe Lauras Verlobten Marcello Battistella an, dachte di Flavio.

Der junge Mann lehnte an dem großen, altmodischen Büfett, als di Flavio eintrat und sah nicht begeistert aus. „Commissario, wissen Sie jetzt, wie die Sache mit Laura passierte? Haben Sie den Kerl schon geschnappt? Ich werde ihn mir vorknöpfen ...“ Seine Hand ballte sich bei diesen Worten zur Faust und traktierte das Holz des Schrankes.

„Beruhigen Sie sich, Signor Battistella! Es ist unsere Aufgabe, den Schuldigen zu finden und Sache der Justiz, ihn zu bestrafen. Können wir uns irgendwo hinsetzen und ungestört sprechen?“

Di Flavio schaute sich im Lokal um. Nur zwei Tische waren trotz der Mittagszeit besetzt. An einem saßen Leute aus dem Ort. Er sah, daß sie die Situation beobachteten und führte den jungen Mann am Arm an einen Tisch, der hinter der Anrichte stand.

Sie setzten sich. Der junge Battistella winkte der Bedienung zu, die gerade aus der Küche trat und fragend die Brauen hochzog. „Das ist meine Schwester Isabella, sie arbeitet hier bei mir. Bitte, Isabella, bring uns zwei Espressi und ein Wasser.“ Isabella verschwand.

„Laura hat eine Verletzung am Hinterkopf erlitten, die so schwer war, daß sie kurz darauf starb. Wie es dazu kam, wissen wir noch nicht. Bitte, Signor Battistella, beantworten Sie mir ein paar Fragen.“ Di Flavio kramte einen Schreibblock und einen Kugelschreiber aus seiner Hosentasche hervor. Marcellos Schwester kam und stellte die Espressi und das Wasser vor sie hin.

„Kannten Sie den jungen Bauarbeiter Tarif aus Marokko? War er öfter hier im Ort?“

„Er war nie hier im Lokal. Aber mein Haus liegt in der Nähe der Baustelle des Hotels Marina, und ich habe ihn manchmal dort gesehen, morgens, wenn ich aus dem Fenster schaute. Mehrmals habe ich ihn auch bei den Hunden im Gatter beobachtet, wenn ich die Straße hinunterging, um zum Lokal zu gehen."

„Kennen Sie sich mit Hunden aus? Haben Sie selbst Hunde?"

„Ja, jeder hier hat einen Hund, um das Grundstück zu bewachen, ich auch. Ich wohne mit meiner Schwester Isabella in dem Haus meines Vaters. Er hat es vor ein paar Jahren gebaut, bevor er starb. Aber was ist mit den Hunden?"

Die letzte Frage kam aufgeregt. Di Flavio merkte, daß es den jungen Mann kaum noch auf seinem Stuhl hielt. Röte überzog jetzt das schmale, blasse Gesicht. Die Augen, umflort von dunklen Ringen, die von wenig Schlaf erzählten, schienen plötzlich im Gesicht zu brennen, als wäre ihnen ein Licht aufgegangen. Und tatsächlich sprang der junge Mann jetzt auf und wanderte unruhig vor di Flavio hin und her.

„Setzen Sie sich bitte wieder, auch wenn es Ihnen schwerfällt, die Ruhe zu bewahren!" forderte di Flavio ihn auf.

Battistella tat, wie ihm geheißen. „Sagen Sie mir, was hat es mit den Hunden auf sich? Ist es wahr, daß Hunde Laura ..." Er legte unvermittelt den Kopf auf die Tischplatte und fing an zu schluchzen.

„Sie hat es nicht mehr gemerkt!" sagte di Flavio sehr leise, sehr ruhig, um gleich danach zu fragen: „Ist Ihnen bei den Hunden im Gatter der Baustelle nach Lauras Tod etwas Ungewöhnliches aufgefallen?"

Ein tränenüberströmtes Gesicht wandte sich ihm zu. „Ja, ich glaube, aber ich bin nicht sicher ... Oddio, das kann nicht sein. Wenn dieser Tarif dahintersteckt, dann bringe ich ihn um!"

„Also, was haben Sie bemerkt?"

„Die Hunde schienen mir irgendwie anders zu sein als vorher, aber ich bin mir nicht sicher."

Di Flavio lehnte sich ein wenig zurück. „Wußten Sie, daß Monica, Lauras Großmutter, mit Tarif befreundet war?"

„Ja, ich habe sie manchmal bei den Hunden mit diesem Marokkaner gesehen. Ich mag die Alte nicht, aber Laura wollte unbedingt, daß ich mich mit ihr anfreunde. Dieser Tarif ist um Laura herumgeschwänzelt, wenn sie die Straße entlangging. Ich habe es beobachtet." Wieder stand Bastistella auf, seine Erregung kaum beherrschend. Seine Hände hatte er jetzt in die Hosentaschen gerammt.

„Wann haben Sie Tarif das letzte Mal gesehen? Bitte die Wahrheit, keine Ausflüchte!"

Marcello Battistella wand sich, setzte sich, noch blasser im Gesicht. Dann stammelte er: „Ich glaube am Samstagmorgen." Er schlug die Augen nieder.

„Marcello ..., ich darf Sie doch so nennen? Ich behaupte: am Samstagabend! Sie sind Tarif nach Tropea gefolgt, weil sie rausfinden wollten, ob er etwas mit Lauras Tod zu tun hat. Sie sahen ihn zur Maria dell'Isola hinaufgehen und folgten ihm. War es so? Raus mit der Sprache!"

Der junge Mann schwieg. Er fingerte nervös an einer Serviette herum, die auf dem Tisch herumlag. Ganz automatisch formte er sie kunstvoll in der Art, wie sie auf die Tische gelegt wurden. Nach einer Weile sagte di Flavio: „Erzählen Sie mir, was passiert ist."

Marcello nahm einen Schluck Wasser, er sackte in sich zusammen. Seine Haltung verriet, daß er litt, bevor er leise, zögerlich zu sprechen begann: „Es war noch nicht ganz dunkel. Ich sah den Marokkaner den Weg hinaufgehen und folgte ihm. Außer einem Liebespärchen, das mit sich selbst beschäftigt war, war niemand außer uns auf dem Weg. Das Tor auf der halben Höhe war noch offen. Als er oben den Vorplatz der Kapelle erreichte, drückte ich mich hinter ein Gebüsch, damit er mich nicht sehen konnte. Die Kapelle selbst war geschlossen, jedenfalls nahm Tarif den kleinen, steilen Pfad, der auf der linken Seite hinauf auf die obere Terrasse führt. Ich folgte ihm, sorgfältig darauf bedacht, daß er mich nicht bemerkte. Dort angekommen, rief er nach Pater Enrico. Ich hörte es weiter unten. Ich wartete eine Weile, bevor ich ebenfalls weiterging."

In Marcellos Stimme schwang Erregung mit. Seine Hand ballte sich zur Faust, als er hervorstieß: „Dieser räudige Hund! Er hat mich zum Glück nicht bemerkt. Rede und Antwort sollte er mir stehen. Was war zwischen ihm und Laura vorgefallen? Hatte er Laura den Kopf verdreht? Wies sie ihn zurück? Oder – ich wagte den Gedanken kaum zuzulassen – hatte sie sich mit ihm eingelassen? Hatte er ihr Gewalt angetan? Die irrsten Phantasien geisterten durch meinen Kopf, und meine Wut stieg mit jedem Meter, den ich höherkletterte."

Marcello trank einen Schluck Wasser, bevor er weitersprach: „Tarif war verschwunden, als ich oben ankam. Also betrat ich die Terrasse, ging vorsichtig zu der kleinen Seitentür, die zum Museum führt. Sie war nur angelehnt, und ich lief durch die Räume. Zum Glück war inzwischen die Beleuchtung der Kapelle eingeschaltet worden, und das Licht fiel in die Zimmer, so daß ich sie zügig durchqueren konnte. Einmal hörte ich die Dielen in dem Zimmer davor knarren. Ich vermutete, daß Tarif sich direkt vor mir befand und verharrte angespannt eine Weile. Als es wieder ruhig wurde, ging ich weiter und trat dann vorsichtig aus der Tür, die auf die oberste Plattform und den Park leitet."

Di Flavio sagte nichts. Er sah Marcello Battistella ruhig an und wartete. Der schlaksige junge Mann war erneut aufgestanden und tigerte – nur mühsam seine Beherrschung wahrend – auf und ab.

„Oben hörte ich Tarif wieder nach dem Pater rufen. Ich drückte mich in ein Gebüsch. Tarif stand zirka zwanzig Meter entfernt. Pater Enrico meldete sich nicht. Inzwischen war es vollständig dunkel geworden, die Beleuchtung der Kapelle war die einzige Lichtquelle. Sie erhellte nur wenige Stellen des Geländes. Ich pirschte mich vorsichtig vorwärts. Meine aufgestaute Wut machte mich jedoch unvorsichtig, ich trat auf einen Zweig, das Geräusch verriet mich. Plötzlich drehte Tarif sich um, und wir standen uns in zwei Metern Entfernung wie in einem Wildwestfilm gegenüber. Er schaute mich wuterfüllt an, schrie: ‚Du hast sie auf dem Gewissen! Sie war meine Liebe. Du hast sie getötet, weil sie dich verschmähte und mir folgen wollte.' Nach diesen Worten stürzte er sich auf mich. Ich war außer mir vor Wut und rastete aus. Ich schlug auf ihn ein und er auf mich, beinahe hätten wir uns gegenseitig umgebracht. Jetzt war es an mir, ihm ins Gesicht zu schleudern: ‚Du hast sie umgebracht, Mörder!'

‚Nein, du!' antwortete er wutentbrannt und schüttelte den Kopf. Als irgendwann eine Pause eintrat, weil wir beide nach Luft schnappten, wurde ich wieder vernünftig. Die roten Schleier verschwanden vor meinen Augen. Doch er wütete weiter. Plötzlich hatte er ein Messer in der Hand und kam auf mich zu. Ich ging rückwärts und wiegelte ab: ‚Beruhige dich, laß uns in Ruhe darüber reden ...' Als ich sah, daß es zwecklos war und er darauf nicht einging, trat ich so schnell ich konnte den Rückzug an. Ich erreichte die Tür, verschwand im Museum, hetzte durch die Räume, unten wieder heraus, hechtete über die kleine Mauer, rannte den Pfad hinunter, dann den Weg, bis ich unten mein Auto erreichte. Natürlich nahm ich mir vor, es ihm ein anderes Mal heimzuzahlen, diesem falschen Hund!" Battistella setzte sich und sank in sich zusammen.

Nach einer Weile sagte di Flavio: „Ja, das klingt plausibel und könnte mit den Spuren, die wir gefunden haben, übereinstimmen."

„Was ist mit Tarif, warum fragen Sie mich das alles? Hat er den Mord an Laura gestanden? Sagen Sie was ..."

„Tarifs Leiche ist gestern bei der Grotto di Palombaro aus dem Meer gefischt worden. Ich bitte Sie vorerst, sich zur Verfügung zu halten, das Land und den Umkreis von Tropea nicht zu verlassen.“ Di Flavio schrieb etwas auf ein Stück Papier. „Bitte kommen Sie morgen auf das Kommissariat, um Ihre Aussage zu unterschreiben. Ich denke, ich gehe jetzt.“ Di Flavio erhob sich, doch Marcello Battistella blickte nicht auf. In sich versunken, hockte er da wie ein Gestrandeter. Di Flavio wußte, er würde einige Zeit brauchen, um alles zu begreifen.

Als er sich in seinen Fiat setzte, schaltete er das Autoradio ein. Zum Glück schwatzte niemand, sondern klassische Musik schallte aus den Lautsprechern. Er drehte den Regler auf eine Lautstärke, die fast sein Trommelfell platzen ließ, als er auf die Überlandstraße einbog, kurze Zeit später wieder abfuhr und auf dem Parkplatz vor dem Hotel Rocca di Parghelia neben einem dunkelblauen Lamborghini parkte. Er registrierte, daß der Seitenspiegel des schönen Autos demoliert war. „Wieder ein Seitenspiegel weniger!“ grinste er, und es erfüllte ihn mit Schadenfreude. Di Flavio wußte, der Wagen gehörte dem Mailänder Manager.

Kapitel 20: Der Regen

In der Nacht zum Montag schlief Julia schlecht. Vieles geisterte ihr im Kopf herum. Immer wieder sah sie den Fischschwarm auf- und abgleiten, schwarzen Stoff im Wasser tanzen und sekundenlang Bernds blasses, erloschenes Gesicht freigeben, dessen blicklose Augen sie vorwurfsvoll anschauten. Sie rannte, ihre Angst ließ sie schwitzen, sie spürte, wie ihre Beine und Arme zerkratzt wurden. Ein Zweig schrammte über ihr Gesicht, nahm ihr die Sicht. Als sie ihn zur Seite drückte, stand sie auf der dunklen Überlandstraße, die von zwei Scheinwerfern bruchstückhaft ausgeleuchtet wurde. Die Lichter kamen auf sie zu – immer schneller –, die Helligkeit tat weh, blendete. Sie schloß die Augen für eine Sekunde, unfähig sich zu bewegen, bis sie sich umdrehte, um über die kleine Steinmauer zu springen, zurück auf den Pfad.

An dieser Stelle wachte sie auf. Ihr Herz pochte. Julia wußte, irgend etwas war falsch mit den Scheinwerfern in ihrem Alptraum. Aber so sehr sie sich anstrengte, sie kam nicht dahinter. Erst in der Dämmerung schlummerte sie wieder ein.

Viel zu früh an diesem Montagmorgen weckte sie ein ungewohntes Geräusch. Es klang, als würden Tausende kleiner Hämmerchen gegen das Dach klopfen. Bislang hatte jeder Tag die beiden Urlauberinnen mit azurblauem Himmel verwöhnt, so daß Julia so etwas wie Regen völlig undenkbar erschien. Noch vom Schlaf benommen, begriff sie erst nach einer Weile. Ein ungläubiger Blick nach draußen überzeugte sie: Es regnete nicht, es schüttete!

„Auch das noch!“ stöhnte Julia, und die ganze Last eines ziemlich verpatzten Urlaubs rollte über sie hinweg wie ein zentnerschwerer Felsbrocken. Immerhin hatte sie Frieden mit sich geschlossen und begriffen, daß die italienische Sprache sich ihr nicht in wenigen Tagen erschließen würde. Sie haderte nicht mehr täglich mit sich und der Tatsache, daß ihr Kopf nicht so wollte, wie sie es sich erträumte. Sie freute sich auf die restlichen Urlaubstage. Unbeschwert wollte sie das schöne Wetter und die Landschaft genießen. Ihre Hoffnung wurde mit dem Wasser, das da vom Himmel herunterkam, fortgespült. Julia trottete brummig ins Bad. Als sie fertig war, klopfte sie an Ullas Tür: „Aufstehen! Bekomm keinen Schreck, es regnet heute zur Abwechslung.“

Eine verschlafene Ulla erschien in der Tür, schaute sie aus halb geschlossenen Augen an und fragte: „Was?“ Sie verschwand im Bad, um nach einiger Zeit, jetzt mit wachem Blick, zurückzukehren und zu sagen: „Irgend etwas fehlte mir in der Sammlung dieses Urlaubs noch. Sieht draußen ja spitzenmäßig naß aus! Da werden wohl unsere Regenkutten auch noch zum Einsatz kommen, wie in jedem richtigen Campingurlaub.“

Vermummt in Nylon, die Schuhe elegant mit zwei Einkaufstüten verhüllt und mit zwei Schießgummis oberhalb des Knöchels zusammengehalten, kletterten die Freundinnen bald darauf die Stufen zur Stadt hinauf. Wie üblich nahmen sie ihre Cappuccini im Café Roma ein, diesmal an der Theke stehend. Draußen floß das Wasser in Bächen abwärts und sammelte sich zentimeterhoch auf dem alten Pflaster der Straßen. Sie versuchten, sich unter den überstehenden Hausdächern durchzuschmuggeln, sprangen über riesige Regenlachen – ohne viel Erfolg. Endlich trudelten sie – trotz Regenschutz ziemlich naß – bei der Sprachschule ein.

Als sie die schwere Eichentür im dritten Stockwerk öffneten, liefen der Engländer, die Französin und die Österreicherin mit ihrer Lehrerin Anna bereits in heller Aufregung im schmalen Korridor umher. Der Grund dafür war Julia bald klar, es regnete nicht nur draußen, sondern auch drinnen. Das alte Gemäuer, oder besser dessen Dach, war undicht. Auch in ihrem Unterrichtsraum tröpfelte es mit schöner Gleichmäßigkeit von der Decke. Die Tropfen landeten mit einem lauten „Platsch“ auf dem Tisch. Julia sah Ulla grinsen. Ullas Mund formte nur ein Wort: „Camping!“

Ohne sich weiter abzusprechen, stiefelten Julia und Ulla ins Bad, schälten sich aus den Plastikeinhüllungen, stellten die Regenschirme in die Dusche und sahen sich dann um. „Was meinst du?“ fragte Ulla und griff nach einem Handfeger mit Schaufel.

Julia nickte und bediente sich bei den Handtüchern. So bewaffnet kehrten sie in den Unterrichtsraum zurück. Von Claudio war noch nichts zu sehen, anscheinend hatte der Regen ihn aufgehalten. „Wie immer, Männer kommen erst, wenn die Sauarbeit getan ist!“ war Ullas bissiger Kommentar.

Sie schaufelten das Wasser von der Tischplatte in den Papierkorb, wischten alles sauber, stellten dann den zum Eimer umfunktionierten Papierkorb unter die Stelle, an der das Dach dem Regen keine Paroli mehr bot. Jetzt tropfte es geräuschvoll in den Behälter. Ziemlich nervtötend, fand Julia. Kurzerhand legte sie ein Handtuch so über den Korb, daß sich eine Auffangmulde bildete. Stille trat ein.

Als Raphael kurz reinschaute und fragte „Va bene?“ saßen Julia und Ulla brav am Tisch und blätterten in ihren Unterlagen. „Claudio kommt ein wenig später“, entschuldigte er den Lehrer und bat sie gleichzeitig um Verständnis „das alte Gebäude ...“ Er machte eine entsprechende Handbewegung. „Es regnet sehr selten bei uns!“

Die Türklinke bereits in der Hand, drehte er sich noch einmal um. „Ach ja, übermorgen sollte der Ausflug zum Capo Vaticano stattfinden, er ist auf morgen vorverlegt worden. Claudio wird euch noch die genaue Abfahrtszeit und alles andere mitteilen. Sicher scheint morgen wieder die Sonne. Ihr seid doch mit von der Partie?“

Julia schaute zu Ulla hinüber, die erneut einen Putzlumpen in der Hand hatte und über den inzwischen schon trockenen Tisch wischte, als würde ihr Leben davon abhängen. Erst nach einer Weile antwortete sie: „Vielleicht.“

„Wir überlegen noch“, fügte Julia eilig hinzu, um die eisige Stimmung, die plötzlich im Raum herrschte, zu mildern. Was ihr, als Raphael verschwunden war, einen Rüffel von Ulla eintrug, bevor diese nach einer Weile loslachte. Ihr Lachen war ansteckend.

„Ich dachte schon, du wolltest ihm wieder einen Lappen an den Kopf werfen. Für den Regen kann er doch nichts, oder?“

„Für seinen frechen Blick hätte er eigentlich das feuchte Ding verdient. Aber lassen wir das“, kicherte Ulla. „Wollen wir mitfahren?“

„Ich würde gern fahren“, antwortete Julia schmunzelnd. „Die Landschaft um das Kap ist traumhaft schön. Damals mit Bernd war ich hellauf begeistert. Es wird dir auch gefallen.“

„Klar fahren wir mit, jetzt gerade. Ich werde ein paar nasse Lappen einstecken – sicherheitshalber. Aber wenn Claudio nicht bald kommt, müssen wir ohne Unterricht abzischen. Wann sollten wir beim Kommissariat sein?“

„Um elf Uhr. Wir haben noch eine Stunde.“

In dieser Minute betrat Claudio ziemlich naß den Schulraum und entschuldigte sich. Er legte Julia und Ulla einen Zettel auf den Tisch. „Von Commissario di Flavio. Er bittet euch, erst um 15 Uhr zu kommen.“

Kurz vor drei suchten Julia und Ulla die Amtsräume im Erdgeschoß des Palazzo Municipale. „Hier war es, glaube ich.“ Ulla zeigte auf eine hohe Bürotür. Sie klopften und traten ein.

„Buona sera, Signora Alberti. Vorriamo parlare con Commissario di Flavio. Wir möchten mit dem Commissario sprechen“, sagte Ulla.

Die Vorzimmerdame nickte, stand auf und bedeutete ihnen, im Büro des Commissario Platz zu nehmen. „Commissario di Flavio kommt gleich zu Ihnen!“ sagte sie, bevor sie wieder den Raum verließ. Sie trug Pumps, und die Absätze tickerten über den alten Steinboden.

Allein, schauten sich Ulla und Julia um. „Behördenbüros scheinen in aller Welt gleich auszusehen: staubig, muffig, überall Akten und irgendwo in der Mitte ein altmodischer PC, der mit einem ratternden Drucker verbunden ist. Ich vermisse etwas Hightech, Glasfronten, Designermöbel, wie in den Filmen!“ bemerkte Julia.

Ulla lachte: „Und er hat nicht mal eine extravagante Sekretärin. Signora Alberti sieht aus wie die Durchschnittsitalienerin. Mittelgroß, nicht gertenschlank, festes, braunes Haar, das auf die Schulter fällt. Keine Sexbombe, eher eine gestandene Hausfrau.“

„Aber eine mit hochhackigen eleganten Schuhen!“ ergänzte Julia.

Wenig später kam Signora Alberti zusammen mit di Flavio in das Büro. Sie klapperte hinter ihm quer durch den großen, hohen Raum und setzte sich an den PC, der an der Seite stand. Julia wagte nicht, ihre Füße gegen di Flavios überdimensionalen alten Schreibtisch zu lehnen. Auch Ulla saß ein wenig unglücklich auf dem antiquierten Stuhl. Di Flavio räumte ein paar Akten zur Seite, nahm ein neues, jungfräuliches Stück Papier aus der Schreibtischschublade und legte es vor sich hin. „Tut mir leid, daß ich Sie in Ihrem Urlaub nochmals bemühen muß. Ich habe einige Fragen an Sie. Sind Sie damit einverstanden, daß meine Sekretärin die Unterredung protokolliert?“

Ulla sagte: „Si, va bene.“ Julia nickte.

„Ulla, Sie wollten sich mit Tarif am Samstagabend am Strand treffen. Stimmt das?"

„Ja, aber er kam nicht. Das wissen Sie doch."

„Ist Tarif in Ihrem Auftrag zur Wallfahrtskirche hinaufgegangen?"

Ulla war verblüfft: „Ja und nein, er sagte mir, er müsse sowieso dort etwas erledigen, und er würde schauen, ob er Pater Benno, den wir vorher im Dom suchten, dort finden würde. Wenn ich Tarif richtig verstanden habe, ist der Pater dort oben mit Pater Benno befreundet. Wenn Sie schon alles wissen, wissen Sie sicher auch, daß ich einen Brief von dieser Monica erhalten habe."

Jetzt mischte sich Julia ein und erzählte von ihrem Treffen mit Monica in der Wallfahrtskirche vor Tagen und davon, daß sie Ulla treffen wollte, die aber nicht kam, dafür aber Tarif.

Julia bemerkte, daß Ulla unruhig auf ihrem Stuhl hin- und herrutschte.

„Signor di Flavio, Sie haben bei unserem letzten Gespräch erwähnt, daß ich jemandem ähnlich sehe. Diese Monica behauptet es ebenfalls, warnt mich vor einer Gefahr. Aber niemand sagt mir, wem ich ähnlich sehe und wieso ich in Gefahr sein soll! Was soll ich davon halten? Sagen Sie es mir. Ich bin im Urlaub hier und kenne niemanden."

„Bitte beruhigen Sie sich, wir kommen noch zu diesem Punkt."

„Ich verstehe das alles ebensowenig wie Ulla. Erst sind wir in der Nähe, als eine junge Frau gefunden wird – tot. Ermordet? Dann entdecke ich gestern im Wasser noch eine Leiche. Wieder eine Frau? Diese Monica doch nicht etwa? Es ist ja geradezu gespenstisch."

„Jetzt beruhigen Sie sich doch, meine Damen, ich kann ja verstehen, daß Sie betroffen sind, und ich nehme die ganze Sache keinesfalls auf die leichte Schulter." Di Flavio machte eine kurze Pause. „Wir haben den Marokkaner Tarif aus dem Wasser gefischt. Er hat einen Abschiedsbrief hinterlassen, in dem er schreibt, daß er sich umbringt, weil seine große Liebe gegangen ist. Wir prüfen, ob da etwas dran ist. Monica haben wir noch nicht gefunden, sie ist zu ihrer Tochter nach Nicotera unterwegs, und sie weiß noch nicht ..."

„Tarif, mein Gott! Ich kann es nicht glauben. Er machte mir nicht den Eindruck eines Lebensmüden. Er war traurig, ja, aber er sprach davon, in seine Heimat zurückzukehren. Ich verstehe das nicht", sagte Ulla.

„Monica wird sicher traurig sein, Tarif war ja wohl ihr Freund. Es betrübt mich. Noch ein schöner, junger Mensch, der sein Leben nicht leben kann", murmelte Julia.

„Ja, Monica trifft es hart, erst ihre Enkelin Laura, und jetzt Tarif. Aber lassen Sie uns fortfahren“, meinte di Flavio. Julia sah, daß er mit seinem Kugelschreiber gedankenverloren spielte und vermutete, daß er Monica anscheinend gut kannte.

„Laura war die Enkelin dieser Monica? Das wußten wir nicht. Das ist ja grauenvoll. Jetzt verstehe ich gar nichts mehr“, seufzte Ulla.

„Ja, unglaublich. Und war Tarif der Verlobte von Laura und hat deshalb Selbstmord begangen? Jemand sagte uns, Laura wollte heiraten.“ Julia sah di Flavio neugierig an.

„Laura war mit dem Besitzer des Restaurants Quo Vadis verlobt.“

„Der romantische Flyer und das Hochzeitspaar für die Torte – jetzt verstehe ich.“

„An jenem Abend war der junge Kellner sehr aufgeregt, er stürzte irgendwann los, erinnerst du dich, Julia?“ fiel Ulla ein.

„Ja, natürlich, und die Kellnerin – ich vermute, seine Schwester – war ebenso nervös, sie knüllte die Serviette zusammen und ...“

„Und ihre Haare waren ganz feucht, sie kam erst später. Ich dachte noch, die Frau hätte nicht genügend Zeit zum Fönen gehabt, und gerätselt, was sie aufgehalten haben könnte. Ein Liebhaber oder eine alte Mutter oder so.“ Julia schüttelte immer noch ungläubig den Kopf.

„Und die Hunde?“ fragte Ulla, „wie hängt alles mit den Hunden zusammen.“

„Das ermitteln wir noch. Ich bitte Sie, jedenfalls vorsichtig zu sein, solange wir den Fall noch nicht abgeschlossen haben. Wann fliegen Sie nach München zurück?“

„Am Sonntag.“

„Gut. Kann sein, daß ich Sie nochmals befragen werde. Aber ich weiß ja, wo ich Sie meist erreiche. Signora Alberti wird Ihnen im Geschäftszimmer die Ausdrucke des Protokolls geben, ich bitte Sie, diese durchzulesen und dann zu unterzeichnen. Hier ist meine Karte. Wenn etwas sein sollte, können Sie mich jederzeit anrufen.“ Er reichte Julia und Ulla je eine Visitenkarte.

Ulla räusperte sich. „Die Ähnlichkeit, Sie wollten mich aufklären, bitte ...“

Doch in diesem Moment klingelte das Telephon. Der Commissario nahm den Hörer ab, sagte: „Un momento, prego“, stand auf und führte die beiden Freundinnen zur Tür. Seine Sekretärin war ebenfalls aufgestanden und folgte ihnen. Di Flavio nickte ihr zu. „Signora Alberti wird sich Ihrer annehmen.“ Dann zog er sich in sein Büro zurück. Von draußen hörte Julia ihn in schnellem Italienisch sprechen.

Als sie wieder auf der Piazza Ercole standen, meinte Ulla: „Ich kann nicht glauben, daß Tarif sich umgebracht hat. Es ist unlogisch, einfach unlogisch. Aber dein di Flavio hat uns nicht alles verraten, er hat uns ausgefragt und uns reden lassen. Ich bin sauer. Plötzlich hatte er keine Zeit mehr. Ich will endlich wissen, was ich mit der Sache zu tun habe.“

„Ich bin auch ganz durcheinander. Muß ich Dussel auch die Leiche finden. Es ist alles so verrückt. Wir fragen di Flavio beim nächsten Mal im Café.“

„Ob er da was rausrückt?“

„Mal sehen. Übrigens ist er nicht mein di Flavio, und alles haben wir ihm nicht erzählt, zum Beispiel nicht, daß wir neulich fast zu Flundern verarbeitet worden wären“, meinte Julia scherzend, um Ulla wieder zum Lachen zu bewegen. „Aber noch können wir nicht sterben, wir waren noch nicht in Neapel.“

„Wir sind recht nah bei Sizilien, vielleicht ist ein Bandenkrieg bei der Cosa Nostra im Gange?“ ging Ulla auf den leichten Ton der Freundin ein. „Und wir unschuldigen Touristinnen werden zum Spielball der Mächte. Aber wenn ich nicht bald etwas richtig Gutes zu essen bekomme, sterbe ich – vor Hunger.“

„Was hältst du vom Bossa Nova. Vielleicht bedient uns Enno, dein netter Typ“, frozzelte Julia.

„Du hast Glück, daß ich keinen nassen Lappen zur Hand habe.“

Später beim Essen fragte Ulla: „Wenn die Kirche offen ist, gehe ich nachher mal hoch in das Museum, kommst du mit?“

Julia nickte.

Kapitel 21: Monica erfährt von Lauras Tod

Als Monica am Montagmorgen endlich die Häuser von Nicotera vor sich auftauchen sah, war ihre Kleidung durchnäßt und klebte an ihrem Körper. Sie fühlte sich unwohl, ihre Schmerzen waren stärker als zuvor, sie fröstelte, obgleich es nicht kalt war. Jetzt, so kurz vor ihrem Ziel, nistete sich zusätzlich Angst vor dem Treffen mit ihrer Tochter Regina in ihrem Magen ein. Abfällig würde Regina zu ihr sagen: „Diese Landstreicherin kenne ich nicht, was willst du? Laß mich in Frieden, wir haben nichts zu reden.“

Mit dem Aussehen hätte sie recht. So konnte Monica unmöglich bei Rechtsanwalt Umberto erscheinen. Monica suchte sich einen Baum, stellte sich darunter und wartete. Sie nahm sich vor, in der kleinen Bar kurz vor der Kirche einzukehren und sich zurechtzumachen. Der Ruhetag in Joppolo hatte ihr gutgetan, sie fühlte sich weniger müde. Nur ihre Ungeduld blieb.

„Wenn wir von Signor Umberto zurückkommen, werden wir zu Louisa gehen, und du wirst deinen Bruder treffen, und morgen früh fahren wir mit dem Zug zurück, nicht wahr, Felice?“ sagte sie zu ihrem Hund, der sich nah bei ihr hielt. Monica ärgerte sich, daß sie nicht bereits gestern bei Ermanos Cousine Louisa übernachtet hatte. Dann würde sie respektabel aussehen und müßte nicht warten. Zum Glück hörte der Regen nach einer Stunde auf. Die Luft roch plötzlich erdig, die Sonne stach durch die Wolken und fegte deren Reste beiseite.

Nach einem kurzen Besuch in der Bar ging Monica die untere Straße, die in das Zentrum führte, ein Stück weit geradeaus, vorbei an alten, einstöckigen Häusern der Altstadt – manche waren hergerichtete Schmuckstücke, andere arg zerfallen, einige hatten etwas Patina angesetzt. Vielleicht würde sie später weiter bis zur Piazza Duomo spazieren, eine Rast bei der schönen Aussichtsterrasse unter den Palmen einlegen und hinunter zum weiten Strand und den Ortsteil Marina Nicotera schauen. Falls alles gut lief, falls ...

Vor einem Haus saßen – inzwischen selten geworden – zwei alte Frauen, eine Handarbeit vor sich. Als sie Monica kommen sahen, standen sie auf und gingen ins Haus. Sie lächelte tapfer und scherte sich nicht darum, sondern ging ohne Zögern zwei Häuser weiter bis zum Haus ihrer Tochter. Es war wie die anderen Häuser aus dem 17. oder 18. Jahrhundert. Die Fassade bröckelte da und dort. Hinter der schweren, hohen Eingangstür aus geschnitztem Mahagoniholz erwartete den Besucher ein kleiner Innenhof, in den von oben ein spärliches Licht fiel und von dem eine Treppe in eine Galerie in den ersten Stock hochführte. Im engen Viereck standen ein paar Töpfe mit immergrünen Pflanzen. Wenn im Hochsommer die Sonne unbarmherzig die Straße ausleuchtete, atmete man im Schatten des Hofes auf, weil dort die Kühle aufgefangen wurde. Monica erinnerte sich an die kurze Zeit, die sie in diesem Haus mit Ermano verbracht hatte. Ein paar Monate nur, in jenem Sommer. Ihre Tochter Regina wohnte mit ihrem Mann und Laura dort – Ermano bis zu seinem Tod vor zwei Jahren. Monica fiel ein, wie glücklich er über die Geburt von Laura gewesen war. Sie war ihm dankbar, daß er ihr erlaubte, Laura ab und zu zu sehen. Sie trafen sich bei seiner Cousine Louisa. Die Freude an dem kleinen Wesen brachte sie einander wieder näher. Ermano hatte ihr verziehen. Monica hätte sich gewünscht, Regina würde ihr ebenfalls die Hand reichen, aber sie verstand die Haltung der Tochter.

Laura entschädigte sie für alles. Monica seufzte. Hoffentlich gelang es ihr, Regina heute dazu zu bewegen, mit zu Umberto zu gehen. Es war wichtig. Sie wollte doch nur das Beste für Laura.

Schweren Herzens betätigte Monica den glänzenden Messingklopfer an der Eingangstür. Der dumpfe Ton hallte im Innenhof wider. Sie wartete, daß sich die Tür öffnen und sie einlassen würde. Doch alles blieb ruhig, der Eingang verschlossen. Nach einer Weile drehte sich Monica resigniert um, schlurfte zum Nebenhaus und versuchte dort ihr Glück. Monica wartete geduldig. Erst nach geraumer Zeit hörte sie Schritte. Eine schmale Seitentür öffnete sich, und eine alte Frau schaute mißtrauisch wie eine kleine schwarze Krähe durch den kaum geöffneten Spalt.

„Bitte, Signora Benotti, ich wollte zu Regina, ich muß unbedingt mit ihr sprechen. Wissen Sie, wann sie wiederkommt?“ Monica blickte in das abweisende Gesicht der alten Frau, die sie flüchtig kannte und die natürlich wußte, wer sie war. In den dunklen Augen las sie Verachtung und den Wunsch, die Tür wieder zuzuschlagen. Monica war diejenige, die nur Probleme heraufbeschwörte, die Unheil über alle brachte, eine Gottlose, eine Hexe, die man eigentlich verbrennen sollte.

Monica zwang sich, diese Botschaft, die in den schwarzen Augen nur zu deutlich zu lesen war, zu ignorieren. Es ging nicht um sie, es ging um Laura. Dies ließ Monica alle Demütigungen der Welt ertragen. Sie lächelte. „Bitte, Signora Bernotti, es ist wichtig – für Laura.“

„Sie wagen es, sich für Laura starkzumachen, Sie ...? Daß Sie sich überhaupt hierhertrauen, nachdem, was passiert ist. Regina will Sie nie wiedersehen. Unter Tränen hat sie mir verboten, mit Ihnen zu sprechen.“

Die schwarze Gestalt machte Anstalten, sich wieder hinter dem Tor zu verschanzen. Zum Glück erlaubte das alte Scharnier nur ein langsames Schließen. Monica trat schnell näher und stellte den Fuß in das noch offene Stück zwischen Tür und Rahmen. „Bitte, Signora Bernotti, ich weiß, Regina will nichts mit mir zu tun haben, aber es ist wirklich dringend. Es geht um Lauras Wohlergehen!“

Ein eigenartiger Blick traf Monica. Die zu schmalen Schlitzen zusammengekniffenen Augen schauten noch mißtrauischer, bis sich endlich ein wenig Mitgefühl in ihnen regte und stockend aus dem Mund der Frau kam: „Ja, wissen Sie denn nicht, was passiert ist?“

„Was soll ich wissen?“ fragte Monica irritiert. Am liebsten hätte sie die Frau am Kragen ihrer dunklen Bluse gepackt, sie geschüttelt, um ihr die Worte schneller zu entlocken. Doch sie zwang sich zur Ruhe, sie wollte nicht alles verderben.

„Gehen Sie zu Hochwürden Castellani, fragen Sie ihn“, kam gepreßt aus dem schmalen Mund der Frau. „Gehen Sie!“

Monica trat einen Schritt zurück. Sofort zog die alte Frau, mit einer Kraft, die man ihr nicht zutraute, die Tür zu.

Monica stand unschlüssig davor. Als sich am oberen Fenster ein Stück Gardine bewegte, wußte sie, daß weiteres Klingeln zwecklos war. Man würde ihr nicht mehr öffnen. Man beobachtete, ob sie sich entfernte. „Komm Felice, wir sind hier nicht erwünscht!“ murmelte sie ihrem Hund zu und machte kehrt. Nach kurzer Zeit erreichte sie am Eingang zur Altstadt die Straßengabelung, wandte sich – wieder bei der kleinen Bar angekommen – nach links und lenkte ihre Schritte zur Kirche. Sie war beunruhigt. Was meinte die Signora? Was bedeuteten die Andeutungen? War das wieder eine von Reginas Anwandlungen? Je älter Regina wurde, desto seltsamer wurde sie. Ihre Tochter war geradezu besessen davon, Laura einzureden, daß es eine Schande sei, sich hübsch anzuziehen. Sollte Laura Ärger mit ihrem Verlobten bekommen haben? War die Hochzeit in Gefahr? Laura würde sich doch nicht mit Tarif getroffen, sich gar in ihn verliebt haben? „Mein Gott, hoffentlich nicht, dann bin ich wieder schuld“, seufzte Monica sorgenvoll. Sie nahm die Umgebung kaum wahr. Ihre Schultern bogen sich noch weiter vor, Felice strich an ihren Beinen entlang. Er merkte, daß irgend etwas mit seinem Frauchen nicht stimmte.

Bei der Chiesa del Rosario angekommen, band sie ihn an einem noch jungen Baum fest, dessen schmückendes, rotes Blattwerk etwas Schatten spendete. Er legte sich vor den schmiedeeisernen Zaun – der den schmalen Kirchenvorplatz zur abfallenden Straße abgrenzte – auf die runden Pflastersteine.

Monica sah einen Mann aus dem amtlichen Gebäude neben der Kirche treten. Monica befürchtete einen Augenblick lang, der Mann würde ihr verbieten, den Hund dort anzuleinen. Aber er beachtete sie nicht weiter, sondern ging zu einem Auto, das gegenüber parkte. „Ist ja gut, Felice!“ flüsterte sie dem Hund zu, bevor sie die wenigen Schritte über die Piazza zur Eingangstür der Kirche lief.

Hoffentlich konnte ihr Hochwürden Castellani helfen. Ihre Tochter Regina ging täglich in die Messe, und er konnte ihr sagen, wo man sie finden konnte. Vielleicht war sogar Laura bei ihm. Monicas Schritte wurden leichter. Sie wußte, Laura hielt sich oft in der kleinen Marienkirche auf, um beim Schmücken des Altars zu helfen. Hochwürden Castellani würde den Hochzeitsgottesdienst in der Wallfahrtskirche Santa Maria dell'Isola abhalten, und sicher gab es noch viele Dinge zu bereden.

Monica betrat den spätbarocken, mit weißem Marmor ausgestalteten Innenraum, bekreuzigte sich und ging über die schwarzweißen Bodenfliesen bis zum Altar. Der Beichtstuhl war nicht besetzt. Eine Ordensschwester arrangierte Blumen vor dem Hauptaltar. Sie schaute kurz hoch zur Marienstatue, die sich über dem Altar erhob: eine stolze, hochgewachsene Maria, die goldene Krone auf den dekorativen, dunklen Locken, die das Jesuskind fast beiläufig auf dem linken Arm balancierte, während ihr Blick auf der rechten Seite nach jemandem Ausschau zu halten schien. Monica lächelte.

„Ich würde gern Hochwürden Castellani sprechen. Wo kann ich ihn erreichen?“ fragte sie die Ordensfrau.

Die Frau schaute kurz auf, dann sagte sie: „Einen Moment, ich rufe ihn.“ Sie stand auf, ging zur kleinen Seitentür auf der linken Seite der Kirche, die offen stand, und rief: „Signor Castellani, eine Frau wünscht Sie zu sprechen.“

Sekunden später steckte ein Mann seinen Kopf durch die Tür. Er war etwa dreißig Jahre alt, sein schlanker Körper war mit einem dunklen Pullover und einer schwarzen Hose bekleidet. Wenn Monica ihm auf der Straße begegnet wäre, hätte sie ihn für einen Studenten gehalten.

„Ah, Sie sind Signora Monica, nicht wahr?“ Ein Schatten zog über das lächelnde Gesicht des jungen Priesters.

„Ja, ich bin die Großmutter von Laura. Ich wollte zu meiner Tochter Regina. Sie wissen, wir haben kein gutes Verhältnis. Vor Lauras Hochzeit sollte unbedingt eine Sache beim Notar geregelt werden. Ich kann meine Tochter nicht erreichen. Es ist sehr wichtig für Laura. Signora Benotti schickt mich zu Ihnen. Sie wissen wo Regina sich aufhält?“ Monica lächelte, schaute den jungen Priester an, merkte, wie er zögerte. Ihr fielen die Worte von Reginas Nachbarin wieder ein. „Mir wurde mitgeteilt, Sie würden mir sagen, was passiert sei. Ich verstehe nicht ganz. Geht es um Lauras Hochzeit? Gibt es Schwierigkeiten?“

Der Adamsapfel des Mannes hüpfte einmal auf und nieder. „Kommen Sie, Signora Monica, setzten wir uns“, sagte er, nahm ihren Arm und leitete sie fürsorglich zu einer der vorderen Sitzreihen. Dort angekommen, bedeutete er ihr, sich zu setzten. Bevor er neben ihr Platz nahm, bekreuzigte er sich zum Altar gewandt. „Ihre Tochter ist zu ihrem Schwager nach Cosenza gefahren." Jetzt nahm er ihre Hand in die seine. „Sie müssen jetzt stark sein, Signora Monica."

Monica fragte sich, was die Worte des Priesters zu bedeuten hatten. Sie wurde unruhig.

Signor Castellani fuhr mit sehr sanfter Stimme fort: „Gott hat beschlossen, Laura zu sich zu rufen." Er legte seine weiche Hand auf ihren Arm. „Ich weiß, Sie haben ihre Enkelin sehr geliebt. Wir können Gottes Willen nicht immer nachvollziehen. Lassen Sie uns zusammen beten."

Monica schaute den jungen Mann an. „Was reden Sie da?" fragte sie tonlos. Als sie den mitfühlenden Blick des Mannes wahrnahm, begriff sie. Sie schüttelte seine Hand ab und schrie ihn an: „Sie lügen, das kann nicht wahr sein!" Ihr Stimme hallte durch das hohe, lichte Gewölbe, mit einem Klang, als würde sie nicht ihr gehören.

Er antwortete nicht. Monica sprang auf. Die Luft roch muffig. Sie konnte nur mühsam atmen. Dann setzte sie sich wieder, schaute verzweifelt um sich. Lieber Gott, ich bin diejenige, die vor dich treten muß, Laura hat noch Zeit, viel Zeit, ihr Leben ... Sie weigerte sich zu begreifen.

„Es ist Gottes Wille!" hörte sie wie durch eine Nebelwand. Dieser Pfaffe, was redete er da? Es kann nicht Gottes Wille sein, Laura sterben zu lassen. Nein, niemals! Sie stürmte den Seitengang der Kirche entlang. Der Schmerz brannte.

„Bitte, Monica, kommen Sie zurück."

Fast schon am Ausgang, hielt sie inne. Der junge Priester kam ihr entgegen. Sie sah ihn an, flüsterte fast, die Stimme gehorchte ihr nur widerwillig: „Sagen Sie mir, was mit Laura passiert ist."

„Laura wurde in der Nähe des Bahnhofs in Parghelia tot aufgefunden." Entschuldigend fügte der Priester hinzu: „Ich mache mir Vorwürfe, weil ich sie mit diesem Herrn Fellner fahren ließ, ich dachte mir nichts dabei. Sie sollten mit Commissario di Flavio sprechen. Wenn Sie wollen, können Sie von meinem Büro aus anrufen."

Die Worte brannten wie Flammen. Sie wollte schreien, aber eine eisige Kälte lähmte sie. Ihr Herz schmerzte, alles wurde dunkel.

Doch die Dunkelheit verflüchtigte sich. Monica stellte fest, daß sie auf einer Kirchenbank lag. Für einen Moment war sie ratlos und wußte nicht, wie sie dort hingekommen war. Als es ihr einfiel, wäre sie gern wieder in die Dunkelheit abgetaucht. Der junge Mann beugte sich zu ihr hinunter und fragte: „Monica, sind Sie in Ordnung? Soll ich einen Arzt holen?“ Seine Stimme schien wie ein Echohall aus weiter Ferne zu kommen.

„Nein, es geht schon“, murmelte sie und stand auf. Ihr war nicht bewußt, wieviel Zeit inzwischen vergangen war, irgendwie war alles unbedeutend. Laura lebte nicht mehr! Ihr Engel war tot!

„Lassen Sie uns beten!“ hörte sie wieder, und brav formte sie ihre Hände zusammen und folgte dem Blick des Priesters hinauf zu dem holzgeschnitzten Jesus am Kreuz. Doch sie sah nicht Christus, sondern Robert. Robert hing am Kreuz, war voller Blut, das rot seinen Körper hinunterströmte. Seine Hände und Füße waren mit Nägeln versehen, doch auf dem Kopf trug er keine Dornenkrone, sondern Flammen schlugen aus der offenen Schädeldecke, und das Gesicht verformte sich von Minute zu Minute mehr zu einer teuflischen Grimasse, die sie verhöhnte. Monica erschrak. Sie schloß die Augen, doch das Bild blieb. Sie kniff sich in den Arm und stürzte dann durch das Kirchenschiff davon.

Der Priester rief hinter ihr her: „Monica, so bleiben Sie doch, lassen Sie sich helfen!“

Die Worte drangen nur als Fetzen verzerrt zu ihr durch, sie blieben Laute ohne Bedeutung. Sie rannte aus der Kirche, die Straße entlang, erst das Bellen ihres Hundes brachte sie zur Vernunft. Sie ging zurück, band Felice los, und mit gesenktem Kopf wanderte sie durch den Ort. Robert, Robert, Robert ..., hallte es in ihrem Hirn. Robert ist schuld, Robert ist schuld, Robert ...

Wie besinnungslos irrte Monica durch die Straßen von Nicotera, hier eine Treppe hoch, dort eine Treppe hinab, bis sie langsam ruhiger wurde. Der Schmerz ließ ihr Inneres gefrieren. Sie konnte die Eisschicht wachsen fühlen. Durch die Kälte wurden die Dinge glasklar. Sie wußte mit einemmal, was sie zu tun hatte. Ohne weitere Umwege konnte sie ihr Ziel ansteuern.

Als sie am Haus von Regina und Ermano vorbeikam, meinte sie wieder, im ersten Stock des Nebenhauses die Gardine sich bewegen zu sehen. Es kümmerte sie ebensowenig wie das Glockengeläut der Kirche, das zum Abendgebet rief. Monica ließ die engen, mittelalterlichen Hausreihen hinter sich. Sie lief zügig aus dem Ort hinaus, den Hügel hinauf, wo sich nur noch einzelne, verstreut liegende Häuser mit großen Gärten an den Hang lehnten.

Vor einem Gartentor blieb Monica stehen, drückte auf den seitlich anbrachten Klingelknopf und wartete. Nach geraumer Zeit ertönte eine überlaute, weibliche Stimme aus dem Lautsprecher: „Wer ist da? Ich gebe nichts!“

„Louisa, ich bin es Monica, laß mich rein, bitte!“

„Monica? Ich glaub es nicht!“ Bei diesen Worten ertönte der Summer, und die Tür öffnete sich.

Monica betrat den Gartenweg und zog die Tür hinter sich zu, dann bückte sie sich zu Felice und entfernte die Leine vom Halsband. „Komm Felice, lauf!“ Ihre Stimme klang belegt, als sie es sagte. Der Hund bewegte sich nicht sofort, er blieb bei ihr stehen und schaute sie mit seinen traurigen Augen an, die zu sagen schienen: Bitte schick mich nicht weg, ich gehöre zu dir! „Lauf zu Louisa, Felice!“ Erst jetzt rannte der Hund mit freudigem Gebell den Gartenweg hinauf zum Haus, das etwas oberhalb am Hang stand. Monica folgte ihm langsam. Als sie das Haus erreichte, sprang Felice gerade an Louisa hoch und versuchte, ihr Gesicht abzulecken, was diese abwehrte. Also ließ er von seiner Absicht ab und rannte wie wild um sie herum, kläffend, als würde er die Welt umrunden. Dann blieb er stehen, hechelte, blickte mal zu Monica und mal zu Louisa auf und wedelte mit dem Schwanz. Dann entschied er sich, die beiden allein zu lassen und rannte mit gespitzten Ohren um das Haus herum, wieder laut seine Freude verkündend. Bald hörte Monica, wie das Bellen anschwoll, und sie wußte, er hatte Bella, seine Schwester, gefunden. Ihr wurde ein wenig leichter ums Herz.

„Louisa, komm, laß uns ins Haus gehen. Du warst nicht im Ort in der letzten Zeit, nehme ich an?“ sagte sie, nachdem sie die Frau, die vor ihr stand, umarmt hatte. Louisa war vielleicht zehn Jahre jünger als Monica und fast so breit, wie sie hoch war. Ihre schwarzen Haare standen wie ein riesiger Schein um ihren Kopf herum, und wenn man sie betrachtete, sah man, daß sie auf ihr Äußeres wenig Zeit verschwendete. Ihre Beine stecken in abgeschnittenen Jeans, darüber flatterte ein ausgeblichenes T-Shirt.

„Ich kann nicht fassen, daß du dich mal wieder blicken läßt. Warst du bei Regina? Du siehst ziemlich bedrückt aus, war es wieder niederschmetternd?“

Monica schluchzte bitter auf: „Laura. Es ist so ungerecht, Laura ist tot! Ermordet.“ Ihre Stimme versagte, sie murmelte: „Mein Augenstern lebt nicht mehr.“ Tränen rannen ihre Wangen hinunter. Sie verlor ihre mühsam bewahrte Fassung. Die ganze Anspannung fiel von ihr ab. Louisa hielt sie in den Armen, wiegte sie wie ein kleines Kind, sagte nichts, ließ der Freundin ihren Schmerz.

Nach langer Zeit beruhigte sich Monica und löste sich aus der Umarmung. Erst jetzt sagte Louisa: „Es tut mir so unendlich leid für dich und für Laura."

Monica zwang sich, den Schmerz abzublocken. Sie fingerte ein Taschentuch aus ihrer Hosentasche und schneuzte sich. „Louisa, ich möchte dich bitten, Felice hierzubehalten. Bitte, ich muß wissen, daß er es gut hat, sonst ...", sie beendete den Satz nicht. Louisa sah sie fragend an: „Was soll das? Du willst doch nicht ...?"

„Ich muß meine Sachen regeln, ich habe nicht mehr lange zu leben, du weißt, der Krebs. Ich war hier, um mit Regina beim Notar alles für Laura zu regeln. Ich wußte nicht, daß Laura ... Regina ist bei ihrem Schwager."

„Komm Monica, überstürze nichts."

Jetzt war es an Monica, Louisa zu umarmen und zu sagen: „Mach dir keine Sorgen. Ich bin schon lange vorbereitet. Ich wollte Lauras Hochzeit abwarten, aber jetzt ..."

„Nun gut, ich behalte Felice, er soll es gut haben", sagte Louisa ohne Zögern.

„Kann ich ein oder zwei Nächte bei dir bleiben, bis ich alles geregelt habe? Ich möchte morgen zu Rechtsanwalt Umberto gehen. Außerdem muß ich nachher mit Commissario di Flavio reden. Wenn ich mit beiden alles geklärt habe, muß ich auch mit dir etwas besprechen. Es geht um Sabina."

„Sicher, du bist mir immer willkommen, fühl dich wie zu Hause. Warte, ich gebe dir ein paar Handtücher, wenn du duschen möchtest. Ich mache dir das Zimmer zurecht, und du kannst dich hinlegen. Nachher gibt es etwas zu essen."

„Danke, Louisa."

„Was meinst du mit: Es geht um Sabina? Sie ist jetzt bald fünfunddreißig Jahre tot. Du machst dir doch nicht immer noch Vorwürfe? Laß es, und jetzt ab unter die Dusche. Ich gehe in die Küche."

Ullas Vokabelheft

Martedi	**Dienstag**
aggressivo	aggressiv
Mi fanno problemi	Man macht mir Ärger
la rabbia	der Zorn
È un vergogna!	Eine Unverschämtheit ist das!
telefonino, cellulare	Handy
zanzara	Mücke
estate	Sommer
durante l'estate	den Sommer über
avvocato	Rechtsanwalt
il sostituto procuratore	Staatsanwalt
cantiere	Baustelle
levatrice	Hebamme
domanda	Anfrage
interno	Innenraum
entrare	eintreten
chiuso	geschlossen
padre	Pater
passato	Vergangenheit
sorella	Schwester
fratello	Bruder
lacrime	Tränen
È in un mare di lacrime	Sie ist in Tränen aufgelöst
cappella	Kapelle
mano, mani	Hand, Hände
coppia d'innamorati	Liebespaar
violenza	Gewalt

Kapitel 22: Ausflug zum Capo Vaticano

Es war Dienstag, halb zehn am Morgen. Ohne ihren gewohnten Frühstückscappuccino im Magen fühlte sich Ulla wie ein Auto ohne Öl. Ihr Motor lief nicht rund. Julia schien dies nichts auszumachen. Die Freundin war ein Morgenmensch und auch ohne Koffeinspritze startklar.

Sie warteten. Der Ausflugsbus der Schule wollte sie gegenüber ihrem Hotel auflesen. Sie standen am Aufgang zur Treppe und schauten in die kleine Felsgrotte mit der Krippe. Sie wurde liebevoll gepflegt. Ulla sah auf dem Boden einige blanke Münzen liegen. Sie wandte sich an Julia: „Vielleicht sollten wir ebenfalls einen Euro hineinwerfen und um Glück und Wohlergehen bitten."

„Klar, könnte nicht schaden. Ich dachte schon, ich muß heute allein mit der Schultruppe zum Capo Vaticano fahren. Deinen Sinneswandel habe ich doch nicht etwa Enno, dem schmucken Kellner des Bossa Nova, zu verdanken? Schön, daß er heute den Minibus fährt."

Ulla grinste, und Julia setzte noch eines drauf: „Mal sehen, ob er für dich die erste Reihe reserviert hat. Oder willst du lieber neben dem interessanten Robert sitzen, dem Sponsor der Fahrt?"

„Hoffentlich nicht neben der Österreicherin, die sicher wieder für ihr Reiseunternehmen tourt. Die wird sich an Robert hängen, ist doch klar." Ulla schaute zum Himmel. „Immerhin: heute keine Regengefahr."

Lupenreines Himmelblau spannte sich vom Meer bis zum hinter Tropea ansteigenden Bergrücken. Julia sagte gerade: „Ja, sieht so aus. Wir hätten statt des Schirms einen Badeanzug einpacken sollen", als der Minibus neben ihnen hielt und die Schiebetür geöffnet wurde.

„Buon giorno! Andiamo, los geht's", hörten sie Raphaels Stimme. Die beiden Freundinnen schauten sich an und grinsten.

„Hast du den Lappen eingesteckt?" hörte Ulla Julia flüstern. Ihr Grinsen wurde noch breiter, als sie sah, daß Julia richtig lag mit ihrer Vermutung. Der Platz neben dem Chauffeur war frei und ihr zugewiesen. Einem kurzen Impuls folgend, wollte sie mit Julia tauschen, aber dann regte sich so ein kleines Teufelchen in ihr, und sie dachte: jetzt gerade.

„Buon Giorno, come state?" schickte sie lachend in die Runde, plötzlich munter – auch ohne Kaffee.

Julia verpaßte ihr einen kleinen Stoß, deutete nach hinten und zischelte ihr zu: „Hab ich's nicht gesagt ...?"

In der hintersten Reihe saß Robert mit der Österreicherin, in der Reihe davor Raphael und der Engländer. Die Französin war anscheinend bei ihrem Lover geblieben oder nach Hause gefahren.

Kurze Zeit später verließen sie Tropea und fuhren gen Süden durch fruchtbare Landschaft. Wie auf der Hinfahrt blitzte das Meer weiter unten ab und zu auf. Oberhalb der Straße wand sich auf hohen Pfeilern die Autostrada durch die Landschaft, als würde sie das Leben weiter unten nichts angehen. Die Landstraße, die der Minibus entlangkurvte, führte hinunter in kleine Flußläufe und Täler, dann wieder hinauf auf das Plateau. Alles war von einem lieblichen Grün. Keine riesigen Hotelburgen verschandelten wie in Spanien die Küstenlinie. Die Pflanzen wucherten – abgesehen von einigen landwirtschaftlich genutzten Flächen – ungehindert. Nur ab und zu fiel Ulla ein Schild mit einem Hinweis auf eine Hotelanlage mit einem Pfeil Richtung Meer auf.

Ulla war beeindruckt, doch nicht nur von der Landschaft: Verstohlen beobachtete sie die geschmeidigen und schön geformten Hände, die das Steuer hielten. Die kräftigen Arme, die aus einem kurzärmligen Polo-Shirt lugten, verursachten in ihr mehr Hitze, als ihr lieb war. Enno schien ihre Seitenblicke nicht zu bemerken. Ernst und ohne auf seine Fahrgäste oder Ulla zu reagieren, lenkte er den Wagen über den teilweise beschädigten Asphalt. Ulla wußte nicht, ob Enno – der Name löste ein Echo in ihr aus – Deutsch sprach. Gestern nachmittag war er sehr kurz angebunden gewesen. Das Lokal war voll besetzt, und es war viel zu tun gewesen. Nur ab und an hatte er ihr Glas nachgeschenkt und sie, natürlich auf Italienisch, gefragt, ob sie noch einen Wunsch hätte. Der Blick seiner blauen Augen ... Verdammt, sie wollte doch kein männliches problema mehr.

Eigentlich hatte sie gar nicht mitfahren wollen. In die Wallfahrtskirche hatte sie gehen wollen, um das Rätsel, das Monica ihr aufgegeben hatte, zu lösen. Aber gestern war die Kirche wegen der Spurensuche noch abgesperrt gewesen, und vermutlich war sie es heute ebenfalls noch. Außerdem wäre Julia sehr enttäuscht gewesen, und natürlich hatte Enno den letzten Ausschlag gegeben.

Ulla träumte vor sich hin, es war ein aufregendes Gefühl, mal wieder neben einem Mann zu sitzen, bei dem sie sich vorstellen konnte ... Ja, sie gab sich selbst gegenüber zu, den sie begehrte, gegen jede Vernunft. Aber was hatte Vernunft schon mit Mann und Frau zu tun, dachte sie, als der Wagen hielt. Sie standen auf einem Parkplatz vor einem schönen Ausflugsrestaurant und hörten Raphael rufen: „Wir bleiben hier eine halbe Stunde, danach fahren wir ein kurzes Stück bis zum Leuchtturm. Dort könnt ihr auf einem Rundweg wandern und photographieren, das Kap ist sehr gut zu sehen."

Ulla hätte gern neben Enno, der mit am Tisch Platz nahm, gesessen, aber Robert drängte sich an ihre Seite, und die andere belegte Raphael. Nun gut, dachte sie.

Enno beteiligte sich nicht an der Unterhaltung. Ulla lächelte Julia zu, die zwischen dem Engländer und der Österreicherin eingeklemmt saß und hilfesuchend zu ihr rüberschaute. Mit einem kleinen Augenzwinkern gab Julia ihr zu verstehen, daß sie ihr leid tat. Dann wandte sie sich mit einem kleinen Seufzer Robert zu, hörte sich an, was er von dem schlechten Wetter zu Hause erzählte und welches Glück sie trotz des Regens gestern gehabt hätten. Dann nervte er sie endlos mit seinen Fragen. Er wollte von ihr wissen, ob sie auch von der Kälte zu Hause gehört habe, ob sie mit ihrem Mann telephoniert habe, ob sie überhaupt verheiratet sei. Ulla dachte, daß ihn das gar nichts angehe und erzählte lieber von ihrem Sohn.

Als das von Raphael bestellte Tartufo-Eis vor ihnen stand und alle genußvoll schleckten, wäre Ulla am liebsten aufgestanden und hätte den Platz gewechselt. Sie ließ es dann aber. Das Eis war göttlich, sanftes Zartbitterschokoladeneis umhüllte ein helleres, ebenso auf der Zunge zergehendes Nußeis, darüber hinaus war alles mit dunklem Schokoladenpulver bestäubt. Unsere Spezialität aus Pizzo, stand auf der Eiskarte.

Verstohlen schaute Ulla zu Enno hinüber, der fast schüchtern ihren Blick erwiderte. Sie bestellte sich einen Cappuccino und wäre gern weiter dort sitzengeblieben, am liebsten nur mit Enno und ohne Roberts lästige Fragerei. Sie wollte Robert gegenüber nicht unhöflich sein, sein Interesse war sicher nett gemeint, aber sie hatte jetzt keinen Kopf dafür.

Die Gruppe ging ein Stück auf einem kleinen Gartenweg. Große Geranienbüsche blühten gleich hinter der Holzabgrenzung verschwenderisch rot, bevor der Felsen zum Meer hin abfiel. Der Blick öffnete sich und zeigte ganz weit unten kleine, verschwiegene Badebuchten mit weißen Stränden. Vögel umkreisten die hohen Klippen. Julia kam gelaufen und bestand auf einem Erinnerungsphoto mit Meer, Himmel und Geranien. Raphael sammelte alle wieder ein. Ulla bemerkte, daß er sich ihr gegenüber heute mehr als korrekt verhielt. Anscheinend wollte er keinen Ärger – oder nicht wieder einen Lappen ins Gesicht. Sie lachte kurz auf.

Julia raunte ihr zu: „Na, wie läuft es an der Schmetterlingsfront?"

„Cosi, cosi, so lala“, gab Ulla zurück, als die Gruppe wieder in den Wagen kletterte.

Kurze Zeit später hieß man sie wieder aussteigen. Der Wagen hielt auf einem großen Parkplatz. Hinter einem Zaun ragte ein moderner Leuchtturm auf. Ein Schild wies darauf hin, daß es sich um militärisches Sperrgebiet handelte. Vor dem dazugehörenden Haus baumelte Wäsche im Wind. Sie gingen ein paar Treppen hinunter. Dort begann ein schmaler Rundweg. Links war ein einfaches Restaurant zu sehen. Ulla wandte sich nach rechts. Der Weg führte unterhalb des Leuchtturms entlang. Julia bedeutete ihr, daß sie wie die anderen die entgegengesetzte Richtung nehmen würde. Ulla nahm an, daß sie vorhin den Waschraum nicht benutzt hatte und jetzt dem Hinweisschild zum WC folgte. Oder wollte Julia ihr Gelegenheit geben, allein zu sein, damit Enno ...? Zuzutrauen war es ihr, dachte Ulla.

Aber Enno blieb beim Bus, ebenso wie Raphael. Wenn sie alle zwei Wochen mit einer Truppe hierherfahren, ist es sicher nicht mehr interessant, ging Ulla durch den Kopf. Sie versuchte, sich von Robert zu entfernen. Zum Glück hatte ihn die Reisebürodame wieder in Beschlag genommen. Glücklich darüber, allein zu sein, schlenderte Ulla den schmalen Weg entlang, der am Anfang von riesigen Kakteen eingesäumt war. Auf einem Holzschild stand mit weißer Farbe in Kinderschrift geschrieben: La scogliera del capo. Sie übersetzte: Die Klippe des Kaps. Darunter las sie: Percoso panoramico, Panorama-Pfad.

Gleich hinter den Kakteen entdeckte sie zu ihrer Freude wilden Thymian, und sie glaubte, ein wenig weiter Kamille auszumachen. Sie lehnte sich über den taillenhohen, verwitterten Lattenzaun. Kleine wilde Büsche klammerten sich an den Felsen. Es ging steil bergab.

Sie schauderte, trat sofort einen Schritt zurück und richtete ihren Blick in die Ferne. Links ragte ein weiterer, etwas höherer Berg auf, das Kap. Dahinter wurde die Küste allmählich flacher. In der Ferne erstreckte sich ein endloser, weißer Strand ohne Klippen und Felsen. Die Berge liefen zum Meer hin in sanften Hügeln aus.

Ulla wagte, jetzt vorbereitet, erneut einen Blick in die Tiefe. Einzelne, abgesprengte Felsbrocken ragten aus dem Meer. Ab und zu rollte eine Welle darauf zu, und es bildete sich weiße Gischt, die an dem grauen Stein wie eine Fontäne hochspritzte. Ulla sah ein Boot zwischen den Felsen auf den kleinen weißen Strand zutuckern. Sie fand alles atemberaubend und wünschte sich plötzlich, Julia bei sich zu haben, einfach um zu sagen: „Ist das schön!“ und von Julia zu hören: „Ja, großartig!“

Ulla wunderte sich, niemanden von der Gruppe zu sehen, als sie den Weg hinabschaute. Sie stand vor einer Weggabelung und stellte fest, daß sie sich unmittelbar unterhalb des Leuchtturms befand. Ein kleiner Pfad führte ein Stück abwärts zu einem Aussichtspunkt. Sie betrat den Pfad und sah, daß dichter Bewuchs die Sicht auf den Hauptweg nach oben hin abschirmte. Ulla schmunzelte: eine Stelle für Liebespaare. Sie ging zum Aussichtspunkt und lehnte sich traumverloren an das Gitter. Für den Bruchteil einer Sekunde wünschte sie sich, ein Märchenprinz würde sie hier wie im Kitschroman küssen. Natürlich trug ihr Prinz die Züge von Enno, und sie begann zu kichern, weil sie sich in Gedanken aufführte wie ein Teenager.

Sie beobachtete einen kleinen Bussard, der seine Kreise drehte und sah, wie er blitzartig runterschnellte, um seine Beute zu schnappen. Neugierig lehnte sie sich vor, um zu sehen, was er in seinem Schnabel transportieren würde, wenn er sich wieder hoch in die Lüfte schwang.

In diesem Moment raschelte es hinter ihr. Sie spürte eine Bewegung, wollte sich umdrehen, sah aus den Augenwinkeln einen Schatten auf sich zukommen und merkte, wie eine Hand sie gegen das hölzerne Gitter drückte.

Das morsche Holz splitterte. Ulla taumelte dem Abgrund entgegen, irrigerweise sah sie den Bussard mit einem Tier in der Größe einer Maus blitzschnell aufsteigen. Ihre Füße schrammten an den niedrigen Büschen entlang, es kratzte. Sie ruderte mit den Armen, bekam einen Rest des Zaunes zu packen und klammerte sich mit der Hand an dem Stück Holz fest. Es ritzte die Haut an ihrem Handgelenk auf. Sie öffnete den Mund, schrie – und ihre Füße verloren den Halt. Sie rutschte weiter auf den Abgrund zu. Es gelang ihr, auch mit der anderen Hand das Holz zu umklammern. Nur der Kraft ihrer Arme war es zu verdanken, daß sie nicht weiter abrutschte. Sie biß die Zähne zusammen. Ulla sah eine fremde Hand und schrie erneut, bis sie merkte, daß die Hand sie hochzerrte, zurück in Sicherheit.

Sie saß jetzt auf dem Pfad, die Hand hielt sie. Sie blickte hoch und sah in Roberts blasses Gesicht. „Mein Gott, Ulla! Was machen Sie?“ Er zog sie auf die Beine, fragte: „Geht es?“ und als sie nickte, führte er sie langsam zurück zum Hauptpfad. Sorgfältig achtete er darauf, daß sie auf der dem Abriß abgewandten Seite ging.

Ulla schwieg, doch sie war dankbar für die Hilfe des Mannes. Sie kam sich vor, als wäre sie tatsächlich von der Klippe gesprungen. Alles tat ihr weh, besonders ihr Arm schmerzte, aber auch ihr Herz, und sie wußte nicht genau, was noch. Sie war froh, als Robert sie zurück zum Parkplatz führte.

Enno stand neben dem Auto, und sein Blick war eigentümlich glitzernd, wie sie trotz aller Zerschundenheit feststellte.

Robert rief ihm etwas zu. Enno öffnete sofort den Wagen, und sie nahm Platz. Als er eine Flasche Wasser von irgendwo herzauberte, blickte sie ihn dankbar an. Robert holte eine silberne Taschenflasche aus seiner Jacke, die irgendwo im Auto lag, und hielt sie ihr ebenfalls hin. Sie nahm auch davon einen großen Schluck. Der Alkohol brannte in ihrer Kehle, und sie schüttelte sich. Als Enno ihr fast zärtlich eine Decke um die Schultern legte, ging es ihr schon besser.

Jetzt war es ihr fast peinlich, daß gerade ihr so etwas passieren mußte. Immer fiel sie auf, schon in der Schulzeit. Sie seufzte. Dann kam der spürbare Stoß wieder in ihr Bewußtsein zurück und die Ereignisse der letzten Zeit. Das Auto in der engen Straße, der Weg durch den Tunnel. Sie wagte nicht, an das tote Mädchen und die Hunde zu denken und an den Marokkaner, der ihr helfen wollte. Die Warnung von Monica. Sie hatte alles bislang auf die leichte Schulter genommen. Das würde sie ändern, nahm Ulla sich vor. Sie würde herausfinden, was hinter allem steckte. Gleich morgen.

Julia kam mit den anderen den Weg zum Parkplatz hinauf. Ulla schüttelte die Decke ab, zog ihre Jacke über die verkratzten Arme und sagte zu Enno und Robert: „Bitte sagen Sie nichts."

Julia sah sofort, daß mit der Freundin etwas nicht stimmte. Doch als Ulla ihr mit einem Augenwink bedeutete, nicht zu fragen, hielt sie sich daran. Ulla sah nicht sehr glücklich aus. Verstohlen musterte Julia Enno. Auch er wirkte besorgt. Ebenso wie Robert, der komischerweise schon beim Auto wartete, als sie mit der Österreicherin und den anderen am Parkplatz eintraf. War er nicht mit ihnen auf der anderen Seite des Weges unterwegs gewesen? Raphael fehlte noch, kam aber in diesem Moment, und sie fuhren weiter.

Julia brannte darauf, Ulla zu erzählen, was sie von der Österreicherin erfahren hatte, ihr mitzuteilen, daß die junge Frau nett war – auch wenn Julia anfangs gegenteiliger Meinung gewesen war. Besonders interessieren würde Ulla sicher, daß die Österreicherin im Auftrag ihres Chefs Robert überzeugen sollte, seiner Gesellschaft den Alleinvertrag für das künftige Hotel Marina zu geben.

Julia hatte erfahren, daß das Hotel ein Riesenprojekt war. Ein Mini-Tropea mit eigenem Einkaufszentrum, eigener Vergnügungsmeile und einem 18-Loch-Golfplatz würden bei Parghelia entstehen. Die ganze Gegend, alle Zwiebelfelder und sonstigen landwirtschaftlichen Flächen bis zum Hafen gehörten zum Bauvorhaben. Es war ein wahrhaft großer Brocken. Sie konnte verstehen, daß der Chef der Österreicherin so versessen darauf war, den Zuschlag zu ergattern. „Jedes Mittel ist ihm recht, stellen Sie sich vor, Julia, er hat mich sogar aufgefordert, mit Robert ins Bett zu gehen!“

Julia hatte den Kopf geschüttelt und gemurmelt: „Die Arbeitsmethoden werden auch immer brutaler.“

„Ja. Aber ich hätte es sogar gemacht, traurig, nicht wahr? Können Sie sich jetzt vorstellen, daß ich richtig sauer war, als Ulla Robert in Beschlag nahm? Blond, und dann diese überdimensionale Oberweite!“

Julia hatte genickt und auch ein wenig innerlich geschmunzelt.

„Aber ich habe gekündigt. Ich suche mir einen neuen Job, wenn ich nach Hause komme. Mein Italienisch ist recht gut, immerhin. Zugegeben, ich hätte mich schon in Robert verlieben können, er hat eine tolle Ausstrahlung.“

Die Österreicherin hatte bei den Worten geseufzt und dann gesagt, es täte ihr leid, daß sie so zickig war. Sie würde sich gern bei Ulla entschuldigen. Ob Julia ein gutes Wort für sie einlegen würde. Julia hatte genickt und es versprochen. Wie es ihre Art war, hatte sie der jungen Frau Mut zugesprochen. Natürlich brannte Julia darauf, alles Ulla zu erzählen. Daß dieses Hotel ein solches Riesending werden sollte. Alle Achtung. Jetzt verstand Julia, warum Robert überall wie ein Großmogul behandelt wurde. Vielleicht sollte Ulla versuchen, sich ihn zu angeln. Unsinn, lieber nicht, er war Julia nicht sympathischer geworden, Millionär und Charisma hin oder her.

Raphaels Stimme riß sie aus ihren Überlegungen. „Das mittelalterliche Städtchen Nicotera, welches in etwa die Einwohnerzahl von Tropea besitzt, können wir leider nicht besichtigen, weil wir zum Essen in Marina di Nicotera erwartet werden. Aber ihr könnt einen Blick auf die beginnende Altstadt werfen, und vom Strand unten kann man das Kastell und den Dom sehen. Wir fahren jetzt die Küstenstraße entlang über Joppolo – einen kleinen Ort in den Bergen –, bis wir in Nicotera sind. Robert wird uns dort verlassen. Wir danken ihm und seinem Kuratorium für das Sponsoring des heutigen Ausflugs. So, genug Deutsch gesprochen, ab jetzt möchte ich nur noch Italienisch hören.“

Die Küstenstraße wand sich um den Berg, ging in weiten Kehren mal auf, mal ab, immer mit schönen Ausblicken. Julia war trotzdem froh, als sie endlich am Ziel anlangten. Nachdem Robert ausgestiegen war, schien die Stimmung zu steigen, und alle gaben sich Mühe, je nach Kenntnisstand Italienisch zu reden. Enno lachte, und Julia stellte erleichtert fest, daß der angespannte Ausdruck aus Ullas Gesicht gewichen war, und sie lächelte.

Später beim Essen saß Ulla neben Enno, und sie unterhielten sich mit Unterstützung der Hände recht gut. Die Österreicherin gab sich alle Mühe, einfache Sätze zu formen, so daß Julia das Gefühl bekam, doch schon Italienisch sprechen zu können.

Erst am Abend hörte Julia von Ulla, was passiert war, als diese ihre Abschürfungen mit einem speziellen Heilkräutergemisch abtupfte. Julia schüttelte nur den Kopf und sagte: „Mein Gott, was für ein Urlaub!"

„Morgen fahre ich mit Enno nochmals nach Nicotera. Vielleicht treffen wir Monica dort. Ich werde bei ihrer Tochter nachfragen. Die Anschrift habe ich mir telephonisch von Commissario di Flavio geben lassen. Ich hoffe, du kommst mit."

„Sicher", sagte Julia und seufzte. Eigentlich hatte sie morgen mal einen faulen Tag einlegen wollen.

Kapitel 23: Commissario di Flavio agiert

An diesem Dienstagvormittag trudelten bei Commissario di Flavio endlich die Berichte ein. Der Obduktionsbericht von Laura, die Unterlagen vom Katasteramt, ein Bericht des Münchner Einwohnermeldeamtes und ein Schreiben einer Hebamme aus dem Ort Nicotera. Di Flavio summte zufrieden vor sich hin. Außerdem hatte Erica sich entschieden und war ohne ihn nach Mailand zu ihren Eltern gefahren. Alles lief bestens. Entspannt lehnte er sich in seinem überdimensionalen, altmodischen Bürosessel zurück. Dann zwang er sich, die Unterlagen langsam – nach und nach – anzusehen, obwohl es in ihm kribbelte. Würden sich seine Vermutungen erhärten, oder lag er falsch?

Der Commissario begann, Lauras Obduktionsbericht zu studieren. In dem fünf Seiten umfassenden Papier war wenig Vergnügliches zu lesen. Die junge Frau war an einer Teevan-Fraktur, einer Splitterfraktur der Tabula interna des Schädeldachs bei intakter Tabula externa gestorben. Die Schädelverletzung hatte also das Innere des Gehirns verletzt und so zum Tode geführt. Laura war mit ihrem Hinterkopf auf einen spitzen Stein gefallen. Er würde herausfinden, wie es dazu kommen konnte.

Di Flavio erinnerte sich an Lauras äußere Verletzungen, und ein sehr ungutes Gefühl besuchte seinen Magen, als er an den Anblick der Leiche dachte, an die ausgekratzten Augen, die abgeknabberte Nase und die tiefen Fleischwunden. Blutüberkrustet waren diese jungen Brüste, Tiere hatten ihr die Wunden nach dem Tod beigebracht, stand im Bericht. Der Abdruck eines Hundegebisses, das vermutlich von einer Dogge stammte, war auf einem Photo festgehalten. Laura war nicht schwanger und nicht mehr Jungfrau gewesen. Unter ihren Fingernägeln war ein dunkler Faden gefunden worden, der von einem glänzenden Satinstoff stammte.

Der Commissario sah den schmalen Weg bis zu der niedrigen Tunnelröhre vor sich, die eigentlich nur für starken Regen gebaut worden war, um die Gleise nicht zu unterspülen, und die heute zweckentfremdet als Fußweg zum Bahnhof benutzt wurde. Ein Trampelpfad, der auf beiden Seiten von hohem Unkraut umwuchert wurde, weil niemand für seine Pflege verantwortlich zeichnete. Nur einem Zufall war es zu verdanken, daß die tote Laura so schnell gefunden worden war: dem menschlichen Bedürfnis eines Mannes, der die Bahnhofstoilette verschlossen vorfand. Ansonsten wäre die Tote sicher erst wesentlich später entdeckt worden.

Di Flavio griff nach der Ermittlungsakte zum Unfall des Tunesiers und legte sie neben die andere, er würde sie sich nochmals ansehen. Er notierte am Rande seines Blattes: Neues Hotel (Marina) und darunter in Kreisen: Tunesier, Hundezwinger, Hunde. Mit dem ertrunkenen Marokkaner Tarif würde er sich gesondert befassen müssen.

In diesem Zusammenhang fiel di Flavio sofort der Mailänder Manager ein, der ja auch für den Hotelbau verantwortlich war. Fuhr dieser Typ nicht immer zwischen dem Hotelneubau und dem Hotel Rocca di Parghelia hin und her? Wenn er nun Laura, die zuletzt in der Kapelle gesehen wurde, im Auto mitgenommen hatte – und dann ...? Natürlich hatte er den Wagen des Managers bereits überprüfen lassen. Spuren waren nicht gefunden worden, aber angenommen, dieser Mancini hätte ein anderes Auto benutzt? Hatte Tarif eigentlich ein Auto besessen? Schließlich war er so etwas wie die Aufsichtsperson gewesen. Di Flavio schrieb auch diesen Punkt auf sein Notizpapier und zeichnete eine Verbindung zum Manager.

Vielleicht sollte er alle Wagen der Angestellten prüfen lassen. Wieder wurde ein Eintrag auf dem Papier hinzugefügt. Es füllte sich langsam mit Namen und Orten, die mit verschiedenen Kreisen und Zeichen verbunden waren. Etwas fehlte noch. Wo war das verbindende Element, das Motiv?

Unzufrieden legte di Flavio das Blatt auf den Schreibtisch. Er kramte einen Halsbonbon aus seiner Hosentasche, bevor er den Brief des Katasteramtes öffnete und sich in die Zeichnungen und Flurberichte vertiefte.

Als er eine Weile in das große Faltblatt gestarrt hatte, pfiff er. Das Gelände gehörte zu einem Teil Robert Fellner. Ein anderer Teil gehörte Monica Fellner, und ein dritter Teil – und das war der interessanteste – war eingetragen auf Sabina Esseri und deren Tochter, die jedoch nicht auffindbar sei. Ein Dokument besagte, daß, solange die Tochter noch nicht gefunden war, Monica Fellner die Verfügungsgewalt über diesen Teil des Geländes besaß. Just dieser Teil des Grundstücks besaß den Anschluß an den Strand. Ohne ihn war das Hotel nur einen Bruchteil wert.

Di Flavio sah an den beantragten Baugenehmigungen, daß Monica zwar ihre Einwilligung gegeben hatte, aber ein Vorbehalt angebracht worden war. Die Frist für diesen Vorbehalt lief Ende der Woche ab. Darum also die Bauverzögerung. Monicas endgültige Zustimmung stand noch aus. Wenn diese Ulla wirklich Sabinas Tochter war, würde sie unterzeichnen müssen, damit der Bau fortgesetzt werden konnte. Di Flavio stöhnte auf. Jetzt wurde ihm einiges klarer. Hier ging es um Geld, sehr viel Geld!

Gespannt öffnete er den Brief des Münchner Einwohnermeldeamtes und überflog die Angaben. Das Schreiben brachte keine Klärung. Mutter unbekannt, Findelkind, vom Vater adoptiert. Er legte das Schreiben beiseite und brummte: „Und dazu haben die Beamten eine Woche gebraucht. Die deutschen Behörden sind auch nicht mehr das, was sie mal waren."

Als letztes öffnete er das Schreiben der Hebamme aus Joppolo. Die Frau schrieb, daß sie vor einundvierzig Jahren heimlich eine Frau, Sabina Esseri, von einem Siebenmonatskind entbunden habe. Es handelte sich um ein gesundes Mädchen, sehr klein, sehr zart. Die Hebamme kannte die ledige Mutter und habe ihr Stillschweigen versprochen. Auf ihre Bedenken wurde ihr versichert, daß das Kind getauft werden würde und zu einer Familie in Deutschland gegeben werde.

Jetzt stand für ihn fest. Diese Ulla konnte Sabinas Tochter sein. Ein Gentest würde im Rahmen der Erbschaft sicher notwendig werden und endgültige Sicherheit bringen. Aber damit hatte er noch immer nicht den Mörder von Laura und Tarif.

Entsprach Marcello Battistellas Behauptung der Wahrheit? Lebte Tarif noch, als er ihn verließ? Wer konnte noch ein Interesse an Tarifs Tod haben? Was war mit den Hunden? Bei den untersuchten Doggen auf dem Baugelände des Marina waren keine Spuren gefunden worden. Woher kamen die Biester, die Laura so zugerichtet hatten? Warum mußte sie sterben?

Di Flavio wurde plötzlich unruhig. Warum meldete sich Monica nicht? Hatte sein Kollege sie noch immer nicht erreicht? Sie mußte doch längst in Nicotera sein.

Er trommelte mit den Fingerspitzen nervös auf seinen Schreibtisch. Fast war er jetzt versucht, sich eine Zigarette anzuzünden, wie vor zig Jahren. Irgendwo müßte noch eine verknitterte Schachtel im Schreibtisch rumgammeln. Neulich war sie ihm aufgefallen, im hintersten Winkel. Die zehn Jahre, die er nun schon Nichtraucher war, hatte sie locker auf dem Buckel. Er fand sie nicht und gab es kurze Zeit später auf, weiterzusuchen. Statt dessen wickelte er noch einen Halsbonbon aus dem Papier.

Monica gehörte zu einem lange zurückliegenden Kapitel seines Lebens, an das er nur noch selten dachte. Wenn einmal ein Gedanke an diese frühe Zeit seines Lebens aufblitzte, dann nur, weil Erica zu sehr rummotzte und ihm einfiel, daß die gescheiterte Beziehung zu Monica der Grund war, daß er damals nach Mailand ging und Erica kennenlernte.

Di Flavio lehnte sich zurück. Als ihm jetzt die schönen Dinge jener Zeit mit Monica in den Sinn kamen, summte er eine Melodie vor sich hin. Er sah sie im Garten vor sich herlaufen, lachen, ihre blonden Haare vom Wind zerzaust. Erinnerte sich, daß sie nach Oleander und Himbeeren dufteten, ihre gebräunte Haut sich weich anfühlte, und daran, wie sie ihn neckte, weil er unbeholfen Deutsch sprach, und wie liebevoll melodisch sie mit ihrer dunklen Stimme seinen Namen, Valentino, rief.

Er seufzte und klappte die Lade des Erinnerungskästchens zu. Ihm fiel ein, daß das Alibi dieses Mailänder Managers mehr als dürftig klang. Er würde diesen Manager nochmals aufsuchen. Di Flavio wollte gerade aufstehen, als das Telephon läutete. „Di Flavio, pronto!“ bellte er in den Hörer, um gleich darauf seine Stimme auf ein Normalmaß zurückzufahren. „Nicotera? ... Hochwürden Castellani? Ja, ich verstehe. Monica war gestern bei Ihnen? Wann? ... Bene ... Am Vormittag? ... Si, Si, Danke für den Anruf, Hochwürden! ... Richtig, grazie!“

Also war Monica in Nicotera angekommen. Sie wußte inzwischen, daß Laura ermordet worden war. Er kramte in seinem Notizbuch, dann wählte er eine neue Nummer. „Hallo Louisa, hier ist Commissario di Flavio. Ist Monica bei Ihnen? ... Ich verstehe, sie ist in der Stadt. Bitte sagen Sie ihr, Sie möchte mich anrufen. Grazie ... Aha, sie wollte mich ohnehin anrufen? Verstehe, also dann, ciao, cordiali saluti a Monica.“

Der Commissario verschloß alle Unterlagen in seinem Schreibtisch. Er griff nach seinem dunkelblauen Pullover und legte ihn sich über die Schultern. Heute war er mit einem kurzärmligen Sportshirt bekleidet, das in – so Erica – der neuesten Modefarbe Orange leuchtete. Er fühlte sich darin unbehaglich, obgleich es sich zu der dunkelblauen Sporthose nicht schlecht machte. Di Flavio fand, es betonte seine Rundlichkeit in der Mitte des Leibes zu auffällig und beschloß, es heute abend unauffällig verschwinden zu lassen. Erica wollte ihn jugendlicher, als er war. Ihre Anspielungen gefielen ihm ebensowenig wie die Farbe des Hemdes. Ob es ihr gefallen würde, wenn er bei allen Freunden und Bekannten sagen würde: „Erica kommt in die Jahre, für dreiundfünfzig hat sie zwar noch eine ganz schöne Figur, aber nur mit den entsprechenden Unterstützungen, ha, ha ..."

Sie würde ihn auf der Stelle ermorden. Er lachte bei dem Gedanken und überlegte, mit welcher Methode sie es wohl anstellen würde, als er auf die Piazza Ercole trat. Er lenkte seine Schritte Richtung Markt, wo sein Auto stand. Er würde zum Hotel Rocca di Parghelia fahren und sich den Mailänder vorknöpfen.

Als er mit seinem Wagen die kleine Straße langsam entlangrollte und an der Hotelbaustelle vorbeifuhr, sah er dort einen Wagen stehen. Ein großes Fahrzeug, völlig abgedunkelt. Außer Sichtweite hielt er kurze Zeit später an, griff nach seinem Handy und rief einen Kollegen bei der Flughafenpolizei an.

„Luighi, wie geht's? Ich habe eine Bitte. Könnten Sie mir die Passagierliste des heutigen Fluges aus Berlin durchfaxen?"

„Ah, Kollege di Flavio! Ist es wirklich dringend? Ist Gefahr im Verzug? Wir haben hier im Augenblick ganz schön zu tun!" hörte er den Kollegen sagen.

„Bitte, es ist sehr wichtig. Ich habe zwei Morde und einen Unfall aufzuklären und Zeugen, die bald wieder verschwinden!"

Der Kollege zögerte, um nach einer Weile zu antworten: „Tut mir leid, ich kann mich erst morgen darum kümmern, Kollege di Flavio!"

„Si, si", brummte der Commissario in die Muschel, „dann morgen!" und beendete das Gespräch, um gleich darauf eine andere Nummer zu wählen. „Hallo Claudia, hier di Flavio. Ich brauche deine Hilfe. Kannst du mir kurz die Namen der Passagiere aus Berlin vorlesen? Warte, ich grenze es ein: War ein Klaus Weidner in der Maschine?"

„Einen Augenblick – ein Klaus Weidner ist heute morgen aus Rom angekommen, er ist für Sonntagabend auf der Touristenmaschine über München für den Rückflug gebucht. Hilft dir das weiter?"

„Du bist ein Schatz und hast einen Wunsch frei, wenn du in Tropea bist.“

Er hörte Claudia lachen: „Jetzt kommen schon fünf oder sechs Flaschen Schampus zusammen, das wird teuer, mein Lieber! Laß dich mal hier sehen. Okay, Ciao.“

Also war Klaus Weidner, der Rechtsanwalt und Freund von Robert Fellner, auf der Baustelle. Robert brauchte offensichtlich Verstärkung. Oder hatte jemand von der ehrenwerten Gesellschaft Weidner herbeordert? Nach dem Gespräch mit dem Kollegen war zu vermuten, daß so etwas dahintersteckte. Sicher wäre dieser sonst hilfsbereiter gewesen.

Der Unfall mit dem Tunesier – der Mann lag noch immer im Koma – machte dem Konsortium anscheinend zu schaffen. Sie hatten sich mit den Russen, die seit einiger Zeit dort arbeiteten, ein Eigentor geschossen. Die Clique wollte die anderen Arbeiter aus dem Bau raushaben. Sie wollen alle Posten für ihre Leute, vermutete di Flavio. Er nahm an, daß bei dem Sturz des Tunesiers vom Baugerüst sicher jemand nachgeholfen hatte. Das Gesicht des tunesischen Bauarbeiters war vorher schon bei einer Schlägerei verunstaltet worden. Er sei ein Hitzkopf gewesen, hatte Tarif damals ausgesagt und ihm außerdem zugeflüstert, daß er Spielschulden bei den Russen hatte.

Wenn der Dolmetscher nächste Woche kam, würde er sich die Russen vorknöpfen, und bis dahin würde er auch die Unterlagen von der Fremdenpolizei und der Arbeitsbehörde aus Cozensa vorliegen haben und zusammen mit einigen Kollegen die Baustelle einmal richtig unter die Lupe nehmen. Er sollte auch die Vergabestelle von EU-Fördergeldern einschalten, vielleicht lag auch hier einiges im Argen. Wenn er allerdings mit seiner Vermutung bezüglich des Zögerns des Kollegen am Flughafen richtig lag, würde wohl eher nichts geschehen. Aber das war dann nicht mehr sein Ressort, sollten sich die Kollegen damit abquälen. Er könnte einen verdeckten Tip an eine bestimmte Person weiterleiten, überlegte er kurz, schrieb davon aber nichts auf seinen Zettel. Wenn, müßte er sehr vorsichtig agieren. Die Sache eilte nicht, erst mußten die Morde an Laura und Tarif geklärt werden.

Den Mailänder würde er jetzt jedenfalls nicht antreffen, so viel war sicher. Aber di Flavio lenkte seinen Fiat trotzdem zum Hotelparkplatz. Vielleicht traf er diese Ostners am Swimmingpool. Herr Ostner würde sicher etwas über Fellner ausplaudern, er brüstete sich doch so mit dessen Bekanntschaft.

Di Flavio stellte sein Fahrzeug auf dem Hotelparkplatz ab, ging durch das offene Tor und ein Stück den Weg neben den Häusern hinunter Richtung Meer. Die Poolanlage war erst vor einiger Zeit im Zuge der Renovierung der Appartementanlage neu gebaut worden. Noch waren nur die ersten beiden Reihen der Blöcke erneuert worden, man sah es an den Fenstern. Der Swimmingpool jedenfalls war eine Bereicherung. Er lag auf einer großen Terrasse weit oberhalb des Felsenstrandes und bot einen phantastischen Blick auf das Meer.

Obwohl es nicht sonderlich heiß war, sondern die Temperatur eher im moderaten Bereich um die zwanzig Grad lag, waren die Liegen am Pool gut belegt. Die meisten Touristen lasen, einige dösten vor sich hin, ein paar Kleinkinder planschten in dem Kinderbecken, um das die Mütter herumsaßen. Eine friedliche Idylle. Der Commissario entdeckte das Ehepaar, das er suchte, hinter dem Pool bei den Tischen, die zur Poolbar gehörten. „Guten Tag, Frau Ostner, Herr Ostner. Darf ich mich zu Ihnen setzen? Sie wissen noch wer ich bin, oder möchten Sie meinen Ausweis sehen?" fragte er, als er zu ihnen trat.

„Der Commissario höchstpersönlich, was verschafft uns diese Ehre? Ist noch ein Mord geschehen?" ertönte die durchdringende Stimme von Herrn Ostner, so daß einige der an den anderen Tischen Sitzenden neugierig zu ihnen herüberschauten.

„Nein, zum Glück nicht, der Tod der jungen Frau beschäftigt mich bereits genug", antwortete di Flavio launig, um keine Amtsstimmung aufkommen zu lassen, sondern um bei einem lockeren Plauderton bleiben zu können. „Ich kam gerade hier vorbei, da dachte ich, ich schaue mir das Hotel einmal näher an. Es freut mich, Sie hier anzutreffen. Bitte überlegen Sie noch einmal, ob Sie etwas bemerkt haben, was uns helfen könnte. Sie sagten, erinnere ich mich, daß Sie etwa viertel vor neun an dem Abend aus dem Speisesaal kamen und sich die Beine noch auf dem Parkplatz vertraten."

„Ja, aber wir haben nichts gesehen!" behauptete Frau Ostner eilig und schickte einen eindringlichen Blick zu ihrem Mann.

„Meine Frau hat recht! Wir haben absolut nichts gesehen, es war alles ruhig!" beeilte der sich zu sagen.

„Ist auf der Straße ein Auto entlanggefahren, war viel Verkehr oder wenig? Sie müßten doch die Scheinwerfer gesehen haben."

„Wenn ich mich recht erinnere, waren keine Fahrzeuge zu sehen, bis auf eines. Ja, an einen Scheinwerfer kann ich mich erinnern!"

„Ist das Auto aus Tropea gekommen, oder fuhr es in Richtung Tropea?" hakte di Flavio nach.

„Kannst du dich erinnern, Gisela?"

„Ich glaube, es fuhr nach Tropea!" antwortete die Frau.

„Herr Ostner, Sie haben doch einen Mietwagen für die Zeit ihres Urlaubs gebucht. Stand Ihr Auto an dem Abend auf dem Parkplatz des Hotels Rocca di Parghelia? Es wäre nett, wenn Sie mir die Stelle zeigen könnten!" sagte der Commissario und stand auf.

Der Mann erhob sich, Frau Ostner wollte ebenfalls aufstehen. „Laß mal, Gisela, ich geh schon allein. Der Commissario wird mir den Kopf ja nicht abreißen, oder?"

„Es dauert nur ein paar Minuten, dann ist Ihr Mann wieder bei Ihnen, Frau Ostner, keine Angst. Auf Wiedersehen!" Di Flavio ging neben Herrn Ostner her den Weg hinauf zum Parkplatz. Er ließ Ostner reden. Wie erwartet, erfuhr der Commissario einige Details über Fellner, die er nicht kannte.

„Dort steht mein Mietwagen!" Herr Ostner zeigte auf einen silberfarbenen Nissan Micra. „Wenn ich mich recht erinnere, stand er an dem Abend am gleichen Platz. Wir haben, glaube ich, an diesem Tag einen Ausflug zum Capo Vaticano gemacht. Aber da hätten Sie lieber meine Frau fragen sollen, sie führt ein Reisetagebuch über unsere Aktivitäten."

„Okay, Herr Ostner, wenn es notwendig sein sollte, weiß ich, an wen ich mich wende!" lachte di Flavio, „danke, und auf Wiedersehen!"

Als di Flavio wieder allein war, griff er zu seinem Handy und rief die Mietwagenfirma an, die er an dem Nummernschild ausgemacht hatte. Nach kurzer Zeit hatte er die Dame im Büro der Firma davon überzeugt, daß Herr Ostner noch heute nachmittag einen neuen Mietwagen geliefert bekam, und daß das jetzt auf dem Parkplatz des Hotels stehende Fahrzeug zur Spurensicherung überführt wurde.

Er schaute auf die Uhr, es war jetzt fast drei. Monica hatte sich noch nicht gemeldet. Er würde sie nachher nochmals anrufen. Einem Impuls folgend, ging er über die Überlandstraße und lief die etwa zweihundert Meter, bis er den Trampelpfad zur kleinen Unterführung erreichte. Der Pfad war noch etwas glitschig vom Regen gestern. Sein Blick streifte die Reste der Markierungen, die noch sichtbar waren. Wieder beschlich ihn ein Gefühl der Trauer und des Bedauerns. Er klopfte sich die Hosenbeine sauber, als er oben beim Bahnhof anlangte. Di Flavio wußte, daß jetzt kein Zug kommen würde, aber der Bus – kam der nicht um diese Zeit?

Von der Straße her hörte er tatsächlich das Brummen eines Fahrzeuges. Di Flavio beeilte sich, vor den Bahnhof zu gelangen. Aus irgendeinem Grund hoffte er, daß Monica vielleicht mit dem Bus zurückkommen würde. Aus einiger Entfernung stellte er enttäuscht fest, daß Monica nicht ausstieg. Nur Isabella, die Schwester des jungen Wirtes des Quo Vadis, verließ den Bus und wandte sich in Richtung Lokal. Sie trug eine schwarze Hose, eine weiße Bluse und eine Satinweste, schwarz mit weißen Streifen. Pfeifend ging der Commissario zurück zum Parkplatz des Hotels Rocca di Parghelia.

Kapitel 24: Robert gerät in Bedrängnis

Als Robert in Nicotera aus dem Bus der Sprachschule ausstieg, zeigte seine Armbanduhr ihm 14.10. Er pfiff entspannt vor sich hin. Rechtsanwalt Umberto hatte ihn telephonisch gebeten, vorbeizukommen. „Monica hat sich endlich entschieden.“ Also doch, dachte Robert zufrieden. Kurze Zeit später saß er in den Räumen des Rechtsanwalts, und seine heitere Miene verdüsterte sich.

„Monica ist einverstanden mit dem Verkauf ihres Grundstücks, das Geld dafür soll an ihre Tochter gehen. Sie hat allerdings noch nicht unterzeichnet. Das möchte sie mit Ihnen persönlich abmachen. Sie möchte Sie am Freitagabend um 18 Uhr bei der Kapelle Maria dell'Isola treffen. Beim Kreuz im Park. Die Papiere habe ich vorbereitet und gebe Sie Ihnen mit. Monica hat die Einwilligung für die Bebauung des anderen Grundstücks, das Sabina gehörte, zurückgezogen. Diese müßte jetzt, nach dem Auftauchen von Sabinas Tochter, von jener eingeholt werden. Sie sollten sich mit dieser Ulla einigen, meinte Monica. Ich gebe Ihnen die Anschrift des Hotels, in dem sich Ulla Hönig aufhält und auch ihre Anschrift in München. Ich würde dieses Anschreiben auch gern für Sie erledigen. Von Ulla Hönig müßte auch noch eine Abstammungsurkunde vorgelegt werden. Natürlich wird sich der Bau dadurch noch weiter verzögern, aber ...“

„Nicht nötig, ich kümmere mich darum“, erwiderte Robert knapp.

Nachdem er die Papiere in den Händen hatte, ging er, ohne sich weiter mit langen Höflichkeiten aufzuhalten. Vor der Tür erreichte ihn ein Telephonanruf, der ihn informierte, daß Klaus Weidner eingetroffen war, und daß man ihn umgehend in Parghelia erwarte. Unwirsch klappte er sein Handy zusammen und machte sich auf den Weg, um ein Taxi zu finden, das ihn zurückbrachte.

Eine gute Stunde später saß Robert zusammen mit dem Hotelmanager Mancini und Klaus Weidner in einem Besprechungszimmer des Hotels Rocca di Parghelia. Er war schlecht gelaunt. Weidners Auftauchen paßte ihm nicht. Dann überlegte er, daß es unter Umständen hilfreich wäre, wenn Weidner als Rechtsanwalt dabei war, wenn er den Manager feuerte. Denn das hatten seine Partner gefordert, die er gestern aufgesucht hatte. Mancini war für sie derjenige, der unfähig war, die Geschäfte ohne Aufsehen zu regeln. Am liebsten hätte man ihn gefeuert, aber von ihm erwartete man erst einmal, daß er bis Ende der Woche die Grundstücksangelegenheiten regelte.

„Möchten Sie einen Grappa oder einen Espresso, Signor Fellner?“ fragte ihn Mancini, nachdem das Abendessen abgetragen worden war, und goß, als Robert auf den Grappa zeigte, aus der Flasche ein.

Robert nippte daran, sein Blick schweifte über die Appartementhäuser des Hotels, bevor er sich wieder auf die Gesprächsrunde im Raum konzentrierte. Er sah, daß Weidner sich bereits das zweite Glas nachschenken ließ, und er beobachtete das überhebliche Lächeln des Angestellten dabei. Ihm kamen Bedenken, ob die Entscheidung, Mancini zu feuern, klug war. Er beschloß, damit zu warten und ihn vorerst für sich einzuspannen.

„Signor Mancini“, begann er, „der Unfall des Tunesiers, der Mord an dieser jungen Laura und der Tod unseres Vorarbeiters Tarif haben sehr viel Staub aufgewirbelt. Das schadet unserem Großprojekt. Sie sind mir hier für alles verantwortlich ...“

Er wurde von dem lautstarken Protest des Managers unterbrochen. „Der Tod dieser jungen Frau geschah nicht in unserem Areal, und was der Marokkaner Tarif in seiner Freizeit anstellt, können wir nicht überwachen. Er war nun einmal ein Schürzenjäger. Vielleicht hat ihn ein eifersüchtiger Ehemann auf dem Gewissen, was weiß ich. Der tunesische Bauarbeiter, gut, das war unser Problem. Ich habe mit den russischen Kollegen gesprochen und ihnen unmißverständlich klargemacht, daß solche Sachen nicht mehr geduldet werden.“

Weidner äußerte sich nicht. Robert war froh, daß er sich nicht einmischte. „Das Konsortium hat überlegt, ob wir Sie ihrer Stellung entheben, Signor Mancini, ich sage Ihnen dies ganz offen.“ Robert legte eine kleine Pause ein und beobachtete den Mann. Mancinis gebräuntes, glattrasiertes Gesicht nahm eine graue Farbe an. Er senkte den Kopf, und seine Finger begannen, mit einer auf dem Tisch liegengebliebenen Gabel zu spielen. Nach einer Weile blickte er hoch. Robert sah in Mancinis Augen ein verschlagenes Lächeln aufblühen, das bald in seine Mundwinkel einzog. Robert registrierte es verwundert. Er schaute zu Weidner hinüber. Doch sein Freund beschäftigte sich betont intensiv mit einem vermeintlichen Stäubchen auf seiner dunklen Kammgarnhose.

Mit einemmal wurde Robert klar, warum Weidner hier war. Es ging um die Fördermittel – Weidner machte mit Mancini gemeinsame Sache. Sie würden ihn über die Klinge springen lassen, wenn es darauf ankam. Ihm fielen Weidners Ausflüchte in der letzten Zeit ein, sein unverbindlicher Blick, seine betonte Munterkeit: „Wir kriegen das schon in den Griff, Robert, keine Angst, überlaß das nur mir.“

Robert überlegte. Er hatte noch einen Trumpf im Ärmel. Die Vergabe der Lizenzen für die Lokale lag in seiner Hand, hier war er der Boß. Er beschloß, dem Mailänder auf den Zahn fühlen. Sicher rechnete sich dieser etwas aus. „Sagen Sie, Herr Mancini, wie sieht es eigentlich mit der Restaurantlizenz aus? Wir müssen langsam darüber nachdenken, wen wir damit betrauen können. Schließlich ist die Küche das Kernstück eines Clubhotels, und unsere High-class-Gäste sind verwöhnt. Sind die Ausschreibungen schon rausgegangen?“ Robert wußte nur zu genau, daß nichts in dieser Richtung unternommen worden war. Er griff nach seinem Glas und trank einen Schluck Wasser.

Wie erwartete, grinste Mancini verstohlen. Er hatte mitbekommen, daß Robert einschwenkte. Weidner war inzwischen beim vierten Grappa angelangt und saß ziemlich abgestumpft in seinem Stuhl.

„Sag mal, Klaus, könntest du dir nicht mal die Papiere von Rechtsanwalt Umberto ansehen? Ich bin sicher, Signor Mancini kann dir einen ruhigen Raum besorgen. Oder willst du sie mit in dein Zimmer nehmen? Ich komme dann nachher bei dir vorbei und hole sie mir ab.“

Weidner brummelte vor sich hin, nahm dann widerwillig die Mappe, die Robert ihm hinhielt, und verließ den Raum. Robert drückte ihm noch die halbvolle Flasche mit dem Grappa in die Hand mit der Bemerkung: „Damit wir nachher noch einen heben können.“

Mancinis Grinsen verstärkte sich. Er sagte nichts, sondern schaute Robert nur an, als die Tür hinter Weidner ins Schloß fiel.

„Signor Mancini, ich vertraue darauf, daß Sie die Schwierigkeiten, die bei dem Hotelneubau des Marina aufgetreten sind, in den Griff bekommen. Sie verstehen sicher, daß ich mir bei meiner Position in Berlin nicht im entferntesten erlauben kann, damit in Zusammenhang gebracht zu werden.“

Mancini nickte. „Signor Fellner, ich verspreche, daß die Angelegenheit schnellstens vom Tisch kommt. Ich habe meine Verbindungen schon aktiviert.“ Er hüstelte. „Wenn dieser Commissario nur nicht so hartnäckig wäre. Der Kerl geht uns allen hier gehörig auf die Nerven. Könnten wir nicht jemanden von Rang und Namen bitten, den Commissario darauf hinzuweisen, wie wichtig Großbauprojekte für die Region sind?“

Robert mußte lächeln: „Die Mühe können wir uns sparen, di Flavio ist ein harter Brocken. Es ist besser, Sie stellen ihm die Unterlagen so zusammen, daß es keine Beanstandungen gibt!“

„Habe ich ja, sehen Sie: der Unfall des Tunesiers. Der russische Bauarbeiter, der mit ihm Streit hatte, ist in seine Heimat zurückgeschickt worden. Aber Sie wollten über die Vergabe der Restaurantlizenz sprechen, wenn ich Sie richtig verstanden habe.“

Robert kicherte in sich hinein. Er hatte den Fisch an der Angel.

„Isabella – meine Verlobte – leitet zur Zeit das Restaurant Quo Vadis in Parghelia. Ich stelle mir vor, mit ihr zusammen das neue Restaurant und die Bar zu übernehmen. Isabella ist ausgesprochen tüchtig und talentiert. Sie hat in den besten Häusern in Mailand und Rom gearbeitet. Ihr Talent verkümmert jetzt in diesem einfachen Restaurant ihres Bruders. Ich bin zuversichtlich. Sie werden die Wahl nicht bereuen. Natürlich haben wir verschiedene Angebote, aber wir würden gern hier in Tropea bleiben, Sie verstehen, auch wegen Isabellas Bruder.“

Mancini brachte seine Worte selbstbewußt vor. Robert war erleichtert, er wußte nun, womit er den Manager ködern konnte. Das Restaurant würde gute Gewinne abwerfen. Mancinis Verlobte also. Nun gut, man würde sehen. Robert schaute zu Mancini hinüber, ohne gleich zu antworten. Ihm war klar, der Manager wußte mehr, als gut war. Er fluchte über Weidner. Dieser Suffkopf. Welche Unterlagen hatte Weidner Mancini gegeben, die diesen nichts angingen? Voller Unbehagen überlegte er, ob Weidner Mancini dazu benutzt hatte, die Ausfuhrpapiere für die Spezialitäten nach Libyen in Italien abzusegnen, die er Weidner mit seinen Beziehungen zu allen Regierungsstellen in Deutschland besorgt hatte. Das wäre fatal. Er würde sich Klaus nachher vornehmen, falls er noch ansprechbar war, sonst morgen früh.

„Wir werden Sie und ihre Verlobte natürlich bevorzugt einbeziehen. Ich werde mein Möglichstes tun, um ihre Bewerbung zu unterstützen. Jetzt müssen wir erst einmal schauen, daß wir wieder Ruhe in den Betrieb bekommen, nicht wahr, Herr Mancini?“ Robert war aufgestanden und klopfte bei diesen Worten dem Manager auf die Schulter. „Ich gehe jetzt schlafen.“

„Va bene, gut, ich bin sicher, Sie werden sich die Angelegenheit überlegen, weil es immer gut ist, die richtigen Menschen am richtigen Platz zu wissen.“

Jetzt war Robert sicher, daß dieser Mancini ihn erpressen konnte. Er stöhnte innerlich. Noch eine Front, an der er kämpfen mußte, war unerträglich. Er zwang sich, einen kühlen Kopf zu behalten. Wichtig waren jetzt Monica und Ulla. „Gut, gut, sprechen wir morgen nochmals darüber, wenn die Dame so erstklassig ist, wie Sie sagen, dann ... Buona notte, Signor Mancini.“

Robert verließ den Raum und ging den Weg hinunter zu seinem Appartement. Als er Herrn Ostner in einiger Entfernung sah, bog er ab und wählte einen kleinen Umweg. Aber er hatte sich verrechnet. Ostner hatte ihn bereits gesehen.

„Fellner, na, noch auf einen Drink in die Poolbar unterwegs? Ist ja jetzt auch am Abend offen“, überfiel ihn Ostners polternde Stimme.

„Hallo Herr Ostner. Wie geht es Ihnen und Ihrer Frau Gemahlin?“

Ostner prustete los: „Alles paletti, Fellner. Was ich Ihnen schon immer sagen wollte, Ihre Reden für die Zahnärzte, Klasse, Mann.“

Robert lächelte sein übliches Lächeln für solche Begebenheiten. Er überlegte, wie er den Mann schnell wieder loswerden könnte, während er sagte: „Schön, Sie zu treffen. Wie gefällt es Ihnen in Kalabrien? Eine herrliche Landschaft, nicht wahr?“

„Ja, ist ganz schön hier, aber ...“, setzte Ostner an, und diese kleine Pause nutzte Robert geschickt, um einzuwerfen: „Das Hotel könnte noch komfortabler sein, mehr Service, besseres Essen, nicht wahr, mein Freund?“ Dabei haute er Ostner kumpelhaft auf die Schulter.

„Ja, Sie sagen es!“

„Wird schon, bald gibt es das neue Hotel. Aber ich muß jetzt weiter, bin verabredet. Gruß an die Frau Gemahlin.“ Damit ließ er Ostner stehen und eilte davon. Nach der nächsten Ecke bog er einfach ab und wartete einen Moment, bis er Minuten später Ostner Richtung Swimmingpool trotten sah. „Der fehlte mir noch!“ kicherte er in sich hinein. Der Vorfall hob seine schlechte Laune auf ein erträglicheres Niveau.

Als er zu Weidner ins Zimmer trat, sah er, daß dieser schlafend im Bett lag. Die Flasche mit dem Grappa war leer. Robert lächelte, als er sein Zimmer aufsuchte. Morgen früh würde er Weidner zum Flughafen bringen und in die nächste Maschine zurück nach Berlin setzen. Er konnte ihn wahrlich überhaupt nicht gebrauchen, bis er seine Sache erledigt hatte. Mancini würde er noch einen vagen Brocken hinwerfen, dann hatte er erst einmal freie Hand. Danach würde man sehen.

Jetzt erinnerte er sich an diese Isabella. Er hatte sie bei der Grundsteinlegung kennengelernt, eine überaus schlanke, große, dunkelhaarige Frau. Der harte Ausdruck in ihren schwarzen Augen war ihm aufgefallen und die Ähnlichkeit mit ihrem Bruder, Marcello Bastistella, Lauras Verlobten.

Kapitel 25: Eine unruhige Nacht

Julia konnte in der Nacht von Dienstag auf Mittwoch nicht schlafen. Unruhig wälzte sie sich von einer Seite zur anderen. Ob es Ulla ähnlich erging? Irgend etwas lief ganz gehörig schief in diesem Urlaub. Nun ja, bis Sonntag noch, dann würden sie wieder in ihre gewohnten Bahnen zurückkehren können. Julia ging zur Toilette und bemerkte, daß bei Ulla noch Licht brannte, also klopfte sie kurzerhand an ihre Tür. „Kannst du auch nicht schlafen?“ fragte sie Ulla. Die Freundin saß aufrecht in ihrem Bett, ein Buch neben sich.

„Ich kann nicht einmal lesen, irgendwie habe ich ein komisches Gefühl. Einerseits bin ich aufgeregt und möchte nachforschen, andererseits habe ich Angst, etwas zu entdecken, was mir wehtun könnte. Ich kann es mir nicht erklären. Jahrelang hat mich der Gedanke an meine Mutter beschäftigt. Ich wollte unbedingt wissen, wie sie war, wer sie war. Aber dann irgendwann habe ich mich damit abgefunden, es nicht zu wissen.“

„Stimmt, du hast immer nur von deinem Vater gesprochen.“

„Ich weiß fast nichts über sie. Einmal konnte ich meinem Vater entlokken, daß sie dunkle Haare hatte, ein anderes Mal, daß ich ihr ähnlich sehe. Ich glaube, sie hat ihn nicht gut behandelt, ihn verlassen, und seine Bitterkeit darüber habe ich zu spüren bekommen. Als ich vierzehn oder fünfzehn war, sagte er häufig: ‚Werde nur nicht wie deine Mutter!‘ Wenn ich ihn dann schnippisch fragte: ‚Wie war sie denn?‘, verschloß sich sein Gesicht. Er lenkte ab, sagte: ‚Sieh zu, daß deine Noten in der Schule besser werden‘, oder er verließ wortlos den Raum, und meine Fragen blieben in der Luft hängen. Ich fragte ihn, wie ich wissen sollte, wie ich nicht werden sollte, wenn ich nicht wußte, wie meine Mutter war. Das habe ich ihm dann später auch an den Kopf geworfen, aber er rückte trotzdem mit keinem Sterbenswörtchen damit heraus. Meine Mutter blieb für mich ein großes Geheimnis.“ Ulla seufzte.

„Und hast du keine Unterlagen über sie gefunden, nachdem dein Vater gestorben war?“ fragte Julia.

„Nein. In meinen Geburtsunterlagen wurde ich als Kind ohne Eltern eingetragen. Mein Vater hat mich adoptiert. Aber immerhin, so viel habe ich ihm entlockt, daß ich sein Kind war und es eine Mutter gab, mit der mein Vater ein oder zwei Jahre zusammenlebte, bevor ich geboren wurde und ganz kurz danach ...“, sagte Ulla mit einer etwas belegten Stimme.

„Vielleicht finden wir morgen in Nicotera etwas über deine Vergangenheit heraus, warten wir es ab. Wann holt uns Enno ab? Um zehn Uhr?“

„Mmhm, ja. Ich überlege die ganze Zeit, ob Robert mich gestoßen haben könnte. Er war so schnell vor Ort.“

„Raphael kam später zum Bus, vielleicht war er es, aber aus welchem Grund?“ Julia setzte sich zu der Freundin auf das Bett. „Ist Enno denn vertrauenswürdig? Nach den ganzen Geschehnissen bin ich im Zweifel. Hast du den Commissario gefragt?“

„Ja, er hat gemeint, mit Enno könnten wir fahren. Ich soll ihm berichten, was ich herausfinde. Enno spricht übrigens ganz gut Deutsch.“

„Na, ein Glück“, Julia schmunzelte, „aber denke an die männlichen problemi. Hast du mit Erik inzwischen gesprochen? Vielleicht kann er mal nachsehen, ob auf den alten Photos zufällig Tropea auftaucht?“

„Ach, laß Erik außen vor, er hat sich mit dem Brief neulich dermaßen angestellt. Ich weiß immer noch nicht, worum es geht. Und er oder Dennis wollten mich anrufen, wenn die Maklerin sich meldet, wegen der Wohnung in Teneriffa, aber bislang habe ich von beiden nichts gehört, obwohl ich sie gebeten hatte, sich darum zu kümmern.“

„Jedenfalls bin ich gespannt, ob du die Spuren deiner Vergangenheit findest“, meinte Julia besänftigend, „ist richtig spannend. Irgendwie komisch, wir sind doch nur hergekommen, um Italienisch zu lernen. Ich habe auch eine Vergangenheit hier, stell dir vor.“ Julia erzählte Ulla von der Nacht damals auf dem Zeltplatz.

„Vielleicht hat die Frau eine Tochter von Bernd. Wer weiß?“

„Du hättest gern eine Tochter, stimmt’s?“

„Mmhm, ja, manchmal. Darum spiele ich bei dir ab und an Mutter.“

Ulla lachte: „Aha.“

„Ich glaube, wir sollten schlafen. Morgen ist auch noch ein Tag. Also träum schön.“ Julia drückte Ullas Hand. Sie lächelte.

Ullas Vokabelheft

Mercoledi	Mittwoch
traccia	Spur
somigliare	aussehen wie
È lontano?	Ist es weit?
il problema	das Problem
virile	männlich
notte	Nacht
stanotte	heute nacht
di notte	in der Nacht, bei Nacht
Sono preoccupata per ...	Ich bin unruhig wegen (wbl.)
Sono eccitata	Ich bin aufgeregt (wbl.)
eccitare	aufregen
agitarsi	sich aufregen
arrabbiarsi con qualcuno	sich über jemanden aufregen
Che pasticcio!	So ein Mist!
Che ne dice?	Was sagen Sie dazu?
a dire il vero	um die Wahrheit zu sagen
dico	ich sage
ha detto	er hat gesagt
morire	sterben
per anni	viele Jahre lang
a tre anni	im Alter von drei Jahren
un anno fa	vor einem Jahr
la fonte battesimale	das Taufbecken
porta	Tor
neonata, neonato	Baby
incertezza	Zweifel

Kapitel 26: Ulla auf den Spuren ihrer Mutter

Ulla wachte am Mittwoch mit sehr gemischten Gefühlen auf. Sie glühte am ganzen Körper und kam sich vor, als wäre sie mehrere Stunden wie ein Wäschestück in einem Heißlufttrockner umhergewirbelt worden. Ihre Kehle war ausgetrocknet, und sie langte als erstes nach der neben dem Bett stehenden Wasserflasche. Die Flüssigkeitsaufnahme führte sofort dazu, daß sie schwitzte. Dabei war der Schlafraum angenehm temperiert. Als sie zu frösteln begann, prüfte sie, ob sie Fieber hatte. Ihre Stirn war kühl. Sie war aufgeregt, wahnsinnig aufgeregt.

Im nächsten Monat würde sie einundvierzig Jahre alt werden. Einundvierzig Jahre, ohne zu wissen, wer ihre Mutter war. Anders als ihr Sohn Dennis, der vor achtzehn Jahren geboren wurde. Ulla schmunzelte. Dennis war erwachsen geworden, seit er bei der freiwilligen Feuerwehr Anschluß fand. Er verstand nicht, daß sie sich auch weiterhin Sorgen um ihn machte. Noch in diesem Jahr würde er sein Abitur machen, dann studieren, dann ... Sie seufzte. Ihr war bewußt, daß Loslassen bei Kindern dazugehörte. An das Ende ihrer Ehe mit Erik dachte sie lieber nicht.

Vielleicht wäre alles anders gekommen, wenn eine Mutter für sie dagewesen wäre. Und jetzt? Ulla stellte sich vor, eine völlig fremde Frau würde vor ihr stehen und sagen: „Ich bin deine Mutter." Wie würde sie reagieren? Wäre sie glücklich darüber? War die Ähnlichkeit mit dieser Sabina so frappierend, wie Monica behauptete? Würde es sie erschrecken zu erkennen, wie sie in zwanzig Jahren vielleicht aussehen würde?

Aber sie verlor sich in Träumereien. Sabina war seit vielen Jahren tot. Wenn sie ihre Mutter wäre, würde sie eine Mutter gewinnen, um sie gleich wieder zu verlieren. Es war paradox. Sie wischte alle Gedanken an ihre Abstammung beiseite und stand auf. Als sie zur Dusche wanderte, rief sie sich Ennos schmale, kräftige Hände ins Gedächtnis. Die Hitze in ihrem Körper bekam einen weiteren Schub verpaßt. Sie schaute aus dem Fenster. Die Kirche Maria dell'Isola glänzte im Morgenlicht. Julia saß auf der Terrasse und las. „Morgen Julia", rief Ulla ihr zu, „ich verschwinde im Bad, okay?"

„Morgen Ulla, ausgeschlafen trotz der kurzen Nacht?"

„Geht so, bin ziemlich aufgeregt."

Ulla streifte ihren Schlafanzug ab und stellte das Wasser an. Sie brummte wohlig vor sich hin. Das lauwarme Naß kühlte ihre Körpertemperatur herunter. Als sie das Bad verließ, fühlte sie sich frischer. In ihrem

Zimmer griff sie nach dem rosa Rock und dem passenden Oberteil, dabei hatte sie einen Schlager auf den Lippen.

Julia steckte den Kopf ins Zimmer und stieß einen Pfiff aus: „Himmel! Du willst es heute wohl wissen? Siehst lecker aus, zum Anbeißen. Bist du sehr nervös?“

„Sehr, gerade war mir so schön kühl, jetzt ist mir wieder heiß.“

„Noch zwanzig Minuten zum Abkühlen. Wie wollen wir vorgehen, was meinst du?“

„Wir fahren zur Kirche und schauen in die Taufverzeichnisse. Sollten wir etwas finden, versuchen wir Monica zu treffen. Sie ist bei einer Cousine, ich habe die Anschrift. Enno wird sicher wissen, wie wir hinkommen.“

„Sollten wir nicht vorher anrufen?“

„Habe ich ebenfalls überlegt, aber ich denke, nein.“

„Vermutlich will sie niemanden sehen, nach der Sache mit ihrer Enkelin wäre es nur verständlich. Ich möchte nicht in ihrer Haut stecken.“

„Ich auch nicht. Wenn wir vor der Tür stehen, fällt es ihr vielleicht leichter, doch mit uns zu reden.“

„Na, gut. Wenn wir sie nicht antreffen, ein paar Tage bleiben uns noch. Wir fliegen ja erst am Sonntag zurück.“

„Mußt du mich gerade jetzt an den Rückflug erinnern? Mir wird gleich noch heißer oder kälter oder beides.“

„Okay, okay, ich spreche nicht mehr davon. Wir sollten zum Parkplatz gehen. Es ist kurz vor zehn. Ich glaube, ich muß heute auf dich aufpassen.“

Ulla erwiderte nichts. Sie sah unten bereits Enno vor einem Pkw auf- und ablaufen. Sie fragte sich kurz: Was willst du eigentlich? Dieser Mann macht dich nervös. Willst du die Spuren deiner Mutter finden, oder willst du ein Abenteuer mit ihm? Sie war unsicher, ob sie dieses oder jenes, beides oder nichts von beidem wollte. Ulla, Ulla, sagte sie sich. Als sie Enno zur Begrüßung die Hand gab, zweifelte sie daran, alles selbst in der Hand zu haben.

„Ciao Enno, comme stai? Bene?“ Ein rosa Hauch überzog ihre Wangen. Julia bedachte sie mit einem eigenartigen Seitenblick, als sie in den Fond des Wagens kletterte und Ulla den Platz neben Enno überließ.

Ulla sah heute wenig von der Landschaft, aber sie hätte ewig so dahingondeln können. Julia saß schweigsam hinten, und da auch Enno nichts sagte, fragte Ulla: „Posso? Darf ich?“ und drückte auf die Tasten des Radios, bis Musik ertönte. Eros Ramazotti schmalzte durch den Innenraum des Fahrzeuges. Enno schenkte ihr einen Blick. Ulla schmolz dahin, versuchte, sich entspannt zurückzulehnen und alle aufgestauten Zweifel und Bedenken zu verdrängen. Sagte sich: ich lebe jetzt und hier, in diesem Augenblick.

Der Augenblick endete abrupt, als das Fahrzeug gegenüber der Kirche del Rosario zum Stehen kam. Am liebsten hätte Ulla Enno gebeten, umzukehren oder einfach zu fahren, so lange es ging, ihretwegen den ganzen Tag. Nicht nur wegen Enno, gestand sie sich ein. Sie seufzte und gab sich einen Ruck. Sei nicht feige, Ulla.

Enno öffnete die Tür zur Kirche und ließ sie und Julia in den hellen Kirchenraum eintreten. Vorsichtig setzte Ulla ihre Füße über den schwarzweißen Marmorboden, er erschien ihr wie ein Zeichen. Schwarz und weiß liegen oft dicht beieinander, nichts ist nur positiv und nichts nur negativ, dachte sie, und ein Schauer lief ihr über den Rücken. Julia war bereits ein paar Schritte vor ihr und drehte sich jetzt zu ihr um: „Nervös?"

„Sehr."

Enno hatte sich in die letzte Reihe der Kirche gesetzt und wartete. Ulla wußte, notfalls würde er dolmetschen, falls sie nicht klarkommen würden, und dieser Umstand beruhigte sie. Sie sahen einen jungen Mann in schwarzer Kleidung. Er verabschiedete sich gerade von einer älteren Frau in der Nähe des Beichtstuhls. Ulla zögerte, doch Julia ging forsch auf ihn zu: „Buon giorno, Signor! Dürfen wir Sie stören? Wir haben Monica, die Großmutter der armen Laura, kennengelernt. Sie gab uns ein Rätsel auf. Meine Freundin hier ..." Julia zeigte auf Ulla, die verlegen lächelte. „Meine Freundin soll große Ähnlichkeit mit einer Verwandten von Monica in diesem Ort haben. Die Frau lebt nicht mehr, ihr Name war Sabina Esseri."

Jetzt war die Reihe an Ulla. Sie erzählte dem Priester, was sie alles erlebt hatten, und wie sie darauf gekommen war, ihn aufzusuchen. Er hörte sie ruhig an, dann sagte er: „Verraten Sie mir bitte Ihr Geburtsdatum, und kommen Sie mit."

Ulla und Julia folgten dem Mann bis zu einer schmalen Seitentür gleich neben dem Beichtstuhl. Er öffnete sie, und sie betraten eine Art Diele, von der mehrere Türen abgingen – die Büroräume der Kirche. Schwarze Bretter mit Anschlägen – Hinweise auf Bürozeiten für die Mitarbeiter und Ähnliches – hingen an den Wänden des Flurs. Der junge Priester öffnete eine Tür und führte sie in einen Raum, der aussah wie jedes andere Büro. Ein Schreibtisch, ein PC, ein paar Bücherregale, ein Bürosessel und zwei Besucherstühle. Es wirkte aufgeräumt. „Bitte nehmen Sie Platz, ich werde die Taufbücher aus dem Jahr holen." Er verschwand.

Es roch nach Kaffee und nach Akten. Können Akten überhaupt riechen? fragte sich Ulla gleich. Aus einem vergitterten Fenster blickte sie auf einen kahlen, quadratischen Hof, dessen heller Steinfußboden fast in den Augen schmerzte. Julia stand plötzlich neben ihr und umarmte sie. Erst jetzt merkte Ulla, daß sie zitterte. Sie wischte sich verstohlen ihre Hände am Rock trokken. Sie waren schweißnaß und eiskalt.

Kurze Zeit später kam der Priester mit zwei dicken Folianten im Arm wieder, die er auf die freie Arbeitsfläche des Schreibtisches wuchtete. „Mal sehen", meinte er und begann zu blättern. „Hier haben wir den Monat, warten Sie, Esseri, Sabina ... Sabina Esseri ... Nein, eine Sabina Esseri ist hier nicht verzeichnet. Aber", er beugte sich über die Seite, „hier ist ein Eintrag. Ulla Hönig ist Ihr Name?"

„Si, si."

„Schauen Sie." Er schob das Buch zu Ulla hinüber. Sie erhob sich, beugte sich über die Seite. Ihre Handtasche fiel zu Boden, doch sie achtete nicht darauf. Es stimmte alles: Der Name ihres Vaters, ihr Name, das Geburtsdatum. Sie war in dieser Kirche getauft worden. Es gab nur noch wenig Zweifel. Sabina war ihre Mutter, auch wenn sie im Register nicht auftauchte. Jetzt würde Monica ihr verraten müssen, wer diese Sabina gewesen war. In Ulla kribbelte es. Julia bedankte sich bei dem Priester für seine Hilfe. Ulla quetsche ebenfalls ein paar Worte heraus. Es fiel ihr schwer.

„Wenn Sie Monica sehen, sagen Sie ihr bitte, wenn sie Beistand braucht, ich bin immer für sie da."

Er führte sie zurück in den Kirchenraum. Ulla sah Enno aufstehen. Julia wandte sich nach rechts zum Ausgang. „Warte." Ulla ging zum Marienaltar. Dort blieb sie stehen. Sie schaute hoch zu der Statue und betete, obgleich sie dies nicht mehr sehr häufig tat. Gerührt dachte sie daran, daß sie als Baby über das Taufbecken gehalten worden war, hier, an diesem Ort. Widersprüchliche Gefühle wühlten sie auf. Glück, Trauer, Erleichterung, Zweifel, alles vermischte sich.

„Verrückt", murmelte sie vor sich hin. Als sie sich umschaute, sah sie, daß Julia zusammen mit Enno auf sie wartete. Sie ging den Seitengang entlang. Das schwarzweiße Mosaik aus Marmor störte sich nicht mehr. Bei den beiden anderen angelangt, hatte sie sich weitgehend gefaßt. „Enno, Sie wissen, wo wir hinmüssen?" Er nickte. Sie stiegen in den Wagen. Ulla war schwindelig. Die Häuser schienen plötzlich zu schwanken, und sie war dankbar, daß sie aus der Stadt herausfuhren. Die Straße führte aufwärts, das Grün der Gärten entspannte.

An einem Gartentor stoppte Enno: „Hier müßte es sein."

Ulla hörte Hunde bellen und dachte: „Mein Gott, bitte keine Hunde." Sie stieg aus und traute sich nicht, an den Klingelknopf zu gehen, weil zwei Hunde unruhig am Zaun auf und ab liefen.

Eine rauhe Frauenstimme rief: „Felice, Bella, kommt sofort her, macht nicht solchen Lärm, was fällt euch ein."

Ulla sah eine nicht sehr große, aber sehr füllige Frau den Gartenweg hinaufkommen. Die Hunde liefen zu ihr. Als sie die Wartenden an ihrem Gartentor bemerkte, kam sie weiter nach vorn. Als die Frau Ulla sah, blieb sie stehen: „Oddio, sie sind Ulla. Diese Ähnlichkeit, verblüffend!" Sie schüttelte ihren Kopf. „Felice, Bella, geht nach hinten, schnell", rief sie, und die Hunde trollten sich. Die Frau kam an das Tor, öffnete die Tür und streckte Ulla die Hand hin: „Ich bin Louisa. Monica hat mir von Ihnen erzählt. Kommen Sie rein."

„Wir wollten Monica sprechen. Commissario di Flavio meinte, sie würde sich bei Ihnen aufhalten."

„Ja, aber sie ist zu einer Behandlung ins Krankenhaus gegangen. Ich fürchte, Sie werden sie jetzt nicht sprechen können. Aber kommen Sie."

Ulla, Julia und Enno folgten ihr. Louisa führte sie an einen großen Gartentisch und sagte: „Setzen Sie sich bitte. Warten Sie, ich hole uns etwas zu trinken." Sie verschwand im Haus und kam kurze Zeit später mit einem Tablett mit Wasser, Wein und einem Teller Antipasti zurück, das sie auf dem Tisch abstellte. Vor jeden plazierte sie ein Glas und einen Teller und meinte: „Bedienen Sie sich. Ich bin glücklich, Ulla, daß ich Sie persönlich kennenlerne. Ich kannte Sabina, Sie war eine Cousine von mir."

Ulla schaute Louisa erwartungsvoll an. Sie konnte jetzt keinen Bissen herunterbringen. „Bitte erzählen Sie mir, wie war sie, wie sah sie aus, wann ist sie gestorben, woran, wo hat sie gelebt, was hat sie gemacht?"

„Langsam, langsam", lachte Louisa und schenkte allen Wasser ein. Julia nickte auch bei dem Wein und bekam ein Glas. „Selbst angebaut", bemerkte Louisa. Ulla schickte einen Blick zu Julia hinüber, der besagen sollte: Bitte, keine weiteren Störungen mehr.

Julia verstand, nickte und sagte zu Louisa: „Ja bitte, Louisa, spannen Sie uns nicht auf die Folter, wir wollen alles wissen."

Ulla blickte kurz zu Enno, auch er schien gespannt. Er lächelte ihr zu.

„So viel kann ich Ihnen nicht erzählen. Sabina war fünf Jahre älter als ich. Als Kind habe ich sie immer bewundert, wenn wir bei den Familienfeiern zusammenkamen. Sie war sehr lebhaft auf der einen Seite und auf der anderen auch sehr ernsthaft. Alles, was mit Kräutern zusammenhing, faszinierte sie, schon mit elf kannte sie alle Pflanzen mit ihrem lateinischen Namen, und immer hatte sie ein Buch dabei, wo sie Pflanzen hineinlegte, trocknete und preßte. Dann, als sie achtzehn war, verschwand sie aus meinem Umfeld. Es wurde nur noch getuschelt, und meine Mutter meinte, Sabina gehöre nicht mehr zur Familie, sie sei vom Weg abgekommen. Natürlich fragte ich meine Mutter: ‚Was heißt: vom Weg abgekommen?' Aber sie antwortete nur unwirsch: ‚Das ist für dich uninteressant, putz lieber die Bohnen aus.' Erst als ich erwachsen war, Jahre später, lernte ich Monica kennen. Ermano traf sich einmal im Monat hier mit ihr, und er hatte Laura dabei. Monica erzählte mir, daß Sabina eine Tochter hatte. Sabina wohnte damals bei ihr in der Kommune. Dort lernte sie Ihren Vater kennen, Ulla, er lebte ebenfalls dort. Sabina hat sich das Leben genommen. Sie war noch sehr jung damals, erst drei- oder vierundzwanzig Jahre. Alles war sehr tragisch. Monica fühlte sich schuldig. Über die genauen Umstände des Selbstmordes schweigt sie bis heute. Sie sagt immer: Ich will dich damit nicht belasten, es reicht, wenn ich die Schuld daran nicht loswerde."

Ulla konnte im ersten Moment nicht sprechen. Julia kam ihr zu Hilfe: „Wir fliegen am Sonntag früh, meinen Sie, wir können Monica noch sehen? Wir lassen Ihnen die Nummer unseres Hotels da, wenn ja, soll sie uns anrufen, dann kommen wir. Es ist sehr wichtig, Louisa."

Jetzt fand auch Ulla die Sprache wieder: „Louisa, wer könnte uns denn in Tropea noch etwas über Sabina sagen?"

„Soviel ich weiß, war Sabina mit Pater Benno befreundet, der damals im Dom Dienst tat."

„Wir haben bereits versucht, ihn aufzusuchen, aber vergebens."

Jetzt mischte sich Enno in das Gespräch ein: „Pater Enrico oben bei der Wallfahrtskirche gehört dem gleichen Orden an und ist auch mit Pater Benno befreundet. Sie könnten es bei ihm versuchen, Ulla."

„Ja, ich erinnere mich, daß Monica die beiden Padres in Zusammenhang mit einem Buch über Kräuter erwähnte", sagte Louisa.

Ulla war aufgestanden. Julia und Enno folgten ihr und verabschiedeten sich von der Hausherrin. Ulla blieb noch einen Moment zurück, weil Louisa sie umarmte und aufforderte: „Kommen Sie wieder. Ich würde mich freuen. Selbstverständlich werde ich Monica alles berichten. Ich werde Sie anrufen, wenn ein Treffen vor Ihrer Abreise noch möglich ist. Ach ja, da fällt mir noch ein: Monicas Ex-Mann Robert Fellner könnten Sie auch fragen. Soweit ich informiert bin, ist er zur Zeit in Tropea. Aber Monica ist nicht gut auf ihn zu sprechen."

„Monica war mit Robert Fellner verheiratet? Er saß neben mir im Flugzeug. Er kannte Sabina? Das verstehe ich nicht."

„Wie gut er Sabina kannte, weiß ich nicht. Aber Sie können ihn ja fragen." Louisa führte Ulla den schmalen Gartenweg zurück bis zum Tor. Die beiden Hunde schauten neugierig um eine Hausecke. Ulla war froh, daß sie nicht angerannt kamen.

Julia und Enno warteten bereits im Wagen auf sie. Ulla fühlte sich erschöpft und ausgelaugt. Enno telephonierte mit seinem Handy, sie verstand nicht, was er sagte. Hörte nur ab und zu ein: „Si, si, bene", mehr nicht. Julia versuchte, kurz ein Gespräch mit ihr anzufangen, aber Ulla blockte ab. In ihre Gedanken eingesponnen, schloß sie die Augen, während sie zurückfuhren.

Julia respektierte, daß Ulla sich auf der Fahrt erschöpft zurücklehnte. Sie überlegte, wie es ihr ginge, wenn sie dieses emotionale Wechselbad über sich ergehen lassen müßte. Über vierzig Jahre nichts über seine Mutter zu wissen und dann zufällig in einem Urlaub darauf zu stoßen, daß ihre Mutter hier gelebt und, was viel schlimmer war, daß sie sich in jungen Jahren umgebracht hatte. Das würde Ulla erst einmal verkraften müssen, dazu brauchte sie Zeit. Auf jeden Fall würde sie ihr helfen, in den verbleibenden Tagen noch so viel wie möglich herauszufinden.

Julia lehnte sich zurück und genoß die Fahrt. Ab und zu beobachtete sie, wie Enno zärtlich lächelnd zu Ulla hinüberblickte, die mit geschlossenen Augen im Sitz lag. Er mag sie, dachte Julia und freute sich darüber. Als sie auf dem Hotelparkplatz hielten, schlug Ulla die Augen auf und meinte: „Sind wir schon da? Wie spät ist es eigentlich?"

Julia schaute auf ihre Armbanduhr: „Halb fünf, bis zum Abendessen ist noch viel Zeit. Ich freu mich auf eine Dusche und mein Buch. Vielleicht lerne ich noch etwas Italienisch, morgen ist unser letzter Unterrichtstag."

Ulla schien sich erholt zu haben. Sie wirkt wieder recht unternehmungslustig, stellte Julia fest. Es gefiel ihr gar nicht. „Ich gehe zur Wallfahrtskirche, vielleicht treffe ich Pater Enrico. Ansonsten sehe ich mir im Museum die Bilder an. Kommst du mit?" fragte sie Julia.

Julia überlegte, sie fühlte sich erschöpft, und nein, sie hatte ganz und gar keine Lust, jetzt auf den Berg zu kraxeln. Aber sollte sie Ulla alleinlassen, jetzt, in dieser Situation? Das ging nicht. Während sie noch zögerte, nahm

Enno ihr die Entscheidung ab: „Ich kenne Pater Enrico, ich gehe mit Ihnen hoch. Bei ihm brauchen Sie sicher einen Dolmetscher, Ulla."

Wieder spielte ein leises Lächeln um seine Mundwinkel. Ein kleines Grübchen zierte sein Kinn. Julia sah zu Ulla und wußte, ein Anstandswauwau war nicht unbedingt erwünscht. Sie seufzte, hin- und hergerissen zwischen Vernunft, Faulheit und freundschaftlichen Gefühlen. „Aber passen Sie gut auf Ulla auf, Enno", gab sie den beiden mit auf den Weg, als sie wieder in das Auto stiegen, um zu der Kirche zu fahren. „Ulla, hast du dein Handy dabei?"

„Ich glaube nicht", Ulla wühlte in ihrer Tasche.

„Du kannst meines nehmen, dann kannst du mich über deine Nummer anrufen, okay? Die Hotelnummer habe ich ebenfalls abgespeichert im Telephonbuch. Bleib nicht zu lange, bitte." Julia fingerte ihr Handy aus dem Rucksack und gab es Ulla, die es einsteckte.

„Ciao Ulla, arrivederci Enno, danke für die Begleitung." Julia sah dem Wagen nach, als er abfuhr und ging hinauf in das Appartement. Von der Terrasse aus sah sie das Auto langsam die Strandstraße entlangrollen, bis es auf den Parkplatz bei der Kirche einbog. Dann verlor sie es aus dem Blick.

Kapitel 27: Roberts Schachzüge

Am Mittwoch klingelte der Wecker an Roberts Handy um sechs Uhr. Wenn er mit Weidner in einer Stunde losfuhr, konnte dieser mit der zehn-Uhr-Maschine der Alitalia über Rom zurück nach Berlin fliegen. Er zog sich rasch ein paar sportliche Sachen über, auf eine ausführliche Dusche mit allem Brimborium verzichtete er. Irgendwie fühlte er sich gar nicht schlecht dabei, es erinnerte ihn an alte Zeiten, in denen er auch oft schnell bereit sein mußte. Eine Fähigkeit, die ihm die letzten Jahre abhanden gekommen war.

Auf dem Weg zu Weidners Zimmer huschte ein ungewolltes Lächeln über sein Gesicht, weil ihn plötzlich Zuversicht erfüllte. Er würde sein Ziel erreichen, noch bis Freitag, dann war alles ausgestanden. Wenn Monica vor ihm stand, konnte sie sich ihm nicht entziehen, das wußte er. Bis jetzt war es ihm immer gelungen, sie für sich zu gewinnen. Bislang war sie ihm ausgewichen, alles lief über den Rechtsanwalt. Jetzt wurde sie sentimental, und sie hatte ja bereits ihre Einwilligung signalisiert. Er summte vor sich hin, nahm sich vor, heute seine Frau Sandra anzurufen und sein Töchterchen Angie, ja, Angie auf jeden Fall.

Ulla fiel ihm ein, sie müßte noch überzeugt werden. Aber da hatte er bereits seine Fäden gesponnen. Gut, daß ihm der Onkel von diesem Enno einen Gefallen schuldete und Enno dieser vollbusigen Schönen gefiel. Er lachte kurz auf. Dies würde ein guter Tag für ihn werden. Als er die Treppe zu Weidners Appartement hochstieg, sah er den Manager – Mancini – über das Gelände gehen. Verdammt früh unterwegs, dachte er. Sein Blick ging zum Parkplatz. Isabella stieg gerade in ein Fahrzeug. Er schmunzelte.

Robert klopfte an Weidners Tür. Als er keine Antwort erhielt, öffnete er die Tür und trat ein. „Morgen Klaus, Zeit zum Aufstehen", rief er. Auch jetzt keine Reaktion. Klaus pennt wie ein Toter, dachte er und öffnete die Schlafzimmertür.

Das Bett war leer, alle Sachen fehlten. Er wählte Weidners Handynummer, erhielt jedoch nur die Nachricht, daß der Teilnehmer vorübergehend nicht erreichbar sei. Dann ging er in den anderen Raum zurück. Auf dem Tisch entdeckte er einen Zettel: „Alter Kumpel, bin zum Flughafen, tut mir leid wegen gestern. Klaus."

Beruhigt steckte Robert den Zettel in die Hosentasche und verließ das Appartement. Unten angekommen, ging er zum Parkplatz und setzte sich in seinen Nissan.

Kapitel 28: Ulla und ihr problema

Als Ulla mit Enno den Kreuzweg hinaufstieg und er auf halber Höhe sacht den Arm um ihre Schultern legte, wich sie nicht aus. Im Gegenteil, sie schmiegte sich an die kräftige Schulter. Sie fühlte sich weich, innerlich aufgebrochen, schutzlos. „Geht es dir gut?" fragte er und verwendete das erste Mal das ‚du' auch im Deutschen. Ulla nickte. Sein herb-männlicher Geruch nahm ihr den Atem.

Sie wußte, wenn sie jetzt stehenblieb und er sie küssen würde, wäre sie hilflos ihrem Verlangen ausgeliefert. Aber sie gingen weiter, Enno berührte ihre Schulter nur sehr zart, als wäre sie ein kostbares Gefäß, das man vor dem Zerspringen bewahren mußte. Sie fluchte innerlich, weil sie wußte, daß genau diese Zurückhaltung sie über das Verlangen hinaus erbarmungslos der Liebe auslieferte. Sie schwiegen. Ulla konnte nicht anders, sie lächelte vor sich hin. Als sie oben auf dem Eingangsplateau der Kirche anlangten, war sie enttäuscht, daß sie sich voneinander lösen mußten. Enno ließ sie vorausgehen. Die Kirche war noch geöffnet, zwei Frauen knieten in den Querreihen.

„Warte", hielt Enno sie zurück, zog eine Münze aus seiner Hosentasche und gab sie ihr. „Für eine Fürbitte, hier ist der Einwurf." Er zeigte auf das Kästchen mit dem Schlitz, und gehorsam wie ein Kind ließ sie die Münze hineingleiten. Das scheppernde Geräusch der Münze erschreckte sie. Sie nahm ein Teelicht aus der Aufbewahrung, entzündete es an einer Flamme und steckte es in eine freie Halterung. Dann verharrte sie einen Moment, unschlüssig ob der verschiedenen Wünsche, die in ihr aufkamen. Sie entschloß sich zu einem einfachen „Danke" und faltete die Hände.

Anschließend wandte sie sich wieder Enno zu. Er faßte ihre Hand, auch dies war ihr angenehm. Sie war kühl und fest und verhieß Sicherheit. Enno zeigte auf die Tür mit der Aufschrift Zum Museum, und sie verließen den Kirchenraum. Doch anders als die Kirche war das Museum bereits geschlossen. Neben dem leeren Kassenkörbchen saß nicht der Pater, wie bei ihrem letzten Besuch. Statt dessen stand dort ein Schild mit der Aufschrift Chiuso.

„Komm", sagte Enno und ging mit ihr die Stiege hinauf zur Eingangstür des Museums. Sie war offen, und sie traten in die Räume.

„Ich würde mir gern die Photos im letzten Raum anschauen, wenn wir schon hier sind, bitte", sagte Ulla als sie durch die Zimmer gingen.

„Willst du nicht lieber gleich mit Pater Enrico sprechen?"

„Für einen kleinen Blick ist sicher Zeit, oder?" Ulla ging schneller, so wie Julia damals, ihre Hand fest in Ennos Hand. Endlich gelangten sie in den besagten Raum, erst jetzt löste sich Ulla von Enno und trat vor das Bild. Sie beugte sich vor.

„Ja", sagte sie, „hier schau, Enno. Das ist meine Mutter. Ich verstehe gar nicht, warum ich es beim ersten Mal nicht erkannt habe. Oder Julia. Sie war sich nicht sicher."

Enno betrachtete kurz die Frau auf dem Photo. Dann schaute er wieder Ulla an und sagte: „Eine fast so schöne Frau wie du. Ja, eine ebenso zierliche Nase, der sinnliche Mund, besonders diese ausdrucksvollen Augen sind den deinen sehr ähnlich. Aber sie hat nicht deine hübschen, hellen Engelslocken."

Ulla konnte nicht anders, sie umarmte Enno. „Ja, sie ist anscheinend meine Mutter, ich bin glücklich."

Enno hielt sie einen Augenblick fest und drückte sie an sich, dann löste er sich von ihr und nahm wieder ihre Hand in die seine. Ulla gestand sich ein, daß nicht nur ihre Mutter für ihr Glücklichsein verantwortlich war. Sein Mund war dem ihrem ganz nah gewesen, und mit allen Fasern hatte sie die Hitze von Ennos Körper spüren können.

Sie betraten eine weitere Aussichtsterrasse. Die Stadt Tropea wuchs gegenüber aus dem Felsen. Über eine kurze Treppe gelangten sie in den Park, in dem Ulla mit Julia schon einmal gewesen war. Enno ging mit ihr nach links auf eine kleine Tür zu, die zu einem schmucklosen Anbau gehörte. Ihr fiel auf, daß die Kirche von hinten lange nicht so schön war wie von vorn. „Hier müßte es sein", sagte Enno und rief: „Pater Enrico, sind Sie da?" Aber es meldete sich niemand, und Enno meinte bedauernd: „Wir haben wohl kein Glück, vielleicht ist er zu einem Kranken gerufen worden oder ist im Dom."

Ulla wußte nicht genau, ob sie darüber unglücklich war. „Ich werde morgen nochmals hierherkommen, bestimmt kann ich unseren Lehrer Claudio überzeugen, mitzukommen, wegen der Übersetzung."

„Ja, das wäre eine Lösung. Okay, dann gehen wir." Enno vollführte eine Kehrtwendung.

„Ach, bitte, laß uns vorher nochmals bis vorn zum Kreuz gehen. Beim letzten Mal war mir fast schwindelig, als ich herunterschaute. Aber es war faszinierend, weil das Wasser so klar war und die Luft hier oben angenehm frisch."

Er schaute sie an, und in seinen Augen lag die Frage: Willst du das wirklich? Sie wollte die Augen niederschlagen, doch dann ließ sie es. Erwiderte den Blick. Sie wußte, in ihren Augen stand: ja.

Enno legte den Arm wieder um ihre Schulter. Nach ein paar Schritten blieben sie stehen, drehten sich zueinander, schauten sich an, bis ihre Lippen sich fanden. Zart, ganz zart, spielte seine Zunge mit ihrer, bis die Hitze in ihrem Körper sie zwang, sich an ihn zu drängen und auch er sich ihr hingab und fordernder wurde. Wie ein Feuerball wälzte sich die Leidenschaft über sie. Seine Hände, ihre Hände, strichen, fühlten, drückten, zogen, ihre Münder, waren da und dort, stießen zwischendurch den Atem heiß aus, ihre Körper bewegten sich und standen doch still, alles löste sich auf wie die Sonne, die gerade blutrot in den Wasserfluten versank. Nach einer Weile kamen sie wieder zu sich, Enno streichelte sie zart, zog ihr dann mit Bedauern ihr T-Shirt über, nicht ohne noch vorher zärtlich ihre Brustknospen zu küssen. Sie stöhnte auf.

„Komm“, sagte er. „Ich kenne aus meiner Jugendzeit noch einen Raum. Wenn du magst?“ Ulla nickte und ließ sich von Enno leiten. Es begann zu dämmern, das letzte Rosa des Abendhimmels färbte sich violett.

Viel später fiel ihr siedend heiß ein, daß Julia auf sie wartete. Sie fingerte das Handy heraus und rief sie an. Ohne auf Julias Vorwürfe und Einwände einzugehen, sagte sie: „Julia, bitte entschuldige, ich bin mit Enno noch hier oben in der Kirche. Warte nicht auf mich. Ich erkläre es dir morgen. Ich bin so glücklich ...“, und legte auf.

Ullas Vokabelheft

Giovedi	**Donnerstag**
amore	Liebe
Ti amo	Ich liebe dich
baciare	küssen
baciarsi	sich küssen
bacio	ich küsse dich
con tenerezza	mit Zärtlichkeit
tenero	zärtlich
passionale	leidenschaftlich
abbracciare	umarmen
in paradieso	im Himmel
in cielo	am Himmel
tramonto del sole	Sonnenuntergang
rosso sanguigno	blutrot
camera	Zimmer
piccolo, piccola	klein
misero	karg
acqua	Wasser
a pane e acqua	bei Brot und Wasser
rinchiuso	eingeschlossen
Sono rinchiuso	Ich bin eingeschlossen
la chiave	der Schlüssel
perdersi di coraggio	den Mut verlieren
bagno	Toilette
Dove sono i bagni?	Wo sind die Toiletten?
doccia	Dusche
doccia freddo	kalte Dusche

Kapitel 29: Der nächste Morgen

Ulla schlug die Augen auf. Die Fremdheit des Raumes, in dem sie sich befand, erschreckte sie. Weiße, kahle Wände, nur ein Stuhl gleich neben ihr, zwei gleiche Türen ihr gegenüber und ein Fenster an der anderen Seite. Sie hatte Mühe, sich zu erinnern.

Ulla schloß die Augen. Der Raum, das Bett, Ennos Hände, die über ihren vom Mondlicht erhellten Körper strichen, Liebkosungen, seine Arme, die sie hielten, ihr Mund, der seine Haut erforschte, der Geruch nach Myrrhe, Vogelkreischen, Meeresrauschen. In dieser Symphonie des Begehrens, der Zärtlichkeit, der Leidenschaft, wurde alles erneut lebendig. Sie seufzte, weil das Verlangen erneut in ihrem Schoß erwachte.

Ulla öffnete zum zweitenmal die Augen. Der Raum, der ihr vorher karg und kahl erschien, war jetzt für sie von herber Schönheit erfüllt. Sie stand auf und öffnete die Tür, hinter der sich eine schmale Naßzelle befand. Eine Dusche, ein Waschbecken, eine Toilettenschüssel, auch hier kein unnötiger Zierrat, kein Spiegel, ein kleines vergittertes Fenster. Sie drehte den Wasserhahn über dem Waschbecken auf und ließ kaltes Wasser über ihre Handgelenke laufen, benetzte das Gesicht. Wieder im Wohnraum, entdeckte sie ein Kruzifix über dem schmalen Bett und einen weiteren Stuhl, auf dem säuberlich zusammengefaltet ihre Sachen lagen. Sie zog sich an. Dann trat sie ans Fenster, blickte hinaus in den Park. Rechts erkannte sie die Küstenlinie nach Süden Richtung Kap. Sie hörte das Meer rauschen und Möwen kreischen.

Ulla überlegte, ob sie hinuntergehen sollte. Es reizte sie, in das Grün einzutauchen, ein Zweiglein von den morgenfrischen Pflanzen da und dort abzubrechen und zwischen den Fingern zu zerreiben, um ihren Duft in sich aufzunehmen. Sie summte vor sich hin. Aber sie hatte Enno versprochen, hier auf ihn zu warten. Sie wollten zusammen zu Pater Enrico gehen. Sie kicherte. Was würde der Pater davon halten, wenn plötzlich eine Frau in seinem Refugium auftauchte, obwohl noch alles geschlossen war? Wenn Pater Enrico wüßte ...

„Verführst du öfter Frauen mit Hilfe der romantischen Stimmung hier oben?“ hatte Ulla Enno irgendwann in der Nacht gefragt.

Ein wenig verlegen, aber auch mit Mannesstolz meinte er: „Nein, früher ...“

Ulla mußte unbedingt Julia anrufen, damit sie sich keine Sorgen machte. Ulla schaute sich nach ihrer Handtasche um. Auf dem Stuhl lag sie nicht.

Sie bückte sich, um unter dem Bett zu suchen. Ohne Erfolg. Vermutlich hatte sie das Ding irgendwo im Park verloren. Sie fluchte. Dann fiel ihr ein, daß sie gestern, kurz nachdem sie hier eintraf, mit Julias Handy telephoniert hatte. Wo also war das dumme Teil?

Im Bad? Sie warf einen prüfenden Blick in die Naßzelle. Nein. Hatte sie die Tasche im Korridor verloren? War dort ein Korridor gewesen, ein Treppenhaus? Sie drückte vorsichtig die Klinke der Zimmertür herunter. Die Tür ließ sich nicht öffnen. Ulla lehnte sich dagegen. Vielleicht war der Öffnungsmechanismus eingerostet? Aber auch Gewalt half nichts. Das Türblatt bewegte sich keinen Millimeter. Es brauchte einige Sekunden, bis sie begriff. Sie war eingesperrt. Warum hatte Enno die Tür abgesperrt? Wollte er nicht, daß sie umherlief, weil er sonst Ärger bekam? Ulla wanderte drei Schritte vor, dann drei zurück, durchmaß das Zimmer, füllte es mit ihrer Unruhe und fragte sich: Warum kommt Enno nicht?

Nach einer Weile begann ihre positive Stimmung umzuschlagen. Sie faßte sich an die Stirn. Mein Gott, warum war sie nur immer so vertrauensselig! Ulla lief zum Fenster, schaute vom Fenster auf die Pinien im Park, sah auf die weite Fläche des Meeres. Es schien windig zu sein, denn viele weiße Schaumkämme rollten heran und unterbrachen die sich bis zum Horizont dehnende Fläche, die heute in einem tiefen Dunkelblau schimmerte. Sie prüfte – soweit es möglich war – die Höhe vom Fenster bis zum Boden und stellte fest, daß sich der Raum vom Garten aus im ersten Stockwerk befand. Ihr fiel ein, daß die Kirche hinten an den Fels gebaut war. Sie vermutete, sich über den Museumsräumen zu befinden, die nach hinten ebenerdig lagen und auf der anderen Seite über dem Kircheninnenraum.

Jetzt wirkte der winzige Raum in seiner spartanischen Ausstattung, mit dem schmalen Bett an der Wand und dem Stuhl daneben wie eine Gefängniszelle. Das Guckloch in der Tür fehlt, dachte Ulla bitter. Schon eine Weile starrte sie auf das dunkle, mit schönem Schnitzwerk versehene Holz der Tür. Die genaue Uhrzeit wußte sie nicht. Ihre Armbanduhr, die sie selten trug, lag im Hotel auf dem Nachttisch. Das Handy befand sich in der Handtasche.

Enno! Als ihr der Name einfiel, stöhnte sie auf. Wie konnte sie nur glauben, daß er ihr helfen wollte, daß er sie liebte? Der Gedanke schien ihr plötzlich völlig absurd. Wie konnte man einen Menschen lieben, den man erst so kurz kannte? Er wollte ein Abenteuer, ganz einfach. Oder war Enno nur ein Werkzeug von irgend jemand und hatte sie mit Absicht hierher gelockt? Ulla lachte kurz auf. Ein Geräusch ließ sie innehalten.

Kapitel 30: Julia macht sich Sorgen

Julia ging seit acht Uhr morgens unruhig auf der Terrasse auf und ab. Sie überlegte, ob sie zur Kapelle eilen sollte, um nach Ulla zu schauen. Was dachte sich Ulla nur dabei, die ganze Nacht wegzubleiben? Jetzt war es neun Uhr, um zehn Uhr begann die letzte Stunde des Italienischunterrichts. Trotz allem Ärger – und Julia war inzwischen richtig wütend – mußte Julia lächeln. Ulla nahm also Privatunterricht.

Ein fremdes Signal schreckte sie auf – Ullas Handy. Es lag auf dem Nachttisch. „Julia hier, wo steckst du solange?“ rief sie entrüstet, ohne dem Anrufer die Chance zu geben, etwas zu sagen.

Sie hörte eine irritierte Männerstimme fragen: „Ist dies nicht der Anschluß von Ulla Hönig? Mit wem bin ich verbunden?“

„Erik, bist du das?“ fragte Julia.

„Ja, hallo Julia, wo ist Ulla, warum gehst du an ihr Handy?“

„Ulla muß etwas erledigen, ich habe ihr mein Handy mitgegeben, sie hat versprochen anzurufen, wenn notwendig.“

„Was heißt, wenn notwendig? Ist Ulla wieder unterwegs, um irgendeinem Naturheilmittel hinterherzujagen? Sei vorsichtig, Julia, dann vergißt sie alles, Zeit, Verabredungen, einfach alles.“

„Nein, nein, aber wir sind wahnsinnig aufgeregt. Stell dir vor, Ullas Mutter hat hier gelebt. Es ist der helle Wahnsinn. Wir haben gestern in Nicotera Ullas Taufurkunde gesehen. Es ist unfaßbar. Leider lebt ihre Mutter nicht mehr. Ulla ist zur Wallfahrtskirche – die ist gleich hier am Strand – um noch mehr herauszufinden. Sie müßte jeden Augenblick zurückkommen. Wir haben um zehn Uhr unseren letzten Unterricht. Aber entschuldige, ich rede und rede.“

„Wann ist es mit Ulla nicht aufregend?“ Julia hörte Erik seufzen. „Ich wollte ihr sagen, daß wir unterwegs nach Kalabrien sind. Wir kommen morgen früh an, Dennis und ich. Im Augenblick sind wir auf der Fähre von Genua nach Palermo. Wir wollen ein paar Tage radfahren. Ich wollte Ulla sagen, wenn sie will, kann sie noch bleiben und dann mit uns im Wohnmobil mit heimfahren. Ich kenne doch ihre Angst vorm Fliegen.“

„Ich weiß nicht. Frag sie, wenn sie wieder hier ist. Ich sage ihr, sie soll dich auf dem Handy anrufen. Okay? Gruß an Dennis!“

Julia schüttelte den Kopf. Dieser Erik ... ich bin gespannt, was Ulla dazu sagt, dachte sie. Sie wählte ihre eigene Handynummer. Der Teilnehmer ist zur Zeit nicht erreichbar, hörte sie und fluchte. Ulla, Ulla! Julia beschloß, zum Café Roma zu gehen, um einen Cappuccino zu trinken. Sie steckte das Handy ein und nahm ihre Unterrichtssachen mit. Vielleicht kommt Ulla gleich zum Unterricht, tröstete sie sich. Unruhig, wie sie war, beschloß sie, die Treppe zur Piazza Cannone zu nehmen, weil sie am Fuß der Kirche vorbeiführte. Sie hoffte, dort Ulla zu treffen.

Ulla war nicht zu sehen. Julia schüttelte den Kopf. Der Parkplatz am Strand war bis auf zwei Fahrzeuge leer. Die Wagen standen weiter hinten. Vermutlich gehörten sie dem Besitzer der Strandbar. Oder es waren Mietwagen, hatte nicht Robert ein solches Auto gefahren? Es hatte ihr gut gefallen. Nissan Micra, fiel ihr ein, ja, der eine war ein Nissan Micra in Silber.

Julia zögerte. Sollte sie schnell hinauf zur Kirche gehen? Sie schaute den Kreuzweg hoch und sah, daß das Tor auf der halben Höhe noch geschlossen war. Vielleicht war Ulla mit Enno ganz woanders hingefahren? Zu ihm nach Hause oder in ein Hotel? Was sollten sie die ganze Zeit in der Kirche, und ewig konnten sie auch nicht im Park bleiben, wenn die Kirche zugesperrt wurde.

Ohne den Aufstieg zu realisieren, gelangte sie zur Piazza. Sie trat an die Aussichtterrasse und warf einen letzten Blick auf die Wallfahrtskirche. Unten stieg jemand in den Nissan. Sie beugte sich vor. Julia sah, daß es der Figur nach nicht Robert sein konnte, sondern der Mietwagen eines anderen Touristen. Sie wandte sich ab und ging die schmale Straße entlang zur Piazza Ercole.

Soll ich dem Commissario von Ullas Abenteuer erzählen? fragte sie sich. Mit ihrem Kaffee vor der Nase war sie froh, daß sie nicht in diese Versuchung geriet, weil di Flavio sich heute nicht blicken ließ. Ulla leider auch nicht. Julia wählte nochmals ihre eigene Handynummer, wieder hörte sie, daß der Teilnehmer nicht erreichbar war. Sie seufzte und ging zur Schule.

„Hallo Claudio, Ulla kann heute nicht kommen, bitte entschuldige. Ich muß auch gleich wieder gehen. Stell dir vor ...“ Julia erzählte ihm, so gut sie es auf Italienisch konnte, daß Ulla ihre Mutter gefunden und doch wieder verloren habe, und daß sie eine halbe Italienerin wäre, ja, sogar eine halbe Kalabresin ... „Wir melden uns noch mal vor unserer Abfahrt und gehen zusammen alle essen. Ja, und du bringst deine Verlobte mit.“

„Kann ich euch helfen?“ fragte Claudio.

Julia überlegte, ihm von Ullas Ausbleiben zu erzählen, und ob sie ihn bitten sollte, mit ihr zur Kirche zu gehen, aber sie entschied sich dagegen. „Im Augenblick nicht, aber gib mir deine Nummer, falls etwas sein sollte.

Danke." Julia notierte sich die Nummer und steckte sie in ihre Börse. Sie umarmte Claudio herzlich: „Ciao Claudio, alles Gute für dich."

Kurze Zeit später stand sie wieder auf der Straße, und die Sorge um Ulla traf sie wie die Sommerhitze. Die alten Pflastersteine glühten. Jeden Tag wird es heißer, dachte sie, und es war ihr heute unangenehm. Ohne weiter zu überlegen, ging sie zum Hotel zurück. Enttäuscht stellte sie fest, daß sich nichts verändert hatte. Kein Lebenszeichen von Ulla. Das Bett war noch immer unberührt wie am Morgen. Ullas Kleider hingen wie vorher dort, ihr Badeanzug baumelte am Wäscheständer.

Julia setzte sich auf die Terrasse und wartete. Das Handy lag vor ihr auf dem Tisch. Alle paar Minuten schaute sie auf das Display, als würden ihre Beschwörungen es dazu verleiten zu läuten. Sie überlegte, ob sie zum Bossa Nova gehen sollte, schauen, ob Enno dort wäre oder wieder zum Café Roma, um di Flavio zu treffen, aber sie blieb. Es wurde ein Uhr, es wurde zwei, es wurde drei. Julia war übel. Sie tigerte auf und ab und entschied, jetzt doch zum Bossa Nova zu gehen und danach zum Café Roma. Falls Ulla kommen würde, würde sie den Zettel sehen, den Julia mitten auf Ullas Bett drapierte.

Ihre Schritte waren stürmisch, fast wie das Meer heute, das trotz der strahlenden Sonne lang aufrollte und sich zu Wellen türmte. Die rote Flagge verbot das Baden. Im Bossa Nova war die Mittagszeit noch im Gange. An einem großen Tisch lärmte eine Männergruppe. Tennis, Golf oder Fahrradfahren verband die durchweg sportlichen, aber schon in die Jahre gekommenen Männer, vermutete Julia. Sie ließen sich Hummer und Sekt servieren, und einer stand auf, um eine Rede zu halten. Julia hielt Ausschau nach Enno, aber er war nicht zu sehen. Ein neuer Kellner wieselte ein wenig ungelenk um den großen Tisch herum. Komischerweise war der Chef ebenfalls nicht zugegen.

Julia wunderte sich. Sie bestellte ein Mineralwasser, ging dann aber, bevor es gebracht wurde und legte einfach ein paar Münzen auf den Tisch. Bevor sie zum Café Roma und in die Stadt hochstieg, führte sie ihr Weg wieder an der Maria dell'Isola vorbei. Das Tor in der Mitte des Kreuzganges war jetzt offen, und sie bog in den Pfad ein.

Nach einem kurzem Stück des Wegs entschied sie sich, doch di Flavio anzurufen. Julia kramte in ihrem Rucksack nach der Nummer, fand sie nicht. Sie mußte also versuchen, di Flavio im Café zu treffen. Jetzt ärgerte Julia sich, daß sie nicht in sein Büro gegangen war. Signora Alberti hätte ihm etwas ausrichten können. Unnötig viel Zeit hatte sie vertändelt, und wenn sie jetzt zur Wallfahrtskirche hinaufging, würde sie noch mehr Zeit verlieren. Sie konnte Pater Enrico fragen, wann Ulla und Enno gestern bei ihm gewesen waren, mehr nicht. Julia kehrte um. Das Handy in ihrem Rucksack klingelte. Julia lachte erleichtert auf. Sie würde Ulla gehörig den Kopf waschen. „Ulla, wo bleibst du?“ sagte sie ziemlich barsch.

Wieder meldete sich eine Männerstimme. Dieses Mal war es nicht Erik. „Ihre Freundin wird gefangengehalten. Wenn sie tut, was wir von ihr verlangen, wird sie bis morgen nachmittag um 18 Uhr wieder freigelassen. Aber ihre Freundin ist sehr sperrig. Dabei soll sie nur eine kleine Unterschrift leisten. Wir wissen, Sie haben Einfluß auf sie. Machen Sie ihr klar, daß sie besser unterzeichnet. Wir halten Sie für vernünftig genug, nicht die Polizei zu verständigen. Sie haben eine Minute Zeit.“

„Ulla?“ rief Julia in den Hörer. „Bitte, Ulla, tu, was die Männer sagen, sei vernünftig. Wirst du gut behandelt?“ fügte sie noch schnell hinzu.

Zögernd sagte Ulla mit belegter Stimme: „Julia, es geht mir soweit gut, ich bin in der Wall...“

„Schluß!“ bellte der Mann durch das Telephon.

Julia hörte eine Uhr schlagen und sah hoch zur Kirche. Es war der gleiche Ton. Also war Ulla noch in der Nähe der Wallfahrtskirche, das war wichtig zu wissen. Die Verbindung wurde abrupt unterbrochen. Julia hielt noch eine Weile den Hörer an das Ohr, irgendwie wollte sie nicht glauben, daß sie Ulla nicht mehr hören konnte. Sie schaute auf die Nummer des Anrufers, mußte aber enttäuscht feststellen, daß es ihre Handynummer war.

Julia setzte sich am Wegrand auf eine der Stufen. Sie war ratlos. Hilflos schaute sie auf die Strandstraße und das Meer. Tränen liefen ihr über die Wangen. Sie fühlte sich verantwortlich und wies sich die Schuld zu, daß so etwas passieren konnte. Erst nach einer Weile ballte sie Hände zu Fäusten und blickte zur Kirche hinauf. Jetzt war sie wütend. Ihr Kopf begann wieder, systematisch zu arbeiten. Sie mußte Ulla auf der Stelle befreien.

Sie würde Erik anrufen. Gleichzeitig sann sie nach, wie sie di Flavio unauffällig verständigen könnte. Julia erhob sich und eilte zum Hotel zurück, um unbeobachtet telephonieren zu können. Das war sicherer. In ihrem Zimmer angekommen, wählte sie Eriks Nummer.

„Erik, ich traue es mich fast nicht zu sagen, aber Ulla ist von jemandem in Gefangenschaft genommen worden. In der Wallfahrtskirche gegenüber der Stadt. Sie soll irgendeine Erklärung unterschreiben. Alles hängt sicher mit ihrer Mutter zusammen.“ Sie erzählte Erik, so kurz es ging, von ihren bisherigen Erlebnissen, von Monica und der Warnung.

Er hörte sie an und sagte nur: „Erkläre mir bitte genau, wie es bei der Kirche aussieht, du warst doch schon in der Kirche, wenn ich das richtig verstanden habe, nicht wahr?“

„Ja Erik, paß auf ...“ Julia beschrieb Erik, wo die Santa Maria dell’Isola lag, wie der Weg hinauf beschaffen war, daß es einen Fußweg neben der Kapelle gab, und daß sich oben ein Plateau mit einem kleinen Park befand. „Von der Wasserseite ragen steile Felsen auf: An der Spitze befindet sich ein großes Kreuz. Ich vermute, daß Ulla sich in einem der Räume über dem Museum befindet. Ich habe zwei kleine Dachfenster gesehen, als wir das letzte Mal dort spazierengingen. Ich werde versuchen, den Commissario irgendwie zu verständigen, aber ich will Ulla auf keinen Fall schaden. Sie haben gesagt, keine Polizei. Erik, was sollen wir machen?“

Erik hörte ihr ruhig zu und fragte sachlich: „Wie viele Höhenmeter, meinst du, sind es vom Strand unten?“

Seine Stimme beruhigte Julia, obgleich sie wirklich nicht sagen konnte, wie das mit den Höhenmetern war. Doch sie fand in ihrem Reiseführer noch ein paar Angaben, die Erik interessierten. Er meinte, die restlichen Angaben würde Dennis aus dem Internet runterladen.

„Okay Julia, ich melde mich, wenn ich kurz vor Tropea bin. Besser, wir lassen uns nicht bei dir sehen, falls du beobachtest wirst.“ Julia nickte, sie gab Erik recht. „Und deinen Kommissar verständige bitte nur, wenn es wirklich unauffällig machbar ist. Wir sollten auf keinen Fall riskieren, daß Ulla etwas zustößt.“

Julia fröstelte, sie konnte nicht glauben, daß dieser Alptraum Wirklichkeit war. Sie zwickte sich in den Arm. Denn das war kein Tatort-Krimi. Nach dem Gespräch prüfte sie die Zeit. Es war kurz nach acht Uhr abends. Julia überlegte fieberhaft, womit sie Ulla helfen könnte. Sollte sie Robert anrufen? Nein, Robert war ihr entschieden zu unsympathisch. Sie prüfte, ob ihre Erik gegenüber aufgestellte Vermutung begründet war. Die Entführer hatten etwas von einer Erklärung gesagt, von Einwilligung und Unterschrift war die Rede gewesen. Sie kam zu dem Schluß, daß es sich nur um eine Erbschaftssache handeln konnte. Seit Bernds Tod kannte sie sich aus. Sabina hatte Ulla etwas vermacht, und jetzt, da Ulla aufgetaucht war, wollten die jetzigen Besitzer, daß sie eine Verzichtserklärung unterschrieb, klar!

Julia nahm ihre Strickjacke und machte sich auf den Weg in die Stadt. Sie hoffte inständig, di Flavio würde jetzt im Café aushelfen, so daß sie ihm unauffällig einen Zettel zustecken könnte. Doch der Commissario war nicht zu sehen. Auch sein Schwager war heute nicht im Café, sondern ein Fremder bediente die Espressomaschine.

Jeden Abend war er im Roma, gewesen und jetzt, wo sie ihn brauchte, ließ er sich nicht blicken. Wieder überschüttete sie sich mit Vorwürfen, weil sie morgens nicht im Kommissariat vorbeigeschaut hatte. Hatte Monica nicht etwas von einem Hotelbau in Parghelia erzählt, dem Marina, das Hotel mit dem Schiff in der Auffahrt, die unheimliche Baustelle? Das Restaurant Quo Vadis fiel ihr in diesem Zusammenhang ein und der Verlobte der toten Laura: Vielleicht wußte er etwas über das Grundstück?

Julia merkte, daß ihr Magen Hunger litt. Den ganzen Tag über war ihr Essen nicht in den Sinn gekommen. Sie beschloß, ein Taxi zu nehmen und im Quo Vadis zu Abend zu essen. Nebenbei könnte sie den jungen Mann oder seine Schwester – die gut Deutsch sprach – geschickt ausfragen. Am Markt erwischte sie ein Taxi und ließ sich nach Parghelia bringen.

„Bitte holen Sie mich in zwei Stunden wieder hier ab", sagte sie, als sie vor dem Quo Vadis ausstieg, und gab dem Fahrer ein gutes Trinkgeld.

Kapitel 31: Di Flavio muß nach Neapel

Was fiel Erica nur ein, ihn an diesem Donnerstag nach Neapel zu beordern, obwohl er sich mitten in einem schwierigen Fall befand? Konnte sie nicht wie alle anderen nach Lamezia Terme fliegen? Nur weil ihr Bruder Enzo zu dumm war, richtig im Internet zu recherchieren, mußte er stundenlang über die Autostrada gondeln. Etwas anderes konnte man dazu nicht sagen. Diese schwache Version des Fiat Punto erlaubte kein wirklich zügiges Fahren. Di Flavio grummelte vor sich hin. Frauen! Was ging nur in ihren Köpfen vor? Diese Frage stellte er sich – mal mehr, mal weniger ausgeprägt – seit seinem zwanzigsten Lebensjahr.

Der Commissario erinnerte sich genau. Es waren die zweiten Semesterferien. Seit einem Jahr studierte er in Reggio Jura. In den freien Sommermonaten kellnerte er in Tropea. Touristen waren eher selten, Ausländer fielen auf. Eine Gruppe Deutscher hatte sich in der Nähe von Parghelia niedergelassen. Die verrückten tedeschi, nannte man den Kreis um Robert Fellner, und die Leute schüttelten den Kopf. Di Flavio bewunderte ihren Mut. Er verliebte sich in diese ausgeflippte Monica, die einige Jahre älter und viel erfahrener war als er. Er hatte natürlich keine Chance – bis zu jenem Tag.

Sabina aus Joppolo tauchte in der Gruppe auf. Man tuschelte und bekreuzigte sich. Es hieß, sie hätte ebenso wie Monica, diese Hippiefrau aus Deutschland, ihr Kind verstoßen. Di Flavio interessierte das Gewäsch der alten Weiber im Ort wenig. An jenem Tag saß die Gruppe wie so oft im Café. Man lachte und scherzte, di Flavio bediente – bis die Stimmung umschlug, weil Robert Sabina umarmte, an ihren dunklen Haaren herumfingerte, ihr etwas ins Ohr flüsterte, seine Blicke auf ihre Brüste geheftet, sie hell auflachte, Sabinas Begleiter abrupt aufstand und davonstampfte. Monica lächelte sehr gequält, bis sie di Flavios Blick bemerkte und ihr Lächeln sich entspannte, schließlich in ihren Augen ankam und sie ihn fragte, ob er an diesem Abend Zeit hätte. Nach einer Nacht – es folgten noch weitere – bildete er sich ein, sie gewonnen zu haben. Aber sie ging zu Robert zurück. Es tat ihm weh, wie Robert sie behandelte.

Zwei Jahre später, er war fast mit seinem Studium fertig, erinnerte Monica sich an ihn. Robert war verschwunden. Eine schöne Zeit begann, abgesehen von dem Ärger, den er mit seinem Vater bekam, als er nach den Ferien nicht an die Uni zurückging. Sabina lebte damals mit Monica zusammen in dem alten Haus – oberhalb von Parghelia.

Di Flavio sah Sabina in jener Zeit oft. Ein Hauch Trauer umgab sie und ließ sie unnahbar schön erscheinen. Sehr ernsthaft sammelte sie Pflanzen, katalogisierte sie, machte Aufzeichnungen. Der Mann von damals kam ab und zu mit dem kleinen Kind und besuchte sie, dann lachte sie, scherzte, war lebhaft. Wenn die beiden gingen, kehrte Sabina zu ihrer Schwermut zurück. Bis Robert Fellner eines Tages wieder auftauchte. Sabina veränderte sich zusehends, sie sprang herum, unnatürlich aufgedreht, immer gut drauf, kicherte, vergaß ihre Arbeit mit den Pflanzen, wanderte durch die Landschaft ohne Ziel. Auch Monica wandelte sich. Sie und di Flavio trafen sich seltener, konnten nicht mehr in Monicas Haus zusammensein. Eines Tages beendete sie die Beziehung. Ein letztes Mal wollten sie sich noch treffen, bei der Wallfahrtskirche Maria dell'Isola an der Klippe. Di Flavio fröstelte, als er an jenen Abend zurückdachte.

Er verspätet sich, ein weiterer Streit mit seinem Vater ist schuld daran. In der Mitte des Weges, die Klippe bereits in Sichtweite, steht Monica und wartet. Plötzlich sieht er Robert neben ihr auftauchen. Di Flavio zögert, bleibt stehen. Dann erblickt er Sabina, die wie eine Traumtänzerin in einem weißen Kleid gefährlich nah am Abgrund Kreise dreht. Monica läuft auf sie zu, packt sie am Arm, schüttelt sie, ruft etwas. Doch Robert zwingt Monica,

Sabina loszulassen. Er vollführt eine Pirouette, lacht laut, feuert Sabina an, weiterzutanzen. Sabina steht am Klippenrand, breitet die Arme aus, Monica schreit auf, Robert hält sie zurück, so daß sie nicht zu Sabina laufen kann.

Di Flavio rennt los, versucht, die Gruppe zu erreichen. Vergeblich. Zu spät. Wie das weiße Gefieder eines Vogels flattert der Schal von Sabina im Wind hoch, dann ist es ruhig, bis der Körper unten auf das Wasser aufprallt.

Monica und di Flavio stehen an der Kante, sehen das weiße Tuch unten auf den Wellen tanzen. Als sie sich umschauen, ist Robert verschwunden und bleibt es auch. Am nächsten Tag findet man Sabinas Leiche. Die Polizei stellt Drogen fest und nimmt Monica, die behauptet, schuld zu sein, mit. Sie wird zu zwei Jahren Haft verurteilt. Di Flavio geht nach Mailand und beginnt eine Ausbildung bei der Polizei. Noch einmal, Jahre später, gelingt es ihm, Monica für sich zu gewinnen. Wieder ist alles zu Ende, als Robert wieder erscheint.

Di Flavio schüttelte leicht den Kopf über seine sentimentalen Anwandlungen. Er gestand sich ein, daß er die Erinnerung an diese Zeit nie mehr ausgegraben hätte, wenn dieser Fall nicht wäre. Eine Raststätte oder ein Servicio käme ihm jetzt sehr gelegen. Ein Espresso würde ihm guttun. Zu seinem Verdruß fiel di Flavio seine Frau, der Mailänder Flughafen, die Schwiegereltern, der Bruder ein. Wollte Erica nicht mindestens vier Wochen bei ihren Eltern bleiben? Warum kam sie nach drei Tagen zurück? wunderte er sich. Er war sich sicher, daß sie ihm dafür die Schuld geben würde.

Di Flavio fuhr auf den nächsten Parkplatz, stoppte das Fahrzeug und stieg aus. Er lief ein wenig herum, um seinen Kopf wieder klarzubekommen, bevor er telephonierte. Als er das Handy wegsteckte, fühlte er sich beklommen. Vieles lief nicht so, wie er es geplant hatte. Am härtesten traf ihn, daß sein verdeckt arbeitender Mitarbeiter abtauchen mußte, weil sonst seine Deckung aufgeflogen wäre. Die Informationen zwangen ihn eigentlich, gleich wieder umzukehren. Di Flavio schaute in die Landkarte. Nur noch wenige Kilometer trennten ihn vom Airport Neapel. Er seufzte, ergab sich in sein Schicksal und fuhr weiter. Bis zum frühen Abend würde er auf jeden Fall zurück sein. Hoffentlich verhielten sich Ulla und Julia in der Zwischenzeit nicht frauentypisch. Und hoffentlich war Erica nicht zu schlecht gelaunt. Er schickte ein Stoßgebet zum Himmel.

Ullas Vokabelheft

Venerdi	Freitag
aspettare	warten
aspetto	ich warte
nervoso	nervös
dare un'occhiata a	einen Blick werfen auf
io do	ich werfe
nessuno	niemand
aiuto	Hilfe
invocare aiuto	um Hilfe rufen
Chiamo in aiuto ...	Ich rufe ... zu Hilfe
pronto soccorso	Erste Hilfe
correre	rennen
corro	ich renne
in fretta	schnell
troppo tardi	zu spät
arrivare in ritardo	zu spät kommen
Arriva in ritardo	Er kommt zu spät
Che ore sono?	Wie spät ist es?
Sono le quattro meno un quarto	Es ist viertel vor vier
cinque	fünf
quattro	vier
un quarto	ein Viertel
È già tardi	Es ist schon spät
potere	dürfen, können
posso	darf ich
possiamo	dürfen wir
dormire	schlafen
Dormo male	Ich schlafe schlecht
Ho dormito male	Ich habe schlecht geschlafen

Kapitel 32: Ulla gefangen

Als sich ein Schlüssel im Schloß bewegte, verdrängte Ulla alle Zweifel, dachte nur daran, Ennos Arme, seine Hände, seine Lippen auf den ihren zu spüren. Sie plante im Bruchteil einer Sekunde, was sie mit ihm an diesem Tag unternehmen wollte. Sie würden zu Pater Enrico gehen, dann ein schönes Frühstück einnehmen, nachdem sie Julia abgeholt hatten, spazierenfahren und sich irgendwann wieder lieben. Ulla legte sich auf das schmale Bett und schaute erwartungsvoll auf die Tür, die sich öffnete.

„Wer sind Sie?" fragte sie fassungslos enttäuscht, als sie einen fremden Mann mit einem Tablett in der Hand in die Zelle treten sah. „Wo ist Enno?"

„Enno und noch jemand anderes schickt mich. Hier ist Essen für Sie."

„Ich frühstücke lieber im Café, aber es ist nett, daß Sie sich um mich sorgen", versuchte Ulla leichthin zu sagen, obwohl der verschlossene Gesichtsausdruck des etwa fünfzig Jahre alten Mannes ihr bedeutete, daß irgend etwas ganz und gar nicht stimmte. Ullas Gedanken wirbelten durcheinander: Monicas Vorhersage traf ein. Wie ein kleines Mädchen hätte sie am liebsten die Hände vors Gesicht geschlagen, um sich unsichtbar zu machen. „Was verlangen Sie von mir?" preßte sie statt dessen hervor.

„Wenn Sie brav sind und tun, was wir Ihnen sagen, dann können Sie bald wieder frühstücken, wo Sie wollen. Vorerst müssen wir Sie hier festhalten." Bei diesen Worten stellte er das Tablett neben Ulla auf das Bett. „Sie brauchen nichts weiter zu tun, als ein Papier zu unterzeichnen, eine Verzichtserklärung, dann ist alles für Sie gelaufen. Ich bringe Ihnen die Papiere später. Sie erhalten genügend Zeit, alles in Ruhe durchzulesen und brauchen dann nur noch ihren Namen darunterzusetzen, sogar für einen Notar sorgen wir."

„Bevor ich nicht weiß, worum es geht, unterzeichne ich gar nichts."

„Sie werden sich die Sache schon noch überlegen, aber vielleicht kann Ihre Freundin Julia Sie überzeugen, sie scheint mir vernünftiger zu sein." Mit einem höhnischen Grinsen zog er Julias Handy aus seiner Jackentasche und hielt es Ulla hin. „Hier, wenn Sie ihre Freundin nicht anrufen, macht sie doch nur Ärger, es ist besser, sie weiß Bescheid."

Doch bevor er ihr das Handy gab, klappte er es auf, wählte die eingegebene Nummer und wartete. „Ihre Freundin wird gefangengehalten. Wenn sie tut, was wir von ihr verlangen, wird sie bis morgen nachmittag um 18 Uhr wieder freigelassen. Aber ihre Freundin ist sehr sperrig. Dabei soll sie nur eine kleine Unterschrift leisten. Wir wissen, Sie haben Einfluß auf sie.

Machen Sie ihr klar, daß sie besser unterzeichnet. Wir halten Sie für vernünftig genug, nicht die Polizei zu verständigen. Sie haben eine Minute Zeit." Jetzt reichte er Ulla den Hörer: „Hier, ihre Freundin scheint mir nicht zu glauben, daß Sie hier sind."

„Ulla?" rief Julia in den Hörer. „Bitte, Ulla, tu, was die Männer sagen, sei vernünftig. Wirst du gut behandelt?" fügte sie noch schnell hinzu.

„Julia, es geht mir soweit gut, ich bin in der Wall...", brachte Ulla schnell heraus, ohne auf Julias Fragen einzugehen. Die ganze Zeit blickte sie zu dem Mann hinüber. Sah, wie sein Mund sich häßlich verzog. Angst kroch in ihr hoch.

„So haben wir nicht gewettet, meine Schöne!" sagte er, riß ihr das Handy aus der Hand und beendete das Gespräch. „Okay, Sie wissen jetzt alles, was notwendig ist. Ich würde mich gern noch mit Ihnen vergnügen, ihre Titten sind wirklich außerordentlich einladend, bella. Aber für mich kommt die Arbeit vor dem Vergnügen." Er steckte das Handy ein und verließ den Raum.

Ulla atmete auf, als sie allein zurückblieb. Das Zittern hörte erst nach einer Weile auf. Dann schlich sie zur Tür und legte das Ohr daran. Erst als sie geraume Zeit nichts hörte, ging sie zurück zum Bett, schob den Teller mit dem Essen beiseite, nahm die Wasserflasche in die Hand, öffnete sie und goß sich ein Glas ein. Gierig trank sie zwei, drei Gläser. Sie würde überlegen müssen, wie sie fliehen könnte. Ulla merkte, wie ihre Augenlider schwer wurden, die Gedanken entglitten ihr, sie wurde müde, so müde ...

Ulla erwachte aus ihrem Dämmerzustand mit einem pelzigen Gefühl im Mund. Ein metallischer Geschmack störte sie. Einen Moment lang fragte sie sich, ob sie alles geträumt hatte. Als sie sich im Raum umschaute, sah sie das Tablett. Es stand unten am Bett, das Essen war unberührt, nur die Wasserflasche halb geleert. Gleich neben der Tür war ein weiteres Tablett abgestellt worden, die Lebensmittel sorgfältig mit Alufolie verhüllt.

Ihr wurde schlagartig wieder bewußt, daß man sie gefangenhielt. Warum machten sich die Entführer so viel Mühe mit ihrem Essen? Warum hatten sie das alte Tablett nicht mitgenommen? Und was wollte man eigentlich wirklich von ihr? Sie erinnerte sich. Sie sollte eine Verzichtserklärung unterschreiben. Verzicht worauf?

Ulla erhob sich. Vor ihren Augen drehte sich alles. Ihre Finger schmerzten. Sie bewegte die Hand, um die Durchblutung anzuregen und ging in die Naßzelle, um Wasser über ihre Handrücken laufen zu lassen. Dann benutzte sie die Toilette. Bevor sie die Spülung drückte, stellte sie fest, daß ihr Urin dunkel und trüb aussah. Leider konnte sie ihre Zungenbeschaffenheit ohne Spiegel nicht prüfen. Sie trat an das schmale Fenster. Es wurde gerade hell.

Ihr wurde bewußt, daß sie einen ganzen Tag und eine Nacht in diesem Dämmerzustand verbracht hatte. Wahrscheinlich hatte man ihr ein Barbiturat gegeben, vermutlich ein Mittel mit dem Wirkstoff Zopyklon, möglicherweise Ximovan. Ulla nahm sich vor, nichts mehr von dem zu essen und zu trinken, was ihr hingestellt wurde. Sie beugte sich über den Wasserhahn, ließ Wasser in ihre zu einer Schale geformten Hände laufen und trank es. Mit dem Handtuch wischte sie sich trocken.

Wieder im anderen Raum, überlegte sie fieberhaft: Wie komme ich hier raus? Sie ging erneut zum Fenster. Dieses war breit genug und bot genügend Platz, um sich auf den Sims zu setzen, um dann von dort in den Park hinunterzugelangen. Ulla prüfte die Entfernung zum Boden. Er lag etliche Meter unter ihr. Die Möglichkeit mußte sie verwerfen. Mit suchendem Blick durchquerte sie den Raum. Vielleicht bot sich irgendein Gegenstand als geeignet an, um die Tür aufzubrechen. Sie fand nichts Passendes. Jetzt dachte Ulla daran, daß sich eine Haarnadel in ihrer Rocktasche verirrt haben könnte. Manchmal benutzte sie eine oder zwei, um die widerspenstigen Haare, die sich aus dem Tuff lösten, auf dem Oberkopf nachträglich zu befestigen. Hoffentlich, hoffentlich, bangte sie, als sie mit zitternden Fingern wühlte.

Die erste Tasche war leer. Ihr fiel ein, daß sie sich den Rock für den Urlaub gekauft und in Deutschland nie getragen hatte. Trotzdem langte sie in die zweite Tasche und jubelte. Ulla atmete tief durch, setzte sich erst einmal für einen Moment auf das Bett, bevor sie anfing, den Draht für den jetzigen Zweck zurechtzubiegen.

Dann ging sie zur Tür. Ängstlich lauschte sie, ob sich jemand näherte. Sie konnte kein Geräusch ausmachen. Also steckte sie vorsichtig den improvisierten Dietrich in das altmodische Schloß, versuchte zu drehen und an dem Mechanismus zu fingern. Ihre Internatszeit in der Klosterschule kam ihr in den Sinn, und wie sie mit ihrer Freundin Ina versucht hatte, die Schlafsaaltür mit einer Haarnadel zu öffnen. Damals mit Erfolg, fiel ihr ein, und dies machte ihr Mut. Sie probierte es links, rechts, drehte ein wenig mehr nach oben, bewegte die Nadel nach unten, aber nichts. Ein Geräusch ließ sie zusammenschrecken. Schlurfende Schritte näherten sich. Schnell rannte Ulla zum Bett und steckte die Haarnadel unter das Kopfkissen.

Die Tür öffnete sich, und der Mann von gestern erschien, mürrisch, als hätte man ihm seinen Tag verdorben. Seine glatten, dunklen Haare hingen ihm in die Stirn, seine Wangen waren gut rasiert, verrieten aber, daß er einen starken Bartwuchs hatte, sein Mund war gut geformt, lächelte aber nicht. Bekleidet war er mit einer dunkelblauen Bundfaltenhose, die sehr korrekt durch ein frischgewaschenes und mit Stärke gebügeltes, hellblaues Hemd ergänzt wurde, das Ulla an Büromenschen erinnerte. Dieses Mal hatte er kein Tablett in der Hand, sondern nur einen großen Briefumschlag. „Hier, die Papiere, Sie haben bis 17 Uhr Zeit, sie anzusehen, dann komme ich wieder."

Seine Stimme war ruhig und nicht einmal unsympathisch, fiel Ulla auf, auch wenn die Worte barsch vorgebracht wurden. Aber gerade diese Ruhe machte ihr Angst und hielt sie davon ab, irgend etwas zu sagen. Sie zitterte innerlich. Ihre Hände waren, wie immer, wenn sie diese Hilflosigkeit spürte, schweißnaß. Äußerlich versuchte sie, beherrscht zu wirken, ihrem Gegner nicht zu zeigen, wie es in ihr aussah.

Er hielt ihr den Umschlag hin und wartete, bis sie ihn öffnete und die dort enthaltenen Formulare entnahm. Sie schaute etwas ratlos auf mindestens fünf amtliche Bögen und ein Blatt mit einem Text. Sie überflog das Blatt. Wenn sie den auf Deutsch abgefaßten juristischen Text richtig verstand, sollte sie Teile eines Landstrichs auf jemanden übertragen, dessen Namen sie nicht kannte. Irgendwo war von einem Erbe die Rede.

Als sie das Wort Erbe las, kam ihr der rettende Einfall. Schließlich hatte sie sich in der letzten Zeit häufig mit dem Erbe ihres Vaters auseinandersetzen müssen. Sie nahm all ihren Mut zusammen und meinte betont forsch: „Hier steht etwas von Erbschaft. Wenn es sich um eine Erbschaft meines Vaters oder meiner Mutter handelt, bin ich nicht allein entscheidungsfähig, mein Sohn Dennis ist Miterbe. Ich muß ihn fragen, bevor ich unterzeichne."

Der Mann, der schon an der Tür stand, um den Raum zu verlassen, drehte sich um: „Unterschreiben Sie, ich diskutiere nicht." Aber er war stehengeblieben, und Ulla merkte, daß sie ihn verunsichert hatte. Sie bebte und konnte ein kleines Zittern in der Stimme nicht unterdrücken, als sie hinzufügte: „Ich könnte meinen Sohn Dennis anrufen, wenn Sie mir das Handy kurz überlassen. Wenn er einverstanden ist, okay, dann unterzeichne ich."

Ihr Bewacher zögerte. Ulla atmete tief durch, um ihre Rolle durchhalten zu können. Betont unbeteiligt blätterte sie in den Unterlagen, obwohl sie sich alles andere als unbeteiligt fühlte. Sie traute sich nicht, den Mann anzusehen, sondern blickte runter auf die Papiere, weil sie befürchtete, er würde erkennen, daß ihr Mut nur gespielt war. Die Buchstaben verschwammen vor ihren Augen, während sie wartete. Würde er auf ihren Vorschlag eingehen? Immerhin, er blieb. Doch dann hörte sie die Tür quietschen. Er verließ den Raum.

Enttäuscht sackte Ulla zusammen. Ihr Plan war nicht aufgegangen. Sie lauschte, ob seine Schritte sich entfernten. Nein, er stand noch vor der Tür. Sie hielt den Atem an, hörte ihn telephonieren und schöpfte neue Hoffnung.

Kurze Zeit später öffnete sich die Tür, und er kam erneut in den Raum. „Hier, aber machen Sie keine Zicken. Telephonieren Sie mit Ihrem Sohn, und kein falsches Wort!“

Ulla zwang sich, das Zittern der Hände zu verbergen. Zweimal rutschte sie ab, weil ihre Handflächen naß waren, dann hörte sie es tuten. Noch immer war sie sich nicht im klaren, was sie sich von dem Anruf versprach. Was sollte sie sagen? „Dennis?“ rief sie in die Muschel, als er sich meldete.

„Ja?“

Tränen rannen ihr plötzlich über das Gesicht, unsinnigerweise dachte sie: Ein Glück, daß Dennis mich nicht sieht, er haßt sentimentale Anwandlungen.

„Drücken Sie den Lautsprecher“, meinte ihr Bewacher mit dieser für Ulla unheimlichen, ruhigen Stimme.

Ulla suchte verzweifelt, sie wußte tatsächlich nicht, wo sich der Knopf befand. „Wo? Es ist Julias Apparat!“ erwiderte sie, preßte weiter die Muschel an das Ohr, froh, nicht zu wissen, wo der Knopf zu finden war. Denn wie früher, bei langen Autofahrten, hörte sie Dennis in ihrer Geheimsprache reden: „Riw netter hcid, etlah eid etuel nih, dnis dlab ad! Ow tsib du uaneg?“

Ulla war nahe daran, das Handy fallen zu lassen, aber ganz automatisch antwortete sie: „Dennis! Rebü red gnunhow sed schnöm, setiewz retsnef znag nebo sknil!“

„Sie wollen mich also für dumm verkaufen. Schade, ich hätte Sie für klüger gehalten.“ Der Mann nahm ihr sanft, aber bestimmt das Handy aus der Hand und klappte es zusammen. „Ich nehme an, Ihr Sohn ist einverstanden. Wie gesagt, Sie haben bis 17 Uhr Zeit. Wenn Sie unterzeichnen, können Sie gehen, sonst ... Die Leute, die sich dann mit Ihnen beschäftigen, sind keine Gentlemen.“ Er versenkte das Handy in seiner Hosentasche, nahm das Tablett mit den nicht gegessenen Sachen, zeigte auf das andere mit den Lebensmitteln in Alufolie und meinte: „Falls Sie noch Hunger bekommen.“

Ulla atmete auf. Sie fühlte sich, als hätte sie einen Berg bezwungen und würde jetzt – oben angekommen – vor lauter Erschöpfung die Landschaft nicht wahrnehmen können. Dann fiel ihr ein, daß der Mann zum Glück nicht von ihr verlangt hatte, sofort zu unterschreiben. Ihr Denkapparat füllte sich wieder mit Sauerstoff.

Sie überlegte. Wieso war Dennis hierher unterwegs, und was meinte er damit: Wir werden dich retten? Das konnte doch nur ein Scherz sein. Plötzlich machte sie sich Sorgen um Dennis. Hoffentlich macht er keinen Unsinn, kommt nicht durch mich in Gefahr, dies ist doch kein Feuerwehreinsatz, was denkt er sich eigentlich, und was hat er in Kalabrien zu suchen, und was heißt: wir?

In Ullas Gehirn kreisten die Gedanken umeinander. Wie ein Tier im Käfig ging sie unruhig auf und ab, zwei Schritte vor und zwei zurück. Ihre Nerven waren zum Zerreißen gespannt. Sie fingerte nochmals die zurechtgebogene Haarnadel unter dem Kopfkissen hervor und versuchte – wieder mit dem Ohr an der Tür –, mit dem Behelfsdietrich das Schloß der Zellentür zu öffnen. Vergeblich – jetzt steckte ein Schlüssel auf der anderen Seite im Schloß. Ihn mit der wackligen Haarnadel herauszustoßen, war ein hoffnungsloses Unterfangen. Also gab sie den Plan auf und steckte die Nadel in ihre Rocktasche. Ihr Blick fiel auf ihr blaues Halstuch, das auf dem Fußboden lag. Sie hob es auf und ging zum Fenster. Die Sonne leuchtete jetzt in die Bäume. Sie schaute auf das Meer, es wirkte ruhig heute. Ulla lauschte, ein Windzug ließ die Blätter der Laubbäume rauschen, die Brandung unten war kaum zu vernehmen.

Ulla befestigte das Tuch am Fensterstock, sorgfältig darauf bedacht, daß man es von innen nicht bemerken würde. Dann ging sie in ihre Zelle zurück. Sie rief sich alle Verhaltensmaßnahmen ihrer schlauen Lehrer für Krisensituationen ins Gedächtnis. In der Ruhe liegt die Kraft, fiel ihr nur ein, unruhig, wie sie war. Sie kämpfte mit sich, bis sie sich im Schneidersitz auf das Bett setzte und versuchte zu meditieren, wie sie es in ihren Lehrgängen gelernt hatte. Alle möglichen Gedanken schossen quer und ungeordnet durch ihren Kopf: ihre Mutter, der Selbstmord, sie als Kind, ihr Vater, die Hunde, der Tunnel, der Abgrund, die Nacht mit Enno. Angenehme und unangenehme Gefühle durchströmten Ulla wie Regen, mal warm wie an lauen Sommernächten, mal kalt wie an einem Wintertag.

Wieder und wieder tauchte das Bild ihrer Mutter auf. Der Taufstein. Ulla weinte. Sie ließ die Tränen einfach über die Wangen rinnen, bis sie versiegten. Nach einer Weile wurde sie ruhiger und öffnete die Augen. Tatsächlich fühlte sie sich erfrischt.

Ob Dennis und Erik wirklich kommen und mich hier rausholen werden? Zuzutrauen wäre es ihnen. Immerhin, dann hat Eriks übermäßige Sportbegeisterung doch einen Sinn, dachte Ulla, wenn sie auch nicht zuläßt, daß wir harmonisch miteinander leben können. Wir laufen auf zwei verschiedenen Schienen. Erik ordnet sein Leben der Suche nach dem sportlichen Kick unter. Lebt wie ein Asket, jeder Meter, den er nicht joggt, Rad fährt, klettert, Berg wandert, Ski fährt, ist ein verlorener Meter für ihn.

Einen Moment sah Ulla sich mit ihren barocken Formen an einem Seil in einer Bergwand hängen und mußte schmunzeln, dann kam ihr der Ernst ihrer Lage wieder in den Sinn. Sie stand auf und ging zum Fenster.

Kapitel 33: Di Flavio als Beichtvater

Di Flavio summte vor sich hin, als er über die Piazza Ercole auf das Café Roma zuging. Der garstige Wind von gestern hatte sich gelegt, die Sonne lachte wie jeden Tag, an diesem Freitagmorgen ein wenig schelmischer als sonst, schien ihm. Erica war gestern sehr aufgeräumt aus Mailand zurückgekehrt. Ihr Flugzeug landete ohne jede Verspätung. Er traf einen netten Kollegen am Airport Neapel und konnte direkt vor dem Eingang der Ankunftshalle parken. Später im Auto, bei Ericas Schimpfkanonade über Mailand, hielt er sich vornehm zurück und äußerte sich mit keinem Wort. „Alles ist sauteuer geworden, stell dir vor, Tino, für einen Cappuccino nehmen sie 3,40 Euro, das ist modernes Raubrittertum! Und die Schuhe, alles Billigware aus Fernost, keine Qualität mehr. Nein, das ist nicht mehr mein Mailand. Nur der kleine Dessous-Laden, du erinnerst dich? In der Nähe der Galleria Vittorio Emmunuele? Der hat noch die Qualität wie eh und je."

Er hatte geschmunzelt, als sie zu Hause ihre Einkäufe auspackte.

Di Flavio schaute zur Uhr. Es war kurz vor acht. Die alten Herren waren noch nicht eingetrudelt und Julia anscheinend ebenfalls nicht. Aber er war sicher, sie würde gleich kommen, und dann ging es los. In seinem Inneren kribbelte es. Er liebte diesen Part, wenn wie beim Schachspiel nur noch wenige Figuren übrig waren. Er war gespannt, ob sich die Entführer von Ulla bei Julia gemeldet hatten. Daraus könnte er schließen, ob Ulla noch in der Kirche Maria dell'Isola gefangengehalten wurde oder schon an einen anderen Ort transportiert worden war.

Di Flavio bedauerte zum zweitenmal, daß Robert Enno durch einen anderen Bewacher ausgetauscht hatte. Anscheinend hatte Robert Angst bekommen. Der Commissario hatte den ursprünglich vorgesehenen Plan ändern müssen. Er war damit nicht besonders glücklich, denn für Ulla wäre es sicherer gewesen, wenn Enno die Sache in der Hand behalten hätte. Er war schließlich sein bester Mann. Immerhin war Ennos Deckung nicht aufgeflogen, und er hatte ihn noch informieren können. Di Flavio wußte, heute würden seine Fische ihm ins Netz gehen, so oder so.

Er begrüßte seinen Schwager und bezog Position an der Tür des Cafés. Wie erwartet, kam Julia die Straße entlang. Er begrüßte sie höflich, als sie sich setzte: „Buon giorno, Signora Julia, tutti bene? Come sempre, un cappuccino e un cornetto con marmelata?"

„Si, prego. Ich hatte schon Angst, Sie nicht anzutreffen, ich bin so froh ...", stammelte Julia.

„Subito, gleich", sagte di Flavio, ging zum Tresen und kam kurze Zeit später mit einer gefüllten Tasse, einem Hörnchen und einer Flasche Wasser wieder. Er stellte alles vor Julia auf den Tisch. „Prego." Er wedelte noch ein wenig mit seiner Serviette über die Tischdecke, als wären dort Krümel. „Erzählen Sie!" forderte er sie mit leiser Stimme auf.

„Ich darf nicht", raunte Julia, „wenn man mich beobachtet ... Bitte gehen Sie."

Di Flavio überlegte, dann flüsterte er ihr zu: „Okay, gehen Sie unauffällig zum Dom, ich erwarte Sie im Beichtstuhl, gleich bei der Kanzel." Überlaut sagte er: „Möchten Sie gleich bezahlen oder später, Signora?"

„Später, bitte."

Di Flavio ging zurück in das Lokal. „Ich muß zum Dienst, tut mir leid. Kümmerst du dich bitte um Signora Julia?"

„Va bene. Ich hab gehört, Erica ist zurück. Dann kommt ihr am Samstag?"

„Ja, sicher", antwortete di Flavio einsilbig. Er verließ das Café durch den Hinterausgang und nahm die kleine Via Glorizio, die parallel zur Hauptstraße ein wenig aufwärts zum hinteren Teil des Doms führte. Er eilte an dem Marienaltar in der Mitte der Gasse vorbei. Sah nur, daß inzwischen ein Vorhängeschloß das Fenster vor dem Bild verriegelte. Nicht besonders sicher, aber wenigstens etwas, dachte er.

Kurz vor der hinteren Begrenzungsmauer des Domareals wandte er sich nach links, ging auf einen Anbau zu und blieb schließlich vor einer runden, zweiflügligen Holztür stehen, über der ebenfalls eine Maria mit Kind thronte, hier in Form eines Steinreliefs. Er mochte diese Abbildung, weil der Bildhauer der Maria ein kindliches Aussehen verliehen hatte und das Kind in ihrem Arm sie schützte, nicht umgekehrt. Er drückte den Klingelknopf und wartete. Als geöffnet wurde, sagte er: „Signor Sabatini, einen Augenblick bitte."

„Kommen Sie herein."

Nachdem sich die Tür geschlossen hatte, blieb der Commissario im Flur stehen: „Ich benötige Ihre Hilfe, Hochwürden."

„Und alles muß schnell und reibungslos ablaufen, Erklärungen werden nicht gegeben. Was ist es diesmal?"

Di Flavio lachte: „Ich sehe, Sie kennen mich. Ich brauche eine Soutane, weil ich pro forma eine Beichte abnehmen muß. Sie verstehen?"

Jetzt lachte Hochwürden Sabatini: „Allora, schauen wir mal ..." Der Priester sah di Flavio kurz prüfend an, ging dann nach innen in das Haus, um kurze Zeit später mit einer schwarzen Soutane über dem Arm wiederzukommen. Er half di Flavio, das Kleidungsstück anzulegen und meinte dann: „Viel Glück! Vertreten Sie mich gut."

Di Flavio beeilte sich, die wenigen Meter auf dem Gelände des Doms zurückzulegen und das Eingangsportal auf der hinteren Seite zu erreichen. Er hielt den Kopf gesenkt. Als er das Tor passierte, schaute er kurz hoch. Die drei pausbäckigen Engelsgesichter über der Tür – eines in der Mitte und eines an jeder Seite – schauten bösartig auf ihn herab und verhöhnten ihn in seinem Aufzug. „Habt ihr noch nie einen Commissario in Priestergewändern gesehen?" fragte er nach oben und hätte ihnen fast die Zunge rausgestreckt.

Nachdem er das Tor passiert hatte, trennten ihn nur noch ein paar Schritte durch einen Innenhof und ein kurzer Treppenanstieg hinter einem Rundbogen von dem internen Seitenzugang des Doms. Er wußte, gleich neben diesem Eingang, der den Mitarbeitern des Doms vorbehalten war, befand sich der Beichtstuhl. Im Inneren des Doms schaute di Flavio kurz nach links und sah aus den Augenwinkeln Julia beim Eingang stehen. Sie schlenderte an einer der dort aufgehängten Fliegerbomben vorbei und schaute sich um. Er huschte in den Beichtstuhl, sie würde das Holzungetüm mit dem grellen lila Vorhang sicher gleich entdecken.

Nach ein oder zwei Minuten hörte er die Tür klappen und sah, wie Julia sich auf der anderen Seite hinkniete. „Ich habe noch nie in einem Beichtstuhl gesessen. Ich bin evangelisch", sagte sie.

„Es gibt immer ein erstes Mal", erwiderte di Flavio.

„Ich bin froh, daß ich mit Ihnen reden kann. Ulla ist seit Mittwochabend in der Wallfahrtskirche. Sie wird gefangengehalten. Der Anrufer sagte, sie wird heute abend um 18 Uhr freigelassen, wenn sie eine Erklärung unterzeichnet. Nach dem Ausflug nach Nicotera ist sie mit Enno noch zur Kirche gegangen, um Pater Enrico aufzusuchen. Sie kam nicht wieder. Ich habe mir Sorgen gemacht. Dann rief sie an, ziemlich spät und sehr verliebt, sie und Enno ... Ich habe mir zunächst nichts dabei gedacht, erst als am Morgen der fremde Mann anrief und sagte, sie wird gefangengehalten."

„Enno gehört zu meinen Männern, aber er hätte seinen Gefühlen besser nicht nachgegeben."

„Haben Sie eine Ahnung, worum es geht?"

„Es geht um das Erbe von Ullas Mutter Sabina, der Hotelneubau, das Hotel Marina. Sie benötigen die Übertragung für den Strandzugang und für den Golfplatz. Sabina besaß einen großen Teil des Landes. Ein anderer Teil gehört Monica und ein kleinerer Robert Fellner."

„Robert? Steckt er dahinter?"

„Ja und nein, er ist ebenfalls unter Druck, hinter ihm stehen noch andere. Aber die Sache mit Ulla geht wohl auf sein Konto."

„Dann waren die Versuche, Ulla umzubringen, also echt?"

„Ich würde sagen, sie waren eher dazu gedacht, Ulla einzuschüchtern, damit ihr bewußt wird, was passieren kann."

„Und Tarif?"

„Julia, seien Sie bitte sehr vorsichtig, wenn Sie den Dom verlassen, gehen Sie bitte direkt zum Hotel zurück. Bleiben Sie dort, bis Sie von mir eine Entwarnung erhalten. Versprechen Sie mir das?" Di Flavio schob ein kleines Handy durch das Gitter. „Hier, damit können Sie mich jederzeit anrufen. Haben Sie mit irgend jemand über Ullas Entführung gesprochen?"

Julia hüstelte, dann kam es verlegen aus ihr heraus: „Ich war gestern im Lokal Quo Vadis in Parghelia. Ich wollte herausfinden, wie alles zusammenhing. Die Schwester des Wirts, Isabella, habe ich gefragt, ob ihr die Besitzverhältnisse bekannt wären, und wer die Erben wären. War das sehr schlimm?"

Der Commissario stöhnte. „Und?" fragte er, weil er merkte, daß noch mehr Ungemach schlummerte.

„Ullas Ex-Mann Erik hat angerufen, ich habe ihm gesagt, daß Ulla ... Er kommt heute mit seinem Sohn hierher, sie sind bereits auf der Fähre."

Di Flavio seufzte. „Nun gut, gehen Sie bitte zurück ins Hotel! Lassen Sie Ihr Handy eingeschaltet."

„Ja, klar."

„Gut. Wenn der Entführer nochmals anruft, verständigen Sie mich bitte. Drücken Sie die eins, dann bin ich am Apparat. Bitte, sprechen Sie ab sofort mit niemandem mehr über die Angelegenheit, und keine Eigenmächtigkeiten, versprochen?"

„Si, va bene."

„Und jetzt gehen Sie unauffällig hinaus und hocken sich noch in eine Reihe und beten." Er hörte Julia leise kichern, der Duft ihres Parfüms wehte zu ihm rüber, und er schloß für einen kleinen Moment die Augen.

Mein Gott, dachte er, sie war es, damals in jener Nacht, als Monica sich über mich geärgert hatte und einfach mit einem fremden Mann am Feuer tanzte. Dieser Fall ist wirklich getränkt mit Vergangenheit. Vielleicht werde ich es ihr sagen, wenn alles vorbei ist.

Di Flavio ermahnte sich, wieder zu den sachlichen Fakten zurückzukehren. Er wartete eine Weile, dann nahm er den gleichen Weg, den er gekommen war. Wieder im Haus des Priesters, entledigte er sich der schwarzen Soutane, händigte sie Signor Sabatini aus, dankte ihm für die Hilfe und verließ das Pfarrhaus. Er beeilte sich, in sein Büro zu kommen.

Sorgfältig sah er sich die Unterlagen an. Er murmelte vor sich hin: „Isabella, der schwarze Faden unter Lauras Nägeln, Mancini, die Hunde, Tarif ..."

Als er auf Umberto stieß, griff er zum Telephon. Eine Stimme am anderen Ende verkündete die Bürozeiten des Rechtsanwalts. Es war inzwischen fast Mittag geworden. Di Flavio schaltete seinen Laptop an, suchte sich die private Nummer des Notars und versuchte diese.

„Pronto! Mit wem spreche ich?"

„Hier Commissario di Flavio, ich gebe Ihnen meine Nummer und bitte Sie, mich zurückzurufen, wenn Sie sichergehen wollen."

„Worum geht es?"

„Um das Grundstück in Parghelia, auf dem das Hotel Marina entsteht und die Erbschaft ..."

„Ja, ich weiß schon. Bitte geben Sie mir Ihre Nummer, ich rufe zurück."

Di Flavio legte auf und wartete, bis sein Amtsapparat klingelte: „Pronto, di Flavio! Signor Umberto?"

„Si, ich habe die Unterlagen in meinem Büro, aber ich kann Ihnen sagen, daß Robert Fellner zweimal bei mir war, um nachzufragen, was seine Ex-Frau Monica Fellner bezüglich ihres Anteils verfügt hat. Sie war bei mir, und sie wird die Einwilligung zum Verkauf geben, hat sie mir versichert. Sie und ihr Ex-Mann haben die Unterlagen erhalten und wollen sich heute um 18 Uhr bei der Wallfahrtskirche treffen. Allerdings steht noch die Unterschrift der Tochter von Sabina Esseri aus. Aber Robert Fellner meinte, die Frau wäre einverstanden, und die Unterlagen würden mir heute abend noch zugehen. Übermorgen läuft die Einreichungsfrist für den EU-Zuschuß ab, wenn bis dahin nicht alles vorliegt, wird es wohl kein neues Hotel geben, vermute ich mal."

„Danke, Sie haben mir sehr geholfen."

Die Sekretärin, Signora Alberti, steckte den Kopf in die Tür. „Ein wichtiger Brief ist gerade für Sie abgegeben worden." Sie reichte dem Commissario einen Umschlag. Monicas Schrift ist verdammt krakelig geworden, es scheint ihr sehr schlecht zu gehen, dachte er. Er griff nach dem Brieföffner.

Zwei Stunden später unterbreitete er seinen Männern den Einsatzplan. „Tino, deine Ideen werden auch immer verrückter, jetzt willst du uns in Kutten und schwarzen Kleidern in die Kirche schicken. Geht es nicht einen Tick normaler?" brummelte ein Kollege, der ihn schon lange kannte. Die anderen nickten. Sie waren froh, daß jemand sich traute, auszusprechen, was alle dachten.

„Ihr schafft das schon, wichtig ist nur, daß alles klappt."

Und, daß ich dieses Mal diesen Robert Fellner zu Fall bringe, dachte er. Di Flavio wußte, die nächsten Stunden würden Warten bedeuten. Eine Bürde, schwerer zu ertragen als die Aktion.

Kapitel 34: Julias banges Warten

In ihr Hotelzimmer verbannt, fühlte Julia sich wie ein Hund an der Leine. Dabei war sie nach ihrem eigenen Verständnis dem Grunde nach eine geduldige Person, aber in dieser Situation? Wer konnte da ruhig und gelassen bleiben? Julia bangte um Ulla! Das Telephon blieb stumm. Es tat ihr nicht den Gefallen zu klingeln.

Erik und Dennis meldeten sich nicht! Julia versuchte, sich nicht auszumalen, was dies bedeuten könnte. Von di Flavio kam ebenfalls kein Mucks! Das kleine Handy, das er ihr mitgegeben hatte, lag leblos auf dem Tisch vor ihr. Julia trank verzweifelt ein Glas Wasser nach dem anderen. Lieber wäre ihr ein Glas Wein oder noch besser eine Tasse Kaffee gewesen, um ihre gereizten Nerven zu beruhigen, aber sie verbot sich den Wein, und Kaffee war nicht vorhanden. Essen glücklicherweise auch nicht. Julia war ein Streßesser und hätte sich alles einverleibt, was sie gefunden hätte. Das Buch, indem sie gerade las, lag aufgeschlagen neben ihr, aber immer wenn sie versuchte, sich in die Liebesgeschichte zu vertiefen, verliefen die Buchstaben vor ihren Augen, und sie konnte nur an Ulla denken. Hoffentlich war sie vernünftig und unterschrieb.

Di Flavio hatte Julia eindringlich vor Augen geführt, daß mit diesen Leuten nicht zu spaßen war. „Sie greifen oft zu sehr drastischen Mitteln, um ihre Macht zu demonstrieren“, hatte er gesagt. Bei ihrem unruhigen Herumlaufen im Zimmer entdeckte Julia eine beim Hinflug ergatterte Zeitschrift. Lustlos blätterte sie in ihr herum. Natürlich stieß sie prompt auf einen Artikel über die sizilianische Mafia. Von abgeschnittenen Fingern und Ohren war da die Rede! Ihr wurde ganz schlecht.

Nicht auszudenken, wenn auch noch Erik und Dennis in Gefahr gerieten. Dann war sie, Julia, schuld, daß Ullas ganze Familie ausgelöscht wurde! Plötzlich gaukelte ihr die Phantasie schreckliche Dinge vor. Sie sah die drei mausetot und – als Pakete verschnürt – in die Mauern des Hotels Marina einbetoniert.

Julia schrak zusammen, als endlich Ullas Handy läutete. „Ja, was ist ...?“ rief sie mit atemloser Stimme in die Muschel.

„Kommen Sie ihre Freundin Ulla abholen, um sechs auf dem Plateau der Wallfahrtskirche!“ hörte sie eine ihr völlig fremde Männerstimme sagen.

„Wie geht es Ulla?“ Doch der Sprecher am anderen Ende hatte bereits aufgelegt. Sie checkte die Nummer, es war ihre Handynummer. Julia griff sich das kleine Handy von di Flavio und drückte vorsichtig die Taste, die er ihr benannt hatte.

„Ja, Julia? Di Flavio“, kam es prompt, und Julia atmete erleichtert auf.

„Sie haben angerufen. Sie wollen, daß ich Ulla um sechs abhole, oben auf dem Plateau!“

„Verstehe! Jetzt ist es 17.30 Uhr, okay, ich würde sagen, machen Sie sich auf den Weg, in fünf Minuten. Einer meiner Männer wird Ihnen unauffällig folgen. Wir werden ebenfalls dort oben sein. Drücken wir uns die Daumen, daß alles gut läuft.“

„Ja, das wünsche ich mir ebenfalls. Erik und Dennis haben sich bislang nicht gemeldet.“

„Bitte geben Sie mir, wenn möglich, Bescheid. Aber riskieren Sie nichts. Wie gesagt, ich werde ebenfalls unauffällig vor Ort sein. Viel Glück!“

Julia streifte recht beklommen ihre Sportschuhe über und zog einen schwarzen Pullover über ihr T-Shirt. Als sie zur Rezeption kam, lächelte die nette Chefin des Familienhotels und fragte: „Sollen wir wieder Commissario di Flavio verständigen, wenn Sie bis 22 Uhr nicht im Hotel sind? Gestern abend sind Sie ja glücklicherweise wohlbehalten wieder zurückgekommen."

Die Oma, die in der Ecke saß, nickte und lächelte ebenfalls. Sicher hatte sie kein Wort verstanden, aber natürlich wußte sie über alles genauestens Bescheid. „Falls meine Freundin Ulla kommt, sagen Sie ihr bitte, sie möchte den Commissario anrufen. Ich schreibe Ihnen die Nummer nochmals auf." Julia notierte die Nummer auf einem Zettel und schob ihn über den Tresen. „Drücken Sie mir die Daumen, daß alles gutgeht."

„Si, si."

Julia verließ das Hotel.

Ulla stand am Fenster ihrer Zelle und bemühte sich, dem schwachen Klang der Kirchenglocke zu lauschen. Wie spät war es? Es hatte eins geschlagen, und jetzt schlug es viermal an, oder täuschte sie sich? Sie wurde unruhig. Um fünf Uhr wollte der Mann zurückkommen. Was sollte sie tun? Ulla entschied sich zu unterschreiben. Später würde sie nachforschen und könnte vielleicht beweisen, daß sie unter Zwang gehandelt hatte und die Sache widerrufen.

Aber was machte sie sich Sorgen um materielle Dinge. Ihr gingen Dennis Worte nicht aus dem Kopf. Ihm war doch hoffentlich nichts passiert, wer weiß, was er angestellt hat, und wenn ihre Entführer ihm aufgelauert und ihn gefangengenommen hatten? Dann würde sie alle Papiere der Welt unterzeichnen.

Mit ihrer Gelassenheit und Ruhe war es vorbei, sie wanderte im Joggingschritt in der Zelle auf und ab, fingerte an ihren Haaren herum, zwirbelte sie mal so, mal so, ging ins Bad, wusch sich das Gesicht, kam zurück. Sie ging wieder zum Fenster. Das blaue Halstuch fiel ihr ein, das sie vor Stunden am Fensterrahmen befestigt hatte. Sie würde es sofort entfernen müssen. Falls Dennis nicht gefangen war und er dort unten wäre, könnten ihn die Beobachter entdecken und hätten leichtes Spiel.

Sie ging zum Fenster und öffnete es. Das Tuch war vom Wind in das Mauerwerk gedrückt worden und hatte sich dort verhakt. Sie mußte sich weit hinauslehnen, um es mit einem Ruck freizubekommen. Es riß, und ein Teil blieb hängen, den Rest sicherte sie. Bevor sie das Fenster wieder schloß, warf sie einen verstohlenen Blick in den Garten. Stand dort unten jemand? Tatsächlich huschte unter einer Pinie ein Schatten entlang. Sie hatte richtig vermutet, man hatte Beobachter dort unten postiert. Der Schatten bewegte sich mit einer jungenhaften Schlaksigkeit, die ihr seltsam vertraut vorkam. Mein Gott, das war Dennis! Verzweifelt schaute sie umher, hoffentlich lauerte ihm niemand auf. Selbst unvorsichtig, rief sie: „Dennis sieh dich vor, sei vorsichtig!"

Er blickte hoch und gab ihr mit einem Zeichen zu verstehen: „Alles okay."

Ulla starb fast vor Angst! Was dachte sich Dennis dabei, das war doch kein Pfadfinderspiel. Sie würde gehörig mit ihm schimpfen müssen. Wenn ...

Leise hörte sie Dennis jetzt rufen: „Warte, wir kommen gleich!"

Dann sah sie Erik in Radmontur aus dem Gebüsch auftauchen und hinter Dennis herschleichen. Ulla mußte trotz aller Furcht schmunzeln. Das gab ihr wieder einen kühlen Kopf zurück, und sie prüfte mit den Augen jetzt Meter für Meter der Umgebung der beiden. Als sie feststellte, daß sich nichts rührte, atmete sie auf. Erik schleuderte jetzt ein Bergseil in Richtung ihres Fensters. Der Haken griff ein wenig unterhalb in einem Vorsprung. Dennis faßte das Seil und erklomm die Hauswand, als würde er einen Felsen in den Alpen bezwingen. Erik sicherte ihn von unten mit dem Seil ab. Dennis kletterte zum Nebenfenster. Ulla hörte ein kurzes Knirschen, Glas splitterte. Erik rollte unten das Seil zwischen Ellenbogen und Hand wieder zusammen. Dann hörte sie Schritte: Mein Bewacher wird doch nicht gerade in diesem Moment wiederkommen? dachte sie, und bange Minuten lang zitterte sie erneut vor Angst.

Schnell schloß sie das Fenster und setzte sich auf das Bett. Ihren Blick auf die Tür gerichtet, versuchte sie, die Geräusche draußen zu analysieren, bis sich der Schlüssel im Schloß drehte. Ulla hielt die Luft an. Erst als sich der etwas zerzauste Haarschopf von Dennis durch den Türrahmen schob, atmete sie hörbar aus, eilte zur Tür und auf ihn zu. Dennis stand vor ihr und meinte cool: „Hallo Mutti."

Als sie ihn umarmen wollte, wehrte er ab: „Keine Zeit, komm!"

Sie liefen die Treppen hinunter bis zu der Tür, die in den Garten hinausführte. Dennis hatte ihre Hand gepackt, sie war ebenso schweißnaß wie ihre, und gebückt liefen sie über die freie Rasenfläche, bis sie im Gebüsch untertauchten. Erik erwartete sie. Jetzt nahm Erik ihre Hand, und sie liefen nicht mehr so schnell weiter, weil das Unterholz dicht und kein Weg vorhanden war. Bald war Ullas Gefängniszelle außer Reichweite, und Erik meinte: „Okay, hier sind wir einigermaßen sicher."

Ulla sah, daß sie fast die Spitze des Parks erreicht hatten. Vielleicht hundert Meter weiter ragte das große Kreuz aus dem Bewuchs. „Dahinten ist der Park zu Ende, und der Felsen fällt steil ins Meer ab", sagte sie.

„Gut, dann bleiben wir hier", meinte Erik, und sie setzten sich auf den Boden. Ulla erzählte flüsternd, daß ihre Entführer um fünf Uhr kommen wollten. Erik schaute zur Uhr, es war inzwischen kurz nach halb fünf, und entschied, daß sie unter diesen Umständen besser warten sollten, bis die Dämmerung einsetzte, ehe sie sich hinunter zur Strandstraße schleichen könnten.

„Ab jetzt kein Wort mehr", befahl er. Stumm hockten sie auf der Erde. Ulla war mehr als froh, daß Dennis nichts passiert war. Sie zog ihren Rock aus, setzte sich auf ihn und gab Dennis zu verstehen, daß noch Platz auf ihm wäre. Dennis machte nur eine unwirsche Bewegung. Ulla lächelte, schaute auf ihre Arme und Beine. Sie waren von dem harten Bewuchs völlig zerkratzt.

Mit der Heiltinktur in ihrer Handtasche könnte sie die Stellen jetzt betupfen, und sie würden weniger wehtun. Aber ihre Handtasche war in den Händen der Entführer. Sie hörte unten am Felsen die Brandung anschlagen, der Papagei in der Voliere krächzte etwas weiter entfernt. Noch stand die Sonne ziemlich hoch am Himmel, aber sie saßen ja im Schatten.

Kapitel 35: Robert und sein Kartenhaus

Roberts Handy klingelte sehr früh am Morgen und weckte ihn. „Roberto, wir sind sehr unzufrieden mit deiner Arbeit. Denk daran, du hast nur noch bis heute abend Zeit. Um acht läuft deine Uhr ab." Der Anrufer wartete keine Antwort ab, sondern legte auf. Robert schleuderte das Handy von sich.

Dann stand er auf, duschte und sagte mehrmals vor sich hin: „Ich werde es schaffen, ich werde es schaffen, ich werde es schaffen." Er kleidete sich an und machte sich auf den Weg zum Frühstücksraum.

Sein normales Handy läutete, es war Sandra. Ihre sonst gelassene, ruhige Stimme überschlug sich: „Du mußt sofort kommen, hier ist der Teufel los! Dein Freund Klaus Weidner hat sich umgebracht, die Zeitungen sind voll davon, es ist ein Skandal. Die Steuerfahndung durchwühlt seine Kanzlei. Man munkelt, du würdest auch mit drinhängen, das stimmt doch nicht, oder? Du mußt sofort zurückkommen und erklären, daß an den Gerüchten kein Quentchen Wahrheit ist."

„Ich kann erst morgen kommen, tut mir leid. Aber bitte verbrenne alles, was mit einem C gekennzeichnet ist."

„Dann stimmt es, was die Leute über Klaus sagen? Und auch, daß du da mit drinhängst? Wenn das zutrifft, reiche ich sofort die Scheidung ein und gehe zu meinen Eltern zurück." Die Verbindung wurde unterbrochen, Sandra hatte aufgelegt. Robert wußte, es war ihr Ernst. Es machte ihm nicht einmal viel aus, er sorgte sich nur um Angie. Er wählte ihre Nummer, bekam sie ganz verschlafen an den Apparat und erklärte ihr sehr vorsichtig, daß sich ihr Leben jetzt ändern würde.

Sie fragte nur mit ihrer Mädchenstimme: „Aber ich bekomme doch weiter mein Taschengeld wie bisher, das brauche ich nämlich. Und das Geld für die Miete für die Wohnung in Rom? Oder?" Müde bejahte er die Frage und zerstreute ihre Befürchtungen. Er würde sich morgen mit diesem Problem auseinandersetzen, nicht heute.

Robert fluchte. Der Notar, den er für die Bezeugung der Unterschrift von Ulla brauchte, war nicht vor 17 Uhr verfügbar, und er mußte bis dahin warten. Aber jeden konnte er schließlich nicht mit einer so heiklen Angelegenheit betrauen. Dieser Mancini war ihn gestern abend wegen der Restaurantlizenz nochmals angegangen. Regelrecht erpreßt hatte er Robert und ihm ein Ultimatum gesetzt. Es lief morgen um elf Uhr aus. Man würde sehen. Wenn die Grundstücksangelegenheit um das Hotel Marina unter Dach und Fach war, dann war das ein Pappenstiel.

Er hatte herausgefunden, daß sich Monica in einem Krankenhaus in Nicotera aufhielt. Er würde sofort hinfahren und mit ihr reden. Dann sparte er sich diesen theatralischen Auftritt heute abend.

Um die Mittagszeit stand er an der Auskunft der Klinik. „Ich bin Robert Fellner, ich möchte meine Frau Monica Fellner besuchen. Auf welcher Station finde ich Sie?"

Die Dame am Empfang gab den Namen in ihren Computer ein. „Ja", meinte sie, „Station 3. Aber warten Sie, nein, Ihre Frau ist schon nach Hause gegangen. Sie wollten Sie sicher abholen." Die Empfangsdame lächelte verständnisvoll. „Sie hat ein Taxi genommen, tut mir leid."

Robert quälte sich ein Lächeln ab und ging. Er fuhr zu Louisa, aber die schüttelte nur den Kopf und meinte: „Monica ist nach Hause gefahren, tut mir leid. Ich dachte, sie wollte Sie heute abend treffen?"

„Ja, schon, aber ... Warum war Monica im Krankenhaus? Was ist mit ihr?“

„Nur die Aufregung um Laura, ein Schwächeanfall, ansonsten ...“

„Nun gut, ciao Louisa, mille grazie.“

Robert fuhr zurück nach Tropea. Es war inzwischen kurz vor 17 Uhr, und er mußte sich sputen. Auf dem Parkplatz am Strand angekommen, telephonierte er, bevor er aus dem Auto stieg. Zum dritten Mal an diesem Tag hörte er: „Tut mir leid.“ Dieser Satz schmerzte ihn, denn er war begleitet von der Nachricht, daß sein Vogel weggeflogen und das Nest leer war. Ulla hatte sich in Luft aufgelöst.

Sein Beauftragter rechtfertigte sich: „Die Abmachung sah vor, daß Sie sich am Nachmittag selbst um die Dame kümmern. Sicher hat Enno sie rausgeholt. Der hat sich doch hoffnungslos in diese Tussi mit den überdimensionalen ‚seni‘ verknallt. Jedenfalls ist die Sache schiefgelaufen.“.

Robert fluchte: Enno! Also hatte es nicht gereicht, Enno durch seinen Onkel vom Schauplatz zu entfernen. Dieser Kerl mußte vor Verliebtheit den Helden spielen. Robert stöhnte, als ihm bewußt wurde, daß er sich verrechnet hatte. Er hätte gleich einen Unbeteiligten nehmen sollen. Was sich zuerst glücklich anließ, entwickelte sich jetzt zum Bumerang. Jeder Appetit war ihm vergangen. Er ging in die Strandbar und trank einen Cynar, um seinen Magen zu beruhigen.

Robert überlegte, ob er gleich zum Flughafen fahren sollte, um zu verschwinden. Am besten nach Argentinien, wie schon einmal. Er fingerte seine Börse heraus, zückte eine Kreditkarte, strich zärtlich über das glatte Plastikmaterial und lächelte. Sandras Eltern würden sich schon um Angies Studienkosten kümmern.

Kapitel 36: Monica bei di Flavio

Monica verließ das Krankenhaus in Nicotera an diesem Freitagmorgen um zehn Uhr. Das Taxi wartete, und sie lehnte sich in die Polster zurück, als sie durch die Kaplandschaft fuhren. Wieder dachte sie: Der Mai ist die wohl schönste Jahreszeit, alle Farben leuchten verschwenderisch aus diesem frischen Grün, das überall sprießt und sich verbreitet.

Sie hatte ein wenig Angst, di Flavio zu treffen. Am Telephon meinte er: „Bitte komm, wir haben einiges zu reden“, und: „Laß dich trösten.“ Niemand würde sie trösten können, es gab keinen Trost für den Verlust von

Laura. Aber sie widersprach ihm nicht. Sie war sich nicht sicher, ob er auf ihren Vorschlag eingehen würde. Jetzt, in diesem Moment, würde er sicher den Umschlag öffnen.

Eine knappe Stunde später stieg sie an der Piazza Ercole aus dem Auto, bedankte sich, zahlte und ging mit einer kleinen Träne in den Augen am Café Roma vorbei. Wie viele schöne Stunden hatte sie dort zugebracht, ebenso wie manch bittere. Monica ging zum Palazzo Municipale und steuerte auf die Amtsräume von Valentino – wie sie ihn für sich immer noch liebevoll nannte – zu.

Seine Sekretärin führte sie sofort in di Flavios Büro. Er stand auf, kam ihr entgegen und umarmte sie. Monica lächelte, als sie seine weiche Fülligkeit in der Leibesmitte spürte. „Geht es dir einigermaßen, Monica? Wird dir die Sache nicht zuviel? Hast du dir alles gut überlegt?"

„Jetzt hör auf, mich mit Fragen zu bombardieren. Ich bin soweit okay. Ich frage dich, können wir vorgehen, wie ich es vorgeschlagen habe?"

„Ich denke schon. Wenn Robert sich verrät, haben wir genug Zeugen. Ob die Staatsanwaltschaft dann ebenfalls mitspielt, müssen wir sehen. Aber bleib bitte bei dem, was wir vereinbart haben, und begib dich nicht Gefahr. Ich habe Angst um dich und ein ungutes Gefühl."

„Keine Angst, ich werde Robert dazu bringen, daß er zugibt, Ulla entführt zu haben, daß er Sabina auf dem Gewissen hat, und daß er an Lauras Tod schuld ist."

„Monica, ich habe dir schon am Telephon gesagt, für Lauras Tod ist ein anderer verantwortlich. In einer halben Stunde haben wir die beiden Schuldigen hier sitzen. Du kannst vom Nebenraum aus mitverfolgen, wie sie gestehen. Und sie werden gestehen. Aber bitte überlege, ob du das Procedere ertragen kannst. Ganz wohl ist mir nicht dabei, dich nebenan zu wissen."

„Bitte, Tino, laß mich. Es würde mir vieles leichter machen."

Di Flavio seufzte, dann meinte er: „Nun gut, warten wir."

Sie unterhielten sich über alte Zeiten, lachten über ihre Torheiten. Monica wußte, daß sie sich etwas vormachten. Bis das Telephon läutete. „Si?" sagte der Commissario nur und: „Es geht los. Bitte geh hier hinein."

Monica wurde in den Nebenraum geführt. Durch eine Glasscheibe konnte sie in den anderen Raum sehen. Zwei Beamte kamen mit Isabella Battistella herein. Die junge Frau setzte sich. Ihr Gesichtsausdruck verriet Hochmut. „Ich weiß nicht, was dies soll, Signor di Flavio. Ich kannte Laura, sie war die Verlobte meines Bruders, aber ansonsten hatten wir herzlich wenig gemein."

„Wie kommt es dann, daß ein Faden von Ihrer Weste unter Lauras Fingernägeln gefunden wurde?"

„Mein Bruder besitzt die gleiche Weste, der Faden wird wohl von seiner Weste stammen. Ich bitte Sie ..."

„Das nahmen wir auch erst an, fanden aber keine Übereinstimmung. Seine Weste wurde aus Seide mit Polyesteranteil hergestellt, während Ihr Bekleidungsstück, das zwar genauso aussieht, aus Seide mit Baumwollsatin gefertigt wurde. Außerdem ist da noch die DNA-Analyse, die eindeutig beweist, daß ..."

Isabella forderte: „Ich will einen Anwalt, sonst sage ich gar nichts."

„Gut", meinte di Flavio, „ich sage Ihnen, wie es war. Sie trafen Laura an jenem Montag vor dem Hotel. Sie hatten im Hotel ausgeholfen, weil an diesem Tag ein großer Wechsel stattfand. Es war kurz vor neun Uhr abends. Laura erzählte Ihnen von dem Hochzeitskleid, und daß Ihr Bruder sie gerade vorn auf der Straße aufgelesen und sie sich beinahe verplappert hatte, wo sie ihm doch nichts von dem Hochzeitskleid sagen wollte. Und sie berichtete, daß sie bald von hier weggehen würden, spätestens, wenn das Geld aus dem Grundstücksverkauf auf Laura übertragen war. Als Sie mit Laura zur kleinen Bahnunterführung gingen, gärte es in Ihnen. Laura hatte alles, was Sie wollten. Und auch Ihr Bruder besaß schon alles, weil Ihr Vater das Haus und das Lokal nur ihm vermachte, weil er der Sohn war. Wenn Marcello wegging, wären Sie, Isabella, bis auf einen kleinen Pflichtteil, den er Ihnen überlassen würde, arm dran und nur noch auf Ihrer Hände Arbeit angewiesen. Ihr Verlobter Mancini stachelte Sie zusätzlich an, redete Ihnen jeden Tag ein, wie ungerecht Ihr Bruder zu Ihnen wäre."

Monica sah, daß die junge Frau auf ihrem Stuhl zusammengesackt saß, sie hatte die Hände vor ihr Gesicht geschlagen. „Hören Sie auf!" bettelte Isabella di Flavio an.

„Nein, das werde ich nicht. Während Sie zusammen mit Laura die Landstraße entlanggingen, erzählten Sie ihr, daß Ihr Bruder sie nur wegen ihres Geldes nehmen würde, er würde eine andere Frau in Tropea haben und nur warten, bis Laura ihm alles überschrieben hätte, dann könnte er leben, wie er wollte. Sie sagten wahrscheinlich zu ihr: ‚Jeden Abend prahlt er im Lokal damit und verkündet allen: Wenn ich diese dumme Kuh aus diesem Provinznest mit ihrer komischen Großmutter erst um ihr Geld erleichtert habe, dann ...' Laura ist daraufhin weggerannt, den kleinen Weg hinunter, Sie sind ihr nachgelaufen, und es kam zu einem Handgemenge. Sie haben sie dann weggestoßen, und sie fiel. Laura ist aufgestanden und ist erneut auf Sie losgegangen, Sie sind tiefer in das Dickicht eingetaucht, Sie haben Laura einen stärkeren Stoß versetzt, und sie fiel erneut. Dieses Mal so unglücklich mit dem Kopf auf einen Stein, daß sie bewußtlos liegenblieb. War es so? Aber Sie hätten ihr noch helfen können."

„Ich wollte ja, aber mein Verlobter ..." Nach diesen Worten hielt Isabella sich erschrocken den Mund zu.

„Aha, da haben wir es ja."

Monica merkte, daß ihre Handballen schmerzten. Sie hatte sie die ganze Zeit während des Zuhörens aneinandergepreßt. Sie stand auf und wollte zur Tür stürmen, aber ihr wurde schwindelig, und sie setzte sich wieder. Sie sah, daß di Flavio Isabella ein Glas Wasser hinhielt: „Hier, trinken Sie, bevor Sie uns erzählen, was weiter geschah."

Brav nahm Isabella das Glas und führte es an den Mund. Ihre Stimme klang tonlos: „Ich wußte nicht, was ich tun sollte, also rannte ich zurück zum Hotel zu meinem Verlobten, erzählte ihm, was geschehen war. Er lachte auf und meinte: ‚Wenn sie tot ist, ist das sehr nützlich, dann muß dein Bruder hierbleiben. Am besten wäre, wir schieben ihm die Schuld in die Schuhe. Er ist doch so eifersüchtig auf meinen Vorarbeiter Tarif, das hast du doch erzählt, oder?'

‚Aber sie lebt ja vielleicht noch, und wir müssen ihr helfen, bitte', sagte ich entrüstet. Aber er ließ meine Einwände nicht gelten, sondern forderte mich auf, mich zu waschen und frischzumachen und in das Lokal zu gehen, damit ich ein Alibi habe. Das habe ich auch getan."

„Von Mancini wissen wir, daß er die neuen Doggen holte, ins Auto verfrachtete, auch Futter einsteckte und mit ihnen zur Unterführung fuhr. Als er die Straße entlangkam, sah er Julia und Ulla über die Mauer krabbeln und die Straße betreten und fuhr weiter. Dann wartete er, wendete den Wagen und fuhr zurück. Die beiden Frauen hatten inzwischen die Stelle verlassen, und er ließ die Hunde ihr grausames Werk an Laura verrichten, die zum Glück inzwischen tot war und davon nichts merkte. Nach einer Weile pfiff er die Hunde zurück und brachte sie wieder zum Baugelände. Er fuhr übrigens nicht mit seinem Pkw, sondern mit einem Mietwagen eines Gastes, der eine Scheinwerfer war nicht in Ordnung. Er ließ ihn am nächsten Morgen wegen des Defekts austauschen.

Mancini bemerkte, daß Tarif ihn beobachtet hatte. Er gab den Hunden anschließend Gift, so daß sie am nächsten Morgen verendet im Käfig lagen. Er besorgte neue, nicht ohne Tarif eine Verletzung seiner Pflichten vorzuwerfen. Am Samstag, nachdem die Polizei immer öfter bei der Baustelle auftauchte, wurde er unruhig und schickte Tarif zur Wallfahrtskirche Maria dell'Isola. Tarif war nicht unglücklich über diesen Auftrag, weil er Monicas Brief dadurch an Ulla überbringen konnte. Mancini forderte Sie, Isabella, auf, Ihrem Bruder einzureden, daß Tarif die Schuld an Lauras Tod treffe, und daß Ihr Bruder ihn dort oben bei der Kirche finden würde. Nun, beinahe wäre die Gleichung aufgegangen, und die beiden Männer hätten sich gegenseitig umgebracht. Aber als dies nicht der Fall war, half Mancini nach. Sie haben sich einen sauberen Verlobten ausgesucht."

Der Commissario gab einem seiner Männer ein Zeichen. Isabella stand widerstandslos auf und ließ sich abführen. Eine Minute später stand di Flavio bei Monica im Zimmer und nahm sie freundschaftlich in die Arme. „Es ist hart, ich weiß", murmelte er und strich mit der Hand beruhigend über ihren Rücken. Monica schluchzte. „Willst du immer noch bei deinem Plan bleiben? Überlege es dir. Wir schaffen das auch allein."

Monica nickte. Sie setzte sich wieder auf den Stuhl und sagte: „Ja, aber laß mich einfach hier sitzen, bis es soweit ist. Kümmere dich nicht um mich, ich will noch ausruhen."

„Soll ich dir etwas bringen lassen, einen Espresso oder einen Latte macciato?"

„Nein danke, nichts, bitte ..."

Kapitel 37: Am Kreuz der Maria dell'Isola

Automatisch verfiel Julia in ihren Walking-Schritt und verlangsamte ihr Tempo auch nicht, als sie zur Kirche hinaufstieg. Die Sonne hatte nicht mehr die Kraft wie am Mittag, aber sie lachte vom wolkenlosen Himmel. Ein leichtes Lüftchen wehte, das Meer schimmerte türkis, der Strand leuchtete weiß, und doch erschien Julia in diesem Moment dieses ganze Urlaubsbild alles andere als idyllisch.

Bald war sie auf dem Vorplatz der Maria dell'Isola angekommen. Alles war menschenleer, niemand kam ihr entgegen. Die Kirchentür war verschlossen. Sie wandte sich nach rechts, kletterte über die kleine Mauer und betrat den Pfad aufwärts, der neben der Kirche hinaufführte. Di Flavios Mann würde ihr ja hoffentlich folgen? Sie schaute sich wie zufällig um, sah aber nichts. Ich muß darauf vertrauen und positiv denken, machte sie sich Mut und stieg höher hinauf.

Auf halber Höhe legte sie eine kurze Verschnaufspause ein und schaute nochmals zurück. Weiter unten, nicht weit von der Kapelle entfernt, sah sie jetzt einen Zweig sich bewegen. Sie ging innerlich etwas ruhiger weiter. Oben auf dem Plateau angelangt, wo sich der kleine Park befand, blieb sie unschlüssig stehen. Sie war unsicher, welche Richtung sie einschlagen sollte. Julia schaute zur Uhr. Es war inzwischen zehn Minuten vor sechs.

Der Anrufer war äußerst sparsam mit seinen Informationen gewesen. Wo sollte sie Ulla in Empfang nehmen? An der Spitze, bei der Klippe, dort, wo das große Kreuz aufgestellt war? Oder näher bei der Kirche, die hier von hinten eher wie ein Wohnhaus aussah? Hatte sie etwas überhört? Julia zermarterte sich den Kopf. Lag di Flavio mit seiner Vermutung richtig, und sollte sie Ulla überreden zu unterschreiben?

Sie fragte sich, ob der Anrufer sie bereits beobachtete. Ihr wurde bang. Julia schaute sich suchend um. Sie hatte nicht viel Zeit. Sie entschied sich für den Weg, der geradeaus bis zur Spitze führte. Plötzlich hörte sie weiter vorn laute Stimmen. Sie vergaß alle Vorsicht und lief los, bis sie zwei Personen am Ende des Weges ausmachen konnte, die sich gegenüberstanden. Doch bevor sie genau erkennen konnte, wer es war, und hören konnte, in welcher Sprache gesprochen wurde, wurde sie am Arm gefaßt und unvermittelt in das Gebüsch gezogen. Julias Herzschlag setzte fast aus, sie schnappte nach Luft, versuchte sich freizustrampeln, wand sich, bis sie plötzlich hörte: „Ganz leise, Julia, sonst entdecken sie uns!“

Julia schaute sich um und sah Ulla, Erik und Dennis auf der Erde hokken. Sie flüsterte: „Bin ich froh, euch zu sehen, aber ich bin fast vor Schreck gestorben.“ Sie umarmte Ulla, sagte nichts mehr, weil Dennis und auch Erik ihr immer wieder bedeuteten, ganz leise zu sein. Julia malte mit den Fingern ein Fragezeichen in die Luft.

Es sind noch andere Personen in der Nähe, bedeutete ihr Erik ebenfalls mit Handzeichen.

Julia nickte. Dann fiel ihr di Flavio ein, und sie nahm das Handy aus der Tasche und schrieb eine SMS: „Ulla frei, verstecken uns im Gebüsch. Kommen erst raus, wenn wir Sie sehen.“ Hoffentlich liest er die SMS, bangte sie, vertraute dann aber auf den erfahrenen Polizist.

Sie bedeutete den anderen, weiter nach vorn zu kriechen, weil sie erkennen wollte, von wem die Wortfetzen stammten, die zu ihnen herüberschallten. Dennis robbte sich vor, gab ihnen ein Zeichen, und sie folgten vorsichtig. Meter für Meter legten sie zurück, bis sie hörten, daß zwei Personen auf Deutsch miteinander redeten.

Ulla stieß Julia in die Seite. Sie nickte. Beide Freundinnen hatten Monicas dunkle Stimme erkannt. Julia sah Monica jetzt und mußte sich den Mund zuhalten, um nicht zu schreien, denn die zweite Person war Robert. Die beiden standen sich gegenüber.

„Monica, sei nicht so stur!“ vernahm sie jetzt deutlich Roberts Stimme, „ich verliere alles, und du? Was hast du schon zu verlieren? Nimm doch Rücksicht. Es geht doch nicht nur um mich. Meine Tochter Angie ist erst zweiundzwanzig. Bitte, bring sie doch nicht in Gefahr.“

Julia lief eine Gänsehaut über den Rücken, als Monica mit einer für Julia unheimlich ruhigen, tonlosen Stimme erwiderte: „Früher wolltest du keine Kinder, Robert, erinnerst du dich? Ich mußte Regina fortgeben, und auch Sabina hast du gezwungen, auf ihre Tochter zu verzichten. Mit welchem Recht appellierst du an meine Fairneß?“ Monica lachte bitter auf.

Julia hielt den Atem an. Sie sah Eriks Hand vorschnellen und Ulla festhalten. Ulla war leichenblaß.

„Aber du hast recht, Robert, ich habe nichts mehr zu verlieren, warum sollte ich den Wisch nicht unterschreiben. Laura, das Wertvollste in meinem Leben, habe ich verloren. Erinnerst du dich, Robert, wie wir schon einmal hier standen? Mit Sabina? Du hast getanzt. Okay, laß uns ebenfalls tanzen.“ Sie faßte Robert an der Hand und setzte an, sich mit ihm zu drehen, als würde ein Walzer spielen. Robert wand sich aus dem Griff heraus. Sie hörten ihn sagen: „Du bist ja verrückt. Hast du Drogen genommen?“

„Ich nicht, Robert, aber Sabina hast du damals welche gegeben, nicht wahr? Sonst wäre sie nicht so folgsam gewesen, wie du es gerne hattest. Und wie ich es war, auch ohne Drogen. Ich wünschte, ich hätte dich nie getroffen.“

Julia bemerkte voller Entsetzen, daß Monica sich immer mehr dem Abgrund näherte. Robert folgte ihr. „Monica, mach keinen Unsinn, komm zurück. Du weißt, ich habe dich immer geliebt, nur dich.“ Er wirkte verzweifelt und lächerlich, weil er gleichzeitig die ganze Zeit mit dem Blatt Papier vor sich herumwedelte. „Bleib, unterschreib, und wir machen uns ein schönes Leben in unserem Haus, ich bin mein anderes Leben müde. Wir können unseren Traum noch verwirklichen.“

Doch Monica tanzte, und Julia dachte verwundert: Sie sieht plötzlich aus wie ein junges Mädchen, sie bewegt sich so leicht wie eine Feder, so elegant. Aber ihre Schritte brachten sie immer näher an den Abgrund. Wenn sie nicht aufpaßte, würde sie abstürzen.

Tarif fiel ihr ein. Sie sah zu Ulla hinüber. Ullas Augen waren vor Schreck geweitet. Julia wurde bewußt, daß Ulla in diesem Moment ihre Mutter Sabina in der gleichen Situation vor sich sah. Julia ahnte, daß Monica vorhatte zu springen. Oder spielte sie nur?

Immer noch tänzelte Monica direkt an der Klippe entlang, so daß ein falscher Schritt genügte, ihren Körper in die Tiefe zu befördern. Robert stand zwei oder drei Schritte entfernt und redete auf sie ein. Julia konnte nicht verstehen, was er sagte. Sie hielt den Atem an. Monica machte einen Schritt weg vom Abgrund, sie sagte leise etwas, Julia sah nur die Lippenbewegung. Jedenfalls glitt ein Lächeln über Roberts Gesicht, er streckte ihr die Hand hin, holte Monica noch ein Stück näher zu sich heran. Sie standen jetzt beide wie ein Liebespaar auf dem Rasen und umarmten sich. Robert lachte.

Julia atmete hörbar auf, wäre am liebsten auch aus dem Gebüsch rausgelaufen. Doch sie blieb, wo sie war. Sie schloß erleichtert kurz die Augen.

Gerade in diesem Moment, in dem Julia sich ein wenig entspannte, geschah es. Der Körper von Monica verschwand, der Mann stand am Abgrund und schaute ihm nach. Sein Gesicht war eingefallen und grau, er murmelte irgend etwas vor sich hin. Sekunden später hörte Julia den Aufprall von Monicas Körper auf dem Wasser.

Kurze Zeit danach bevölkerte sich der Ort des Geschehens. Mehrere Gestalten in schwarzen Kleidern sprangen umher wie bei einem Hexensabbat. Julia schüttelte verwundert den Kopf. Was sollte das jetzt, war das eine schwarze Messe? Waren sie in das Ritual einer Sekte geraten? Wo blieb di Flavio eigentlich?

Ulla hatte sich von Erik gelöst. Ihre schweißnasse Hand klammerte sich jetzt an die der Freundin, und würde Julia ihren Druck nicht spüren, würde sie glauben, sie wäre in der Hölle oder sonst wo, so unwirklich kam ihr alles vor. Erst als die schwarzen Gestalten sehr gekonnt Robert überwältigten, erkannte sie, daß es Polizisten waren.

Robert wurde abgeführt. Julia mußte lachen, als sie in einer der schwarzen, krähenähnlichen Frauengestalten Commissario di Flavio erkannte. Er rief: „Julia, Ulla, Sie können das Versteck verlassen, die Gefahr ist gebannt!“

Erleichtert krabbelten sie aus dem Gebüsch hervor und standen betreten herum. „Das haben Sie sehr gut gemacht!“ lobte di Flavio Ulla, Erik, Dennis und Julia, bevor er sich entfernte. Ein Beamter führte die Gruppe durch die Kirche und dann hinunter bis zum Parkplatz. „Der Commissario bittet

Sie, in seinem Büro auf ihn zu warten“, sagte er zu Julia und Ulla, „ich begleite Sie dorthin.“

Ulla drehte sich zu Erik und Dennis um, die stehengeblieben waren. „Unser Bus steht gleich dort vorn“, meinte Dennis.

„Erik, danke.“ Ulla lachte, reckte sich hoch und gab ihrem Ex-Mann einen Kuß, „Danke Dennis, mein Großer. Wenn wir vom Commissario zurück sind, gehen wir essen, wie ist es, treffen wir uns im Café Roma? Es ist mitten in der Stadt, ihr könnt es nicht verfehlen!“

„Ulla, sei nicht böse, wir müssen noch unsere Sachen umpacken. Auf der Fähre mußten wir alles anders ausrichten, wegen der Ballastverteilung. Wir sind hundemüde, nicht wahr, Dennis? Und jetzt so spät noch essen – nein.“ Erik schüttelte den Kopf.

„Dann morgen zum Frühstück, versprochen?“

Dennis schaute seinen Vater an. „Ja, okay.“ Julia sah den beiden nach, wie sie den Weg zum Campingplatz einschlugen, beide hochgewachsen, sehr schlank.

Als sie später bei di Flavio im Büro saßen, meinte Ulla zu Julia: „Da siehst du ...“ Julia wußte, was sie meinte. „Aber wir gehen noch etwas essen, ich habe einen Bärenhunger, zwei Tage ohne Essen.“

„Ja, auf jeden Fall, aber jetzt möchte ich erst vom Commissario hören, wie die Geschichte ausgegangen ist. Ich bin gespannt, du nicht?“

„Sicher.“

Kurze Zeit später traf di Flavio ein. Noch etwas atemlos, entschuldigte er sich: „Tut mir leid, daß ich Sie noch aufhalte. Es wird nicht lange dauern. Ich möchte Sie bitten, ein Protokoll zu unterzeichnen, Sie sind wichtige Zeugen. Nur weil Sie ja bald zurückfliegen.“

„Ich platze vor Neugier – was ist mit Ullas Entführer? Und warum hat Robert Laura und Tarif umgebracht?“

„Ja, was ist mit diesem Enno, haben Sie ihn verhaftet?“ mischte sich Ulla ein.

Julia stieß sie in die Seite und zischelte ihr zu: „Enno ist ein Undercover, er mußte ...“

„Piano, piano, Geduld. Sie sollen alles erfahren!“ In di Flavios graugrünen Augen blitzte kurz Schalk auf. Dann sagte er sehr ernst: „Wir werden Robert für den Tod von Monica verantwortlich machen. Eigentlich müßte er für die Sache mit Ihrer Mutter ebenfalls verurteilt werden. Aber so ist es einfacher, ihn dranzubekommen. Monica hat uns einen Brief zugespielt, in dem er droht, sie umzubringen, wenn sie nicht auf seine Bedingungen eingeht und den Anteil an dem Grundstück ihm überschreibt. Damit hat er eindeutig ein Motiv.“ Ein Schatten huschte über di Flavios Gesicht, und er sagte sehr leise: „Ich bedaure unendlich, daß Monica keinen anderen Weg mehr sah als diesen, ich hatte die Sache anders geplant. Es tut mir leid, daß Sie das miterleben mußten, besonders für Sie, Ulla, war es sicher ein harter Schlag, weil Ihre Mutter unter sehr ähnlichen Umständen dort zu Tode kam.“ Ulla nickte nur.

Di Flavio erzählte ihnen kurz, daß sie den Mann, den Robert gedungen hatte, um Ulla zur Unterschrift zu zwingen, kurz nach fünf verhaftet hatten.

„Es war natürlich einfacher, weil Sie schon befreit wurden. Wir hatten vor, Sie da herauszuholen, aber Ihr Sohn und Ihr Mann sind uns zuvorgekommen.“

„Und was ist mit Enno? Er hat für Sie gearbeitet?“ fragte Ulla, Julias hingeflüsterte Bemerkung vom Undercover in den Ohren und mit einem angenehm flauen Gefühl in der Magengegend. Wenn dies stimmte, dann könnte sie Enno vielleicht wiedersehen und ....

„Ja, Enno arbeitet schon eine Weile verdeckt für mich. Als Robert merkte, daß Enno sich – wohl etwas mehr als geplant – in Sie verliebt hat, hat er Ennos Onkel gebeten, ihn mit einem Auftrag nach Reggio zu schikken. Zum Glück konnte mich Enno noch verständigen, so wußte ich Bescheid.“

„Da hätten Sie mich eigentlich früher befreien können“, brachte Ulla empört hervor.

„Ja, ich bitte um Ihr Verständnis, aber wir hätten Robert wieder nichts nachweisen können. Robert wurde von seinem Konsortium stark unter Druck gesetzt, er hatte Schulden aus der Vergangenheit, die er einlösen mußte und wohl aus der jetzigen Zeit. Er brauchte die Unterschrift von Ihnen, Ulla, dringend. Enno mußte das Spiel weiter mitspielen, sonst wäre seine Deckung aufgeflogen, und Sie wären ernsthaft gefährdet gewesen, weil die Leute, die Robert bedrängten, das Ruder in die Hand genommen hätten. Ich habe Sie ungern dort oben gewußt, das müssen Sie mir glauben.“

„Mmhm“, brummelte Ulla.

„Die Schuldigen für den Mord an Laura und an Tarif haben wir ebenfalls gefaßt. Ein sauberes Pärchen, dieser Mailänder“, di Flavio sprach das Wort sehr verächtlich aus, „und seine Verlobte Isabella, die Schwester des Wirts vom Quo Vadis.“ Er schilderte ihnen kurz den Tathergang.

„Dieser Mancini, der Hotelmanager, ist dafür verantwortlich, daß sich die Doggen halbverhungert über Laura hermachten? Wie pervers! Und wir wären ihm beinahe in die Quere gekommen“, sagte Ulla angewidert.

„Und dieser Typ hat auch versucht, dich plattzumachen“, warf Julia ein.

„In Roberts Auftrag. Was ihm zum Glück nicht gelungen ist“, schmunzelte di Flavio.

Die beiden Freundinnen verabschiedeten sich.

Als sie später in ihrem Lieblingslokal in der Nähe des Domes in einer der alten, verwinkelten Gasse saßen, das Essen vor sich, sagte Ulla: „Dieser Hotelmanager war mir von Anfang an unsympathisch.“

Julia wickelte sorgfältig ihre Spaghettini um die Gabel und meinte: „Mir ebenfalls, genauso wie dieser Robert Fellner.“

Ullas Vokabelheft

Sabato	Samstag
le indagini sul colpevole	die Fahndung nach dem Täter
successo	Erfolg
abisso	Abgrund
colpa	Schuld
creditá	Erbschaft
invidia	Neid
partenza	Abreise
rimanere	bleiben
io rimango	ich bleibe
qui	hier
Dov'è ...?	Wo ist ...?
andare in bicicletta	radfahren
vanno in bicicletta	sie fahren Rad
come al solito	wie üblich
Spero che tu non sia arrabiato con me?	Du bist mir hoffentlich nicht böse?
ritorno	Rückflug
non in ritardo	nicht verspätet
aereo di ritorno	Rückflugticket
rivedersi	Wiedersehen
arrivederci	auf Wiedersehen

Kapitel 38: Abschied

Als Julia und Ulla am nächsten Morgen im Café Roma saßen und ihren Cappuccino tranken, jede ein leckeres Cornetto con marmelata neben sich auf dem Teller, war Julia ganz schwer ums Herz. „Morgen müssen wir nach Hause fliegen. Schade. Nach den ganzen Aufregungen könnte ich glatt noch einen Urlaub gebrauchen. Hoffentlich ist unser Flug nicht wieder verspätet – in ritardo."

Um Ullas Mund spielte ein verhaltenes Lächeln. „Ich bleibe noch hier, vielleicht fahre ich mit Erik zurück, vielleicht auch nicht. Ich will so viel wie möglich über meine Mutter herausfinden. Ich werde ihr Erbe antreten und nach den Heilkräutern forschen."

„Du willst wirklich hierbleiben, Ulla? Ich werde dich vermissen!"

„Es ist noch allerhand zu regeln. Di Flavio meinte, ich sollte gleich morgen früh Rechtsanwalt Umberto in Nicotera aufsuchen und alles klären. Enno wird mich hinfahren. Und ich werde bei Louisa vorbeischauen. Schade, daß Monica mir nichts mehr erzählen kann. Aber sie hat nach dem Brief, den mir di Flavio von ihr gab, die Aufzeichnungen meiner Mutter verwahrt. Di Flavio will sie aus ihrem Haus holen lassen und mir geben. Ich bin gespannt darauf."

Julia drückte die Hand der Freundin: „Es freut mich für dich." Sie lächelte. Ihr wurde noch immer heiß bei dem Gedanken an di Flavios geflüsterte Worte, als er ihr zum Abschied die Hand gab: „1979 – der Tanz am Feuer, das waren Sie, nicht wahr, Julia? Sie waren und sind eine aufregende Frau, vergessen Sie das nicht. Begraben Sie ihren Schmerz, und stellen Sie sich dem Leben."

„Wo ist eigentlich Erik und Dennis?" fragte sie Ulla. „Ich wollte mich noch verabschieden."

„Erik hat kurz angerufen, er läßt dich grüßen. Er fährt mit Dennis die Route des Giro Italia ab, jedenfalls das Teilstück um das Capo Vaticano. Sie kommen erst heute abend zurück. Bist du mir sehr böse, wenn wir uns heute nicht mehr sehen?"

Julia schmunzelte: „Nein, ich wünsche dir viel Spaß, okay?"

„Guten Flug, Julia. Und grüß die Ostners, wenn du sie siehst", antwortete Ulla lachend.

„Oh je, erinnere mich nicht an die. Paß auf dich auf. Vorsicht mit dem problema!"

„Versprochen."

Mein besonderer Dank gilt meiner Freundin Ute Schreier, die mir viele Anregungen gab und mit der ich in Tropea beim Ausspinnen des Romans viel Spaß hatte, der Sprachenschule Le Voci di Babele in Tropea, bei der ich in sehr persönlichem Rahmen Italienisch lernen durfte und die mir bei den Recherchen behilflich war, Sergio, meinem Italienischlehrer vor Ort und Claudia, meiner Italienischlehrerin in München für ihre Hilfe.

Frau Brigitte Huth von der Buchhandlung Huth für ihre Ermunterungen, der Autorin Sylvia Englert und den Seitenspinnern für die konstruktive Kritik, der Lektorin, Frau Repotente, für den letzten Schliff, trotz Weihnachtsstreß, meinem Freund Peter Davidon für sein geduldiges Zuhören und allen meinen anderen Freunden, die mir immer wieder Mut gemacht haben. Außerdem dem Schauspieler Andreas Geiss, der mir versprochen hat, bei den Lesungen mitzuwirken, um Commissario di Flavio für die Zuhörer lebendig werden zu lassen.